（修订本）

中国百年新闻经典

ZHONGGUO BAINIAN
XINWEN JINGDIAN

〈消息卷〉

刘梓良 /总编　　孙德宏 /主编

人民出版社

中国百年新闻经典编委会

中国百年新闻经典总编、分册主编

总　编：刘梓良
副总编：周纯杰　欧阳宏生

消息卷
主　编：孙德宏
副主编：孙　丽　文　璐　计利红

评论卷
主　编：王润泽
副主编：孙　丽　王亚明　计利红

通讯卷
主　编：郑保卫
副主编：孙　丽　雷　刚　计利红

摄影卷
主　编：于　宁
副主编：孙　丽　贺延光　周朝荣　计利红

漫画卷
主　编：张耀宁　郑化改
副主编：孙　丽　郑辛遥　计利红

总　序

创新理论　精研一事　物我两善

刘梓良

对新闻消息、评论、通讯、摄影、漫画五种体裁的新闻作品，力求编写一部体现专业水准，揭示新闻实践活动规律，给人以启迪的《中国百年新闻经典》，无论从整体设计，作品标准的制定，还是资料的搜集等，都不是一件轻松的事。

一、创新理论

如何梳理和编写一百多年来的五种体裁的新闻经典作品，是按照传统的思路就作品来编选作品，还是努力找出新闻经典作品与记者综合素质之间内在的必然联系作为线索？如果按这样的创新思路来编写，那么，记者综合素质理论建构的基础是什么？为此，本人所承担的国家社会科学基金特别委托项目《科学建立新闻工作价值体系与有效提升我国新闻媒体传播能力研究》课题，为探索和解决上述问题提供了方法与理论的支撑。首先，在研究方法上，本课题的研究摒弃了以往就新闻作品来研究作品，或就队伍现状来研究现状的单一、孤立的传统研究方法，着力体现主体与客体、主观与客观的有机统一性。其次，在创新研究方法的基础上，把新闻从业者的知识结构（价值基础）、专业技能（价值能力）、职业道德（价值规范）、创新能力（价值成果）构成一个完整且相互联系的综合素质价值整体，建构了以新闻从业者综合素质为核心的新闻理论框架体系。这一理论体系，既与新闻实践活动规律——活动主体、活动方式、活动对象、活动目的相统一，又与知识生产者的核心要素——学识、技能、道德、创新的综合素质相一致。

那么，该怎样来确立百年新闻经典的编选标准呢？概括地说，就是以"重要事件、典型人物、重大意义、深远影响"作为作品编选的主要依据。

（一）反映近百年来，特别是在中国共产党领导下，展现各个历史发展阶段的具有鲜明时代特征的重要事件的新闻作品；

（二）在反帝反封建的革命斗争以及在社会主义革命建设时期和改革开放进程中涌现出来的可歌可泣的典型人物的新闻作品；

（三）所报道的重要事件和典型人物，引发社会高度关注，具有给人以警醒、教育、激励、鞭策的重大意义的新闻作品；

（四）主题鲜明、立意高远、开掘深刻、见解独到，能够揭示出重要事件的内在本质和典型人物的思想品质，引发理性思考，产生深远影响的新闻作品。

根据每类体裁所选定的篇目，每篇作品的编写内容包括：①作者照片；②作者简介；③作者综合素质：知识结构、专业技能、职业道德、创新能力；④作品；⑤点评。对每一件作品，从背景、特色、意义及影响等方面，逐项进行点评。通过对所选入作品的精当点评，揭示作品所蕴含的深刻意义及写作特色。

在此基础上，对搜集的资料，经过课题组的反复核实、查证，按照上述内容程序进行认真编写，最后由承担不同体裁的分卷专家，进行修改和审定。

二、精研一事

本套经典丛书，由中国记协新闻培训中心和北京惠博苑文化传播有限公司联合策划。在确立上述编写思路的基础上，从 2008 年开始，先后有中国人民大学、中国传媒大学、北京师范大学、中国青年政治学院等高校的 20 余名硕士生、本科生协助，历时 3 年多时间，查阅了国家图书馆、首都图书馆、各学生所在的校图书馆和新华社资料库、解放军画报社等单位的百余种图书、报纸、期刊和画册，从不同历史阶段的大量的作品中，遴选了 1900—2011 年的 111 年间的中国近现代的具有代表性的作品，作为初选作品。按照编选标准，经过专家的三轮严格细致的评审，最终选出消息作品 76 篇，评论作品 68 篇，通讯作品 49 篇，摄影作品 114 幅，漫画作品 100 幅。

由于在入选的解放前的作品中，有个别未署名的情况，因此，在作者简介的内容方面，只能空缺；也有在解放后入选的作品中，个别作者的某一方面的资料不够全面，经过多方查证无果，也只能留下遗憾。在编选的过程中，凡是能够查阅到的资料，我们竭尽所能去搜集；有的作者退休后已随家属移居海外，我们通过各种途径，想尽办法与之联系，把相关资料补齐。尽管课题组做了大量、艰辛的努力，但仍有缺憾之处。

本套经典丛书，尽管课题组花了近六年时间，可谓精心研磨、竭尽全力，但在一百多年浩如烟海的新闻文本里来选择"经典"，的确不是一件容易的事，难免出现挂一漏万的情况。如有新发现，再版时作补充。

在"作者简介""综合素质""点评"中，课题组参考了一些学者、新闻工作者和被选入文本作者的相关文献，在此都尽可能地在文后的"参考文献"中做了列举，在此表示诚挚地感谢！如有遗漏者，在此深表歉意，再版时一并弥补。

三、物我两善

我们在搜集、整理和编写一百多年的新闻经典中发现，凡是达到经典标准的新闻作品，其作者的综合素质也是优秀的。这也进一步印证了我们编写这部中国百年新闻经典"主客同构，人文统一"指导原则的科学性。如果说，"主客同构"体现的是研究方法，那么，"人（品）文（品）统一"展现的是人品与作品之间的内在必然联系。百年新闻实践证明：人的素质，直接决定着作品的质量。人品决定作品。就新闻作品的引导力和影响力而言，新闻虽然来自于事实，但新闻不是"事实"的简单呈现：具有怎样的知识结构，运用什么方法来认识、挖掘事实的本质和内涵，传递怎样的价值主张与社会责任，通过什么样的创新形式来表现作品，这无不与新闻工作者的知识结构、专业技能、职业道德和创新能力的综合素质息息相关。在缺位或有欠缺任何一个素质结构的情况下，优秀的新闻作品是不可能产生出来的。一位优秀的医生，首先必须具备专业领域的比较全面的医学知识，其次是掌握精湛的医疗技术，同时具有对病人的高度责任感，才能履行救死扶伤的人道主义高尚使命和悬壶济世的神圣责任。人世间的道理是相通的，要"物善"，必先"我善"。

作为编写者，在付出了大量的辛勤劳动的同时，每当阅读作者的综合素质、作品和点评，都会获得一种新的力量与启迪。在每一位作者的奋斗历程中，记录着他们的辛劳与探索的足迹；在每一篇优秀作品中，无论展现的是平凡的具有深刻意义的小事，还是作者笔下描绘的历史风云，既能使人从作品中受到教育和启迪，同时也折射出作者的学识、专业水准、社会责任和创新能力。我们从他们的人生经历与工作成就中，领略并享受着奋斗者的快乐与心灵和智慧的滋养。特别是对刚刚走向或准备走向新闻行业的年轻同志，这不仅仅是一部值得认真阅读的经典之作，它，更是一条通向事业的成功之路，也是人生的一座高高耸立的价值坐标。

需要说明的是，我们在编写百年新闻经典的过程中，运用综合素质理论与内蒙古党委宣传部联合开展新闻采编综合素质的培训，从2011年9月以来，已经取得了重要的阶段性成果。实践再次有力地证明：无论是促进新闻行业的健康发展，还是建设创新型国家，必须有效提升国民的综合素质。综合素质理论，不仅揭示了以人为本的实践活动规律，探索了促进人的全面发展的有效途径，也体现了时代发展的必然要求。

内蒙古自治区党委宣传部常务副部长周纯杰同志，对指导内蒙古自治区开展的新闻采编综合素质培训工作和本经典丛书的编写，提出了很好的建议，做了大量的非常有价值的工作。在此，表示诚挚的谢意。

各分卷的每一位主编，无论是在学界、业界，不仅有着深厚的学养和理论功力，并且在工作实践上，成果颇丰。他们为本经典丛书的出版，付出了大量辛勤的劳动。在此，表示最诚挚的感谢！

北京惠博苑文化传播有限公司的孙丽同志，无论是在查阅和整理大量资料，还是协调有关专家评审、改稿的过程中，六年如一日，始终兢兢业业，扎实勤奋工作，这种勤奋和敬业精神，着实令人敬佩！计利红同志在担负培训中心办公室工作和肩负网站视频工作的同时，在资料搜集和整理等方面，做了大量、细致的工作。

本套经典丛书，编写的主旨既是对中国新闻行业百年来的最优秀作品进行精选、汇编，为人们了解中国社会百年的发展提供脍炙人口的新闻经典作品，同时，也为新闻从业者综合素质的提升，提供有益的借鉴、启迪和帮助。

2013年8月

（刘梓良，中国记协新闻培训中心主任、博士，四川大学兼职教授、博士生导师，西南政法大学广播影视与新媒体研究院副院长。）

目录

前　言

我对经典消息的理解

孙德宏

先谈谈我对"消息"的理解。

消息是新闻中最简捷，也最重要的文体。甚至也可以说，如果新闻报道只需要一种文体，那也只能是消息，而不可能是通讯、评论等其他任何文体——这是由消息本身所特有的基本品质所决定的，更是新闻之所以存在的合法性之所在。具体地说，消息具有"真、短、快、新、活、深"等特点，遵循真实、客观、公正、全面的要求，以简短而生动的文本形式，真实而快捷地告诉受众我们这个世界新近发生了什么，甚至还客观而深刻地告诉我们事态将可能怎样发展。进而，尽可能地满足了受众的知情欲望，甚至影响公众对事物的判断。

由此，也决定了我对一个优秀的，乃至经典的消息文本的理解。

在具备上述诸特征的基础上，我以为"经典的消息"应突出这样三个品质：一是它所报道的应该是受众最希望或最应该知道的事情，即我们所常说的"最有新闻价值"的事情；二是报道极其具体客观，传播者（记者、媒体）只是个"报告人"，不可以"根据自身好恶选择事实"；三是其文本形式极其"干净"，这包括语言、行文、结构等。

价值大、极其具体客观等，这些都是消息，尤其是被称之为"经典消息"所必备的品质。其实，这与"新闻"的本初意思，"传递有用信息""报道新近发生的事实""用事实说话"是一致的。尽管在学理上大家对后两句话尚有争议或补充，但总的讲，大家对"新闻"必须是个具体的"事实""事件"的报道，"好新闻"必须是个具体的、"价值大"的"事实""事件"的报道，还是有基本共识的。从哲学上讲，这与黑格尔所说的"美是理念的感性显现"也极为一致。"理念"讲的是理想及其价值，"感性显现"讲的是"理想及其价值"的实现方式要具体——这两者恰切结合的文本，显然就是康德所期待的"合目的性、合规律性"的形式，亦即"美"的，就是满足受众需要、对受众有益并易于被受众接受的，就是"好的消息"，就是"美的消息"，就可称之为"经典"。

也正是基于这样的理解，从纯粹"技术"的角度而言，我更愿意把"干净、生动"理解为"经典消息"的极为重要品质。一个极有价值的新闻，能把它简洁地说清楚，尽快地报道出去，就是好的文本。相反，在采写上啰唆、花哨，乃至"东拉西扯"等的结果，必然是使真正的新闻被湮没或冲淡。而行文"干净、生动"者，必将使新闻更突出——这才是新闻的本意。因此，那些只保留主要新闻事实及与此有必要关系的相关背景，其他均删去的新闻文本才可能是好的文本。"干净"是尽可能保证客观的极重要的技术方法，当然也是传播主体思想能力及表达能力的重要表现。所以，这一要求既反映了传播主体新闻价值判断能力的高下，也反映了传播主体实现新闻价值能力的高下。就这一点而言，史上那些经典者，真是令人激赏不已：价值重大，文本干净。比如《袁世凯挥泪取销帝制》这则消息：（袁世凯）"连开密议数日，对军政财政皆无解对策"，"召梁士诒等密议至半夜，聚泣良久"，尤其是"密议至半夜，聚泣良久"，一个已经走上绝路，甚至连垂死挣扎亦无机会的袁世凯及其"帝国"的临终形象跃然纸上。再如《瞿秋白毕命记》这则消息：（瞿秋白）"书毕乃至中山公园，全园为之寂静，鸟雀停息呻吟"，"自斟自饮，谈笑自若，神色无异。酒半乃言曰：'人之公余稍憩，为小快乐；夜间安眠，为大快乐；辞世长逝，为真快乐。'继而高唱《国际歌》，以打破沉默之空气，酒毕徐步赴刑场"，"空间极为严肃"，"既至刑场，彼自请仰卧受刑"……至此，共产党人瞿秋白视死如归、大义凛然的形象栩栩如生，报道感人至深。

从这样的角度而言，这本选集里的很多文本都是较为靠近或追求上述"标准"的，其中很多文本被称之为"经典"是不过分的。

最后，就本书的选编情况向读者报告一下几个具体问题。

首先，虽然选编者们花了较长的时间，做了不少的功课，但在一百多年浩如烟海的新闻文本里，选择七八十个消息文本，而且还要尽可能地被大家公认为"经典"，的确是件不容易的事情。尽管选编者也尽量拿出一些客观的标准，但把握这些标准者毕竟也是具体感性的个体，加之大家学识所限，因此，这个选本中的具体文本的入选及其点评也只能是部分专家的有限评价，敬请读者谅解；其次，晚清和民国时的消息文本几乎都无作者（记者）署名，因此本书最初设计中每篇的"作者简介"和"综合素质"部分只能有一些空缺；第三，在"作者简介""综合素质"和"点评"中，选编者参考了一些学者、业者和被选文本作者的相关文献，这些都尽可能地在文后的"参考文献"中作了列举，在此向他们表示感谢，并对遗漏者深表歉意，希望再版时能有所改进。

2013 年 8 月

（孙德宏，工人日报社社长、总编辑、高级编辑、文学博士，全国宣传文化系统"四个一批"人才和"全国新闻出版系统领军人物"，担任国内多所大学新闻传播学院、文学院兼职教授。）

佚名 ┃ 述大沽开仗情形

□ **作者简介、综合素质**（相关资料无可考）
□ **作品**

述大沽开仗情形

华历本月二十二日烟台来电云：刻有日本水雷艇由天津到此。言及日本各国兵舰之泊在北河者计共三十艘左右，其中英俄德日四国各有一艘，船身较小，可乘潮而进口门。二十一日丑刻，大沽炮台统领忽传令，开炮猛攻。船上人急还炮击之，先将迤北之台轰坏。既而俄国陆军之驻扎近处者一拥上前，将台占据。守台兵士望北奔逃。各船遂转而攻迤南之台，未几，亦即据为己有。这辰刻华兵已踪影全无。是役也，华兵之死伤者未知其数，火药房悉成灰烬。英兵死一名，伤四名；法兵死、伤各一名；德兵死三名，伤七名；俄兵死十六名，伤四十五名。有中国水雷艇四号被英兵夺去。电音所述止此，究不知其衅之何自而开也。

（原载 1900 年 6 月 20 日《申报》）

□ **点评**

背景 1900 年 6 月，正当西摩尔侵略军在廊坊受到义和团及清军阻击时，八国联军以突然袭击的方式侵占了大沽。

大沽是天津的门户。驻守大沽炮台的清军，有天津镇总兵罗荣光部淮军六营三千人及一个水雷营。此外，还有叶祖珪所率北洋海军"海容"号巡洋舰一艘和"海龙"号等鱼雷艇四艘，泊于白河口内。

根据以往的不平等条约，列强的舰船可以出入白河口而不受任何阻拦。1900 年 5 月底，大沽守军拟增兵驻守火车站，控制大沽至天津的铁路交通，并在白河口布设水雷，控制外国舰船出入。帝国主义列强得此消息后，6月15日在俄国旗舰上开会，研究确定了从水陆两路攻取大沽的作战部署，6月17日零时50分，侵略军开始进攻大沽炮台。泊于白河的联军舰艇首先发炮轰击南北两岸炮台，守军被迫还击。这时，集结在塘沽的联军分左、中、右三路直逼西北炮台。在敌军猛烈的攻击下，西北炮台于5时左右失守。6时许，联军未遇抵抗便占据了北炮台。之后，左岸陆路联军从北炮台，法、俄各舰从所在位置向南炮台猛烈轰击。同时，俄、德、法军一部，由北炮台附近渡至白河南岸，从侧后抄袭南炮台。南炮台守军腹背受敌，弹药库又中弹起火，伤亡不断增加，被迫撤退。至6时50分，大沽炮台全部失守，清军残部向新城方向退走。此次作战，清军阵亡七八百人，北洋海军"海容"号巡洋舰及四艘鱼雷艇也被联军掳走。联军死58人，伤197人，并有四艘战舰负伤。

特色 发表于1900年6月20日《申报》的这条消息，是近代中国新闻史上较早的新闻。当时这条新闻发表时还没有标点符号，但报道形式已具现代新闻的基本特征。时效较强的同时，新闻事实交代得相当清楚，比如联军诸国军舰情况、战斗经过和作战结果等都较清晰；对作战现场情形的叙述也相当具体，如"守台兵士望北奔逃。各船遂转而攻迤南之台，未几，亦即据为已有。这辰刻华兵已踪影全无"等；另外，新闻语言也相当简洁。

意义 中国军民被迫进行的反对八国联军侵略的战争，是民族自卫的正义战争，虽然失败了，仍有其重大的历史意义。孙中山曾指出："八国联军之破北京，清廷之威信已扫地无余。国势危急，岌岌不可终日，有志之士，多起救国之思，而革命风潮自此萌芽矣。"随着人民反帝反封建运动的日益高涨，资产阶级民主革命的潮流终于在神州大地上蔚然兴起，加速了清王朝的崩溃。

影响 文章以简洁的语言快速并尽可能全面、具体地报道新闻事实，这种采写方式，对后来现代新闻的采写和编发，都提供了有益的借鉴。

佚名 ｜ 上海革命了

□ 作者简介、综合素质（相关资料无可考）
□ 作品

上海革命了

昨日二时，闸北失火，姚局长自后门逃亡，民军乘机占领。

巡警总部管带陈汉钦先占总局，系民军总司令李燮和所派。

五时，民军得沪军营。

上海道刘逃入租界。

城内各官逃避无踪，城墙各处即悬白旗，商团巡警左手均缠白布。

举李平书为民政长官。

五时一刻，民军攻制造局，伤八人，死二人。

七时，占浦东火药局。

中国界安宁如常，皆悬白旗，民军之安民告示，到处张贴。

十时，焚道署及参将署。

有自城内携行李迁出者，民军竭力保护之。

十二时，在城内县署会议。

两时，民军率道署卫队并敢死团百人，再攻制造局。

今晨六时，三攻制造局。九时，全局为民军占领。

铁路车站及租界之华商，白旗飘扬。

十一时，焚上海县署。

民军至宝山县，迫吴令调元将印信交出。

吴淞炮台于昨日四点钟时已悬挂白旗。

（原载 1911 年 11 月 4 日《光复报》）

□ 点评

背景 1911 年 10 月 10 日武昌起义爆发后，全国各地纷起响应。先是湖南、陕西、江西响应，宣告独立，随后山西、云南跟上，再后是贵州、江苏、浙江、广西、安徽、福建等省群起独立。各地的起义，对于武昌起义来说，都是强有力的支持，其中，最为得力的是上海。武昌起义以后，在清军强大攻势下，民军渐渐力不从心，11 月 2 日，汉口失守。就在这时，上海起义成功，连带着江浙起义成功，这对革命士气起到了巨大的鼓舞作用。11 月 27 日，汉阳失守。此后没几天，在上海等地民军合力攻击下，南京光复，这又冲淡了因汉阳失守带来的负面影响。其时上海已是拥有 130 万人口的中国最大城市，是国际上著名的通商巨埠。

上海起义成功，对于支持武昌民军，对于全国各地乃至全世界影响都很大。上海是清廷军火生产的重要基地，它的起义成功，不但阻止了江南制造局军火运往湖北补给清军，而且使这些军火为民军所用，这对于增强民军力量、削弱清军力量具有直接的影响。上海是长江门户，它的起义成功，直接阻止了清廷海军西援，减轻了武昌民军的压力。上海还是江、浙的政治、经济中心，它的起义引发了江浙的连锁起义。苏州、杭州的独立，南京的光复，都与上海有直接关系。上海起义成功后，上海民军组织沪军敢死队，吴淞军政府组织光复军，与来自浙江的民军，组建江浙联军，援助南京民军，很快攻克了南京。

《上海革命了》报道的就是上海起义的情况。

特色 这是一篇时效性较强的重大主题报道，从消息所涉及事件发生的十余个地点看，这是一个采访量十分大，且"战火纷飞"，而事态发展极难预测的报道。但次日即见报难能可贵。另外，更值得称道的是，报道内容尽可能全面，从时间排列上即清晰可见："昨日二时、五时、五时一刻、七时、十时、十二时、今晨六时、十一时"，文字干净洗练，且颇有画面感，读者在阅读类似电报一样的行文时，亦颇有身入其境之感。

意义 对于上海起义，孙中山评价很高，认为其意义仅次于武昌起义，是对武昌起义之"响应最有力而影响于全国最大者"。参与起义领导的李平书说："上海光复，为响应武昌首义之第一声，亦可云次义。"晚清宫廷史官恽毓鼎认为，清廷之亡实质是亡于上海："宣统之季，构乱之奸徒，煽乱之报馆，议和逊位之奸谋，皆聚于此。清室之亡，实亡于上海。"三人身份不同，表述方式不一样，但意思相近，即上海在辛亥革命中的地位独特、作用巨大、影响深远。

影响 对重大事件新闻，而且时间、地点、人物、事件等均十分复杂的报道来说，这种电报一样干净洗练，且具画面感的行文，堪称经典。

佚名 | 孙中山归国记

☐ 作者简介、综合素质（相关资料无可考）
☐ 作品

孙中山归国记

孙中山先生于昨日上午抵埠，本埠欢迎情形汇录如下：

孙先生乘香港船入港，沪军都督府派建威兵轮，由沈参谋虬斋往吴淞口迎迓。时值细雨如织，海口雾集，致建威升旗时，该舰不及瞭见停轮。

孙先生偕美将郝门李夫妇同行，又有日本同志随孙先生来华者六人，又有中国人随孙先生来者十人，其姓名如下：胡汉民、谢良牧、李晓生、黄子荫、陈琴舫、朱本富、余森郎、朱卓文、陆文辉、黄菊生。

孙先生登岸，即由宗仰先生招待，至哈同花园午膳后，由伍外交长邀至宅第互商要政。黄元帅、陈都督及胡都督汉民、汪精卫诸君同往。

昨日法工部局因孙先生来沪，极意欢迎。适当耶稣诞日，西例休沐，仍派通班巡捕远迎。

沪都督府先期在宝昌路四百零八号预备住宅一所，并由法界电灯公司尽星期日内，将电灯线接齐。昨日孙先生自伍宅出，即至该处，颇有宾至如归之乐云。

法工部局又于孙先生住宅内，特派西捕一人、安南捕四名常川驻守。又派暗探一班昼夜梭巡门外，岗巡亦加班逻守，后照请沪都督府派卫兵四名、兵弁一员荷枪在门内守望。法人对于中国民党首领，极致其尊敬之态度，殊可感也。

哈同园主及庞青城君皆预备款留孙先生，孙先生因宝昌路住宅为都督府所备，又承法界工部局布置周至，故向哈同君、庞君表明感谢之意。

孙先生此次来沪，极愿与沪上诸同胞握手相见，惟枉顾者不能一一接见，故拟定期择地开会，与诸同胞晤谈一室也。

（原载 1911 年 12 月 26 日《民立报》）

□ 点评

背景 孙中山，1866 年 11 月 12 日生，广东中山人，中国伟大的民主革命先行者。1894 年 6 月，孙中山到天津上书李鸿章，要求改革时政，被置之不理。遂后赴檀香山，在华侨中宣传革命。这年 11 月 24 日，他在檀香山建立兴中会，提出了"驱逐鞑虏，恢复中国，创立合众政府"的主张。1905 年 8 月中国第一个资产阶级民主革命政党——"中国同盟会"在东京成立，孙中山被一致推举为总理。在同盟会机关报《民报》的发刊词里，孙中山首次提出了"民族、民权、民生"三大主义，即"三民主义"的政治纲领。他在海外 16 年，先后 5 次环游世界，在华侨中广泛宣传革命，建立革命组织。在辛亥革命前共领导了 10 次武装起义。这些起义虽然失败，却唤醒了中国人民，敲响了清王朝的丧钟。

1911 年 10 月 10 日，武昌起义爆发，孙中山在美国闻讯后，立即在欧美各国开展外交活动，争取各国的支持，并于同年 12 月 25 日回到上海。12 月 29 日，在南京举行的 17 省代表会议上，孙中山被推举为中华民国临时大总统。

特色 这篇文章具有如下特点：一是主题重大的同时，报道内容也十分全面。该报道尽可能详尽地记录了在孙中山归国当天的情况，这些情况既表达了各界对孙中山的热烈关切，也极大地满足了全国读者的知情欲望。二是细节丰富，甚至不厌其烦。比如随行人员、接待人员、保卫人员、住所以及接下来还将"与诸同胞晤谈一室"，等等。其中诸细节的叙述，某种程度上也为读者判断和推测事件后来的发展提供了线索。

意义 始终探索和领导国内革命，却滞留海外 16 年的孙中山先生终于回国，无疑是一个十分重大的新闻，而 4 天后"被推举为中华民国临时大总统"就更是重大新闻。孙中山的归国，对后来中国的发展和变革，具有极其重要的影响。

影响 就"孙中山归国"而言，新闻十分重大。同时，对后来的新闻人采写新闻，尤其是此类重大时政新闻而言，提供了十分有益的借鉴。

佚名 ｜ 袁世凯挥泪取销帝制

□ 作者简介、综合素质（相关资料无可考）
□ 作品

袁世凯挥泪取销帝制

本报 22 日北京专电　广西独立后，袁连开密议数日，对军政财政皆无解决策。昨日又接驻英日各使万急电，召梁士诒等密议至半夜，聚泣良久，始决计划取销（消）帝制。梁士诒主张由参政院呈请仍以民意为言，袁令速办。梁退出后，袁即面视夏寿田拟稿，今午即行发出。

（原载 1916 年 3 月 23 日《民国日报》）

□ 点评

背景　袁世凯（1859—1916），中国近代史上著名的政治、军事人物，北洋新军创始人。早年在朝鲜驻军，归国后在天津小站督练新军。清末新政期间推动近代化改革。辛亥革命期间逼清帝退位，并当选为中华民国首任大总统。他下令解散国会，修改《中华民国临时约法》，颁布《中华民国约法》并修改《大总统选举法》，1915 年 12 月悍然称帝，复辟中华帝国，后来在护国运动等内外交困的情况下废除帝制，不久后去世。

袁世凯称帝的倒行逆施，造成了民生凋敝、民怨沸腾。人民的愤怒情绪在许多地方发展为骚动或起义。规模虽小，但相当普遍，宛如涓涓细流，汇成滔滔江河，波涛汹涌，势不可当。孙中山重整旗鼓，以鲜明的革命民主派的立场和大无畏的英雄气概与独裁者进行了殊死的搏斗。国内斗争的形势迅速发生变化，使袁氏建立"家天下"的私欲和他所代表的那个集团的共同利益之间产生了尖锐的对立，以致进步党人和那些对帝制心怀猜忌的北洋军阀也都意识到，不撇开袁世凯就不能保持他们所代表的社会势力的利益。于是，他们便和当初袁世凯所要消灭和排斥的一切社会力量联合起来，共同"讨袁"。短命的洪宪王朝在各种势力的打击下仅仅存活了83天就消失了。历史无情地嘲弄了袁世凯：他本来要追求世袭的绝对的独裁权力，结果却使他的一切既得权力丧失殆尽。

特色　事件重大，主题深刻。推翻帝制后，又有人悍然称帝，而后又取消帝制。此事件在20世纪的中国影响甚大；报道语言干净而生动，比如"连开密议数日，对军政财政皆无解决策"，"召梁士诒等密议至半夜，聚泣良久"，尤其是"密议至半夜，聚泣良久"，一个已经走上绝路，甚至连垂死挣扎亦无机会的袁世凯及其"帝国"的临终形象跃然纸上；稍有缺憾的是，报道者对如此重要却又绝密的细节未能以适当方式交代信息来源，恐为该新闻之瑕疵。

意义　中外历史上曾经出现过不少妄想扭转历史车轮前进的丑角，这类丑角没有一个不是以身败名裂而告终的。袁世凯的历史又一次证明：凡是不顾社会历史发展的要求，违背人民意志而倒行逆施的人，无论他是多么骄横跋扈，煊赫一时，其最后的结果必然是被抛入历史的垃圾堆。

影响　袁世凯的悲哀是民族的欣喜，此新闻的发布影响巨大。而此新闻语言的干净生动，更是值得后来者借鉴。

佚名 │ 北京学界之大举动

☐ **作者简介、综合素质（相关资料无可考）**
☐ **作品**

北京学界之大举动

昨日之游街大会　　曹汝霖宅之焚烧
青岛问题之力争　　章宗祥大受夷伤

　　欧议中之青岛问题至近日形势大变，我国朝野均奋起力争，而北京学界尤为愤激，乃于昨日（四日）星期休假，国立大学及各专门学校学生举行游街大会，以为国民对于外交表示誓争到底。午后一时许，各校学生结队数千人在天安门齐集，各执白旗，大书"誓死力争青岛、不争回青岛毋宁死、取消二十一条"等语，此外尤多激烈之词。步军统领李长泰闻信，亲莅天安门，约各校代表说话。代表说明志在争回青岛，决无扰乱秩序之事发生，李统领亦鉴学生爱国热忱，允即谒见总统，将学界意见转达。各校学生遂列队游行至东交民巷，持函谒见各国公使，请主张公道。乃游行回校，沿途秩序井然，观者塞道无不为之感动。学界并遍散印刷物如下：

北京全体学界通告

　　现在日本在万国和会要求并吞青岛管理山东一切权利就要成功了，他们的外交大胜利了，我们的外交大失败了。山东大势一去，就是破坏中国的领土。中国的领土破坏，中国就亡了。所以我们学界今天排队到各公使馆去，要求各国出来维持公理，务望全国工商各界一律起来，设法开国民大会，外争主权，内除国贼，中国存亡就在此一举了！今与全国同胞立两个信条道：

　　中国的土地可以征服而不可以断送！

中国的人民可以杀戮而不可以低头！

国亡了，同胞起来呀！

又接北京电话云，北京法政大学、高等农业学堂、工业学堂、师范学校学生共三千余人，往东交民巷请见各国公使，各使以无正式公文未曾让入，乃往东城赵家楼曹汝霖宅，大呼卖国贼，其仆人出面阻止，因起争殴，当将电灯打破，登时起火，曹宅被焚，现火尚未熄。曹之子侄均受伤，驻日公使章宗祥亦住在曹宅，被打受伤甚重，已送往法国医院医治。警厅派保安游击队三百多人出面弹压，闻已拘捕学生数十人，政府得此消息，刻正在会议办法云。

另一消息云，北京专门学校以上各学生今日（四日）全体一致开游街行列大会，先到东交民巷，向各使馆陈诉后，复至曹总长宅，因家人阻止入内，互有斗殴，闻将电灯打破，遂致酿成火灾，五时至七时未熄。警察闻警奔至，捕去学生许德珩等五六名，此风潮不知如何了结也。

又据中美通信社消息云，自日本利用意大利退出和会之机会，决用强硬手段实行吞噬中国，强和会承认青岛，硬行占据不肯交还，山东人民誓与国土共存亡，反对极为激烈，已志各报。昨晚北京大学学生亦开会于法科讲堂，到会者千余人，群情愤激，决议翌日联络京中各学校举行庄严之游街大会，以示争回青岛之决心。有谢君当场破指大书"还我青岛"四字，演说均极沉痛，至十一时方散会。今日（四日）午后一时，全体学生二千余人齐集操场，各人手持一小旗，上书"勿作五分钟爱国心""争回青岛方罢休""宁为玉碎勿为瓦全""愿全国共弃卖国贼""头可断青岛不可失""中国宣告死刑了"种种字样，又有种种绘画旗帜，上书"卖国之四大金刚应处死刑""小饿鬼想吃天鹅肉"等字样，由各班长率领并举维持秩序之干事数人，并推段君等四人访谒各国公使，示我国争回山东之决心。由是全体出发，往天安门集合，高等师范、朝阳大学等十数校学生走前门大街，经珠市口北折进东交民巷，是时各警察区沿路均增加警士，以防意外云。

（原载 1919 年 5 月 5 日天津《大公报》）

□ 点评

背景 1919年1月，第一次世界大战战胜国在法国巴黎召开所谓的"和平会议"，中国作为第一次世界大战协约国之一参加了会议。中国代表在巴黎和会上提出废除外国在中国的势力范围、撤退外国在中国的军队和取消中日"二十一条"等正义要求，但遭到拒绝，列强竟决定将德国在中国山东的权益转让给日本。此消息传到中国后，北京学生群情激愤，学生、工商业者、教育界和许多爱国团体纷纷通电，斥责日本的无礼行径，并且要求中国政府坚持国家主权。但北洋政府居然准备在《凡尔赛和约》上签字。最终，英、美、法、日、意等国不顾中国民众的呼声，在4月30日签订了《和约》，仍将德国在山东的权益转让日本。在巴黎和会中，中国政府的外交失败，直接引发了中国民众的强烈不满，从而引发了"五四运动"。

1919年5月4日，北京三所高校的3000多名学生代表冲破军警阻挠，云集天安门，他们打出"誓死力争，还我青岛""收回山东权利""拒绝在巴黎和约上签字""废除二十一条""抵制日货""宁为玉碎，勿为瓦全""外争国权，内惩国贼"等口号，并且要求惩办交通总长曹汝霖、币制局总裁陆宗舆、驻日公使章宗祥。学生游行队伍行至曹宅，痛打了章宗祥，北京高等师范学校（今北京师范大学）数理部的匡互生第一个冲进曹宅，并带头火烧曹宅，引发"火烧赵家楼"事件。随后，军警给予镇压，逮捕了学生代表32人。

特色 这是一篇主题十分重大的报道。在采编方面，报道全面具体，背景清楚、经过详细，且以"学界通告"准确地报道了游行的主张。尤其是对待这样一个十分复杂的重大新闻，报道采用了尽可能多（包括"中美通讯社"）的新闻源，以使报道尽可能的准确和全面。另外，《大公报》所作的标题也很值得称道，其副题"昨日之游街大会　曹汝霖宅之焚烧　青岛问题之力争　章宗祥大受夷伤"，精练整齐地把新闻的要点都表达出来了。

意义 "五四运动"是一场伟大的群众爱国运动，它表现出的反帝反封建的彻底性是史上前所未有的，它揭开了全民族进行彻底的反帝反封建斗争的序幕；"五四运动"是一场深刻的思想解放运动，它使中国人民进一步认识到帝国主义侵略的本质和军阀统治的黑暗，促进了全国人民对改造中国的问题的反思和探索，也促进了新思潮的蓬勃兴起和马克思主义的传播；"五四运动"既揭开了新民主主义革命的序幕，又开创了中国新民主主义革命的开端。

影响 报道发表后，"五四运动"在全国全面展开。1919 年 5 月 4 日的游行实际上揭开了全民族进行彻底的反帝反封建斗争的序幕。

邵飘萍 | 昨日长辛店枪击工人大惨剧

□ 作者简介

邵飘萍（1886 — 1926），中国新闻界的全才。在短短不到二十年的新闻生涯中，他成功地扮演了三个角色：新闻工作者、新闻学者和新闻教育工作者。作为一名新闻工作者，他撰写了大量的消息、通讯、时评和论说，一笔抵过十万军。他曾被《申报》聘为特派记者，并首创了"新闻编译社"和《京报》。作为一名新闻学者，他在新闻学理论和业务上的研究都具有开拓性，编写出版了《新闻学总论》《实际应用新闻学》两部新闻学专著，这两部书成为我国最早的一批新闻学著作。作为一名新闻学教育工作者，他参与创建了中国第一个新闻学团体"北京大学新闻学研究会"，并担任导师，定期讲学。

□ 综合素质

知识结构 邵飘萍5岁开始在父亲的私塾读书，在父亲的严格督导下，他刻苦学习，打下良好的文学功底。14岁就中了秀才，17岁入省立中学，后到浙江高等学堂师范科（今浙江大学）就读，接受西方科学、政治文化的教育，受到了新思想的启蒙。在此期间，他有机会阅读到大量的进步报刊，对新闻的兴趣日渐浓厚，对梁启超的文章尤其沉迷，并确立了新闻报国的思想。邵飘萍曾说："余百无一嗜，惟对新闻事业乃有非常趣味，愿终生以之。"

专业技能 邵飘萍在新闻事业的各个方面，都表现出了卓越的才能。他既是一个杰出的报刊活动家、政论家、记者，又是一个新闻学者和新闻教育工作者。他不仅注重选取题材重大的新闻事件，还努力运用各种写作技巧，力图鲜明、生动地报道客观事物，并准确、有力地表达其深邃活跃的思想，以提高通讯文章的可读性与趣味性。邵飘萍感情热烈奔放、爱憎分明，常在《北京特别通信》中直抒己见，其文章具有鲜明的战斗风格。在写法上，他采取丰富的叙述方法和表达方式，灵活多样地对新闻事件、人物进行报道，使文章自由疏放、丰富多彩。在谋篇布局上，他有时是一事一报，有时是相关事件的组合报道，而遇到极其重大的事件，又采取连续多篇的系列报道，对其进行全面而详尽的评述，不拘一格、变化多样。邵飘萍非常善于捕捉受访者的心理特征，顺应受访者的心理状态，以使访问顺利进行。邵飘萍的新闻理念，在中国新闻史上占有重要的一席之地。

职业道德　邵飘萍具有高度的新闻敏感，原因有三：首先，他时刻都处于记者的角色中，"其脑筋无时休息，其耳目随处警备，网罗世间一切事物而待其变"。第二，在采访前做好充分的准备，对背景材料掌握完备。第三，交游广泛也是其新闻敏感的"物质"基础。邵飘萍的交际圈很广泛，能够在各派军阀间游走，游刃有余，又能和普通民众打成一片，上至总统、总理，下至仆役、百姓，都愿意和他交朋友。

创新能力　邵飘萍不仅是记者，而且也是报人。他参与开拓了中国新闻教育和新闻理论研究事业；创建了中国第一个新闻学团体"北京大学新闻学研究会"；编写并出版了《新闻学总论》和《实际应用新闻学》两部新闻学专著；大开北方报纸副刊之先河，影响极大。因愤慨于外国通讯社任意左右中国舆论，邵飘萍于1916 年 7 月，创办了北方最早的通讯社"北京新闻编译社"，自编本国新闻，翻译重要外电，每天 19 时准时发稿。为了摆脱当时北京各个政治集团操纵、报纸不尊重事实的状况，他在 1918 年创办了《京报》，为的是独立地发言、独立地报道，把真实情况告诉民众。

□ 作品

昨日长辛店枪击工人大惨剧
官厅报告说工人不是
击毙徒手工人三名　重伤者二十余名　轻伤者三十余名

本报特讯　军队开赴长辛店，以武力解决罢工。昨日午后，京中接官场报告，说是徒手工人启衅，遂不得不开枪轰击。一场惨祸，击毙工人三名，重伤者二十余，轻伤者三十余。此事可算军队胜利，赵继贤的压迫政策一时成功。本报甚愿工人从此即不敢再行抬头，则赵继贤之勋业可谓能削平工潮，应铸铜像。若因此引起极大恐怖，或因不平而致大反动发生，则非吾人之所愿闻。然正太铁路何以又有罢工之举，岂工人真不怕枪弹耶？或者一闻长辛店之已用激烈手段对付，可望其惊慑从速开工？至各路全行罢工之说，及粤汉又继正太而起之说，想赵继贤等既能令军队开枪，必系成竹在胸，定有办法，则虽风声鹤唳、草木皆兵又似不足惧矣。拭目俟之，其前途诚极堪注目也。兹以各社报告录后。

神州社云　京汉路工人罢工风潮，已迭志前报。兹据路局方面消息，当局连日对于此次滋事工人，虽多方迁就，而该工人等因得有各方面之援助，迄不肯俯就范围，势非采用严厉手段对付不可。赵局长继贤前晚（六日）已下局令，对于首事工人，饬令严行查究惩办。一方面商调京奉津浦各站熟练工人及迭次退休工人充当工头，另挑精壮兵丁数百名随同练习，以为替代开车之用。原有工人，如再不及时省悟，当一律解散，押令回籍，并追缴从前所有薪饷。前晚（六日）十二时五十分已由唐山运到工人一百二十六名。由第十四混成旅副官长韩振青，京汉局代表印刷所长孟彬湘带同军队保护，将该工人等，运往长辛店，再分送保定、郑州等站。昨日（七日）上午十一时京保间已开车一次，拟再节节开行。并经军警当局会商决定，分段保护。自北京至长辛店，系由步军统领衙门游缉第一大队担任。自长辛店至保定，系由陆军第十四混成旅旅长时全盛军队担任。均携带全部武装，严阵以待。又据某军事机关消息，长辛店方面，前晚（六日）以涿州开来步兵二营，系第十四混成旅时全盛所部军队。昨晨（七日）七时下紧急命令，捕拿为首工人十一名，工人当即麇集二千余人，与该军队抗拒，声势汹汹，口称要捕拿时旅长全盛，以为交换，因与该军队发生激斗。步军统领衙门闻讯，又加派步兵一营，工兵一营，到长辛店助防。工人均赤手相搏，出入枪林弹雨之中，毫无退志。结果，击毙工人一名，重伤工人二十余名，轻伤工人三十余名，捕拿工人三十余名。彼此犹在相持中。当局拟再增加军队，前往弹压，厉行武力解决。此昨日兵工开始大激战之详情也。

中一通信社云　六日长辛店地方，由王巡阅使时师长二人出示宣布戒严。然在戒严期间，不应有开会集合等事发生。京汉此次罢工之工人，见此情形，遂向军队交涉，双方意见不合，彼此冲突，以致互相动武。该军人为维持地面计，当即向空中放枪数发，不意有三个工人中流弹身亡，并捕去工人十数名，送至保定。在当时，众工人虽然四散，而因伤人，风潮或更紧一步，亦未可知。又据一派人曰：伤亡及被捕者多系主动人，其他各工人皆愿回工。况昨夜该站电灯房业已开电，或再有一步磋商，即可平息云。

又某社云　昨夜（六日）军警在长辛店捕去铁路工会重要职员十余人，押赴保定。今日（七日）午前曹使派去的第十四旅旅长带领兵士多人拥到火神庙附近捕拿工人，强迫入厂做工。打死伤的工人据现在确实调查已有焦某等十余人，居民数人，受伤及逃亡的工友及居民无数。封闭工会。由员司勉强开车赴保定一次。军警包围全镇，厉行戒严，行人断绝，商店已一律闭门。该处工会机关已迁移他处办事。此次风潮将来不知扩大到若何地步云。

国闻通信社云　日来京汉铁路罢工，于社会关系颇巨。众议院议员王恒等，对于政府提出质问书。兹觅得其原稿，照录于左：

为郑州警察激成京汉全路罢工一事，蹂躏约法，妨害交通，促进社会革命，政府有无确定之善后方案，请明白答复事。据近三日来新闻所载，京汉铁路工人全体罢工，溯其原因，乃因郑州警察所长黄殿辰，滥用职权，干涉工人开会，甚至占踞会场，捣毁牌匾。查人民集会结社自由，载在约法，自非妨害公安。警察只有保护之义务，决无任意干涉之权利。究竟二月一日京汉路工人开会，警察有无妄肆干涉之行动？如果有此行动，政府应如何处置此等蹂躏约法、滥用职权之警察官吏，以保障约法上人权之尊严？此应请政府答复者一也。中国交通事业，幼稚异常，而国有铁路，特为尤甚。现在京汉铁路，隐然化为一人一系之私产。上之国帑，不能得丝毫之收入；下之劳动工人，不能享应有之工资；中而商人旅客，不能得交通之便宜。究竟政府此后对于国家产业上之收益，与军事上、商业上以及普通人民之交通，与劳动界应得的合理之工资，有无通盘之筹划，斟酌尽善之交通政策，此应请答复者二也。劳动问题，为西方政治上一般棘手之问题。溯厥原因，乃由于百年以前政治当局，方针误用。一面在经济上提倡资本制度，促进贫富之不均，一面在法律上视劳动家别为一种人格。酝酿百年，而天道好还，而俄罗斯遂涌现一种别一人格之国家，使第三阶级以上之阶级，尽倒转而化奴隶。我国政治经济两面，于世界皆为后进，历史上既无积重难返之嫌，而约法上复规定人民一律平等，与其集会结社之自由。现在政党可立政团，商民可立商会，农民可立农会，教育界可立教育会，学生会，军人可立偕行社联欢社，而工人开会，独被干涉。是否现政府犹袭西方百年前之劳动政策以促未来之社会革命？此应请答复者三也。本席以为晚近政治，只要号称为一个政府，以上之三个问题，非有具的计划不可，否则其人即不配当政治之局。今政府成立未久，对于此失态（指警察激成罢工言）尚不能认此为现政府绝对应负之责任。惟政府此后对于现在已发生之问题，如何补救，对于未来之一切整理，有无积极政策，应请提出具体方案，以昭示国民，否则只有请政府负责自决而已。

又京绥铁路车务同人联合总会及北京之后援会、学生联合会等，以风潮扩大，均开会集议，发表援助京汉工人之宣言通电。依此等现象观察，恐非徒恃武力所能为功。若竟愈激愈厉，则政府之责任更为重大。吾人鉴于罢工损失之巨，望其早日平息，然不得其平，必有反动。当局若不注意及此，恐有惹起全局不堪之危险也。

（原载 1923 年 2 月 8 日北京《京报》）

□ 点评

背景 1923 年 2 月 1 日，京汉铁路各站工会代表在郑州召开总工会成立大会。总工会当即组织全站 2 万工人举行总同盟罢工，并将总工会移至武汉江岸办公。2 月 4 日总罢工开始，各站工人一致行动，全线所有客货车一律停开，长达千余公里的京汉线立即陷于瘫痪。京汉铁路总工会江岸分会委员长、共产党员林祥谦，纠察队长、共产党员曾玉良，领导工人粉碎了军阀企图破坏罢工的阴谋。2 月 6 日，湖北工团联合会和京汉铁路总工会法律顾问、共产党员施洋，发动武汉各工团代表 2000 余人赴江岸慰问，并和铁路工人万余人举行集会和游行示威。2 月 7 日，曹锟、吴佩孚等派大批军警分别在长辛店、郑州和武汉江岸等处进行血腥镇压，工人被杀 40 多人，伤 200 多人，被捕 60 多人，遭开除 1000 多人。

特色 文章详细记录了惨案发生的经过，并借助其他报社的消息来充实信息，使消息更加全面，惨案发生经过更加详细。同时，寥寥几笔就把赵继贤这个人的丑恶嘴脸刻画得栩栩如生，使读者能切实体会到军阀的利益是以牺牲和榨取百姓的血汗换来的。

意义　《京报》在 1923 年 2 月 8 日即以醒目的大字"昨日长辛店枪击工人大惨剧"为题，详细报道了惨案发生的经过，揭露军阀吴佩孚、肖耀南的镇压阴谋，并在消息中点名讽刺指挥镇压、杀伤工人的刽子手、京汉铁路局局长赵继贤，宣传"民不畏死，奈何以死惧之"的道理。

影响　直系军阀吴佩孚看了报道之后，气得咬牙切齿，在纸上连续写下数个邵飘萍的名字，发泄心头的不满。

佚名 | 上海"五卅惨案"

□ 作者简介、综合素质（相关资料无可考）
□ 作品

上海"五卅惨案"[①]

上海电 此间大学生今日（三十）因运动释放被捕学生演说反帝主义。午后三时半与警察队发生冲突。警察开枪。死六人，伤六人。

上海学生警察冲突详报 上海三十日电云：罢工关系学生释放运动，数日来已有化为排外运动（系指对英美日法而言）之形势。当局在警戒中。果然今日午后有学生两名，散布不稳宣单，警察当即逮捕。学生等欲救回同学，群赴南京路之警察署门前，为反对帝国主义、不平等条约撤废等激烈演说。虽经警察制止，仍不听，遂发生冲突。警察开枪，死六名（或云四名，或云九名）伤七八名。因该地适为热闹街衢，演成非常之骚动。负伤者抬往附近之红十字病院医治，内两名重伤，其学生多似上海大学者。此次风潮颇与中国侧以莫大之冲动，或竟引重大之影响也。

（原载1925年6月1日《大公报》）

□ 点评

背景 "五卅惨案"（也称为五卅血案），因发生于1925年5月30日而得名，是反帝爱国运动——"五卅运动"的导火线。5月30日，上海学生两千余人在租界内散发传单，发表演说，抗议日本纱厂资本家镇压工人大罢工，打死工人顾正红，声援工人，并号召收回租界，被英国巡捕逮捕一百余人。下午万余群

---

① 原为两条独立新闻，皆载于《大公报》1925年6月1日，标题为编者后加。

众聚集在英租界南京路老闸巡捕房门前，高呼"打倒帝国主义"等口号，要求释放被捕学生。英国巡捕竟开枪射击，当场打死13人，重伤数十人，逮捕150余人，造成震惊中外的"五卅惨案"。

惨案发生后全国震动，北京学生第二天立即响应，全国各地学生也先后罢课，风起云涌，进行反帝国主义示威运动，民意沸腾。

特色　报道极为简练，全文以标准的"倒金字塔"的方式进行报道。先是第一个电头："此间大学生今日（三十日）因运动释放被捕学生演说反帝主义。午后三时半与警察队发生冲突。警察开枪。死六人，伤六人。"把新闻最主要的原因、经过、结果都说得很清楚；然后是第二个电头，进行"详报"。最后，又点出该事件的影响："此次风潮颇与中国侧以莫大之冲动，或竟引重大之影响也。"由此可见，这条在今天只能被称为"简讯"的300余字的新闻，竟然容纳了这样丰富而重要的信息！这对今天业界某些关于对"倒金字塔"写作方式的非议来说，是有力的反证。

意义　"五卅运动"沉重打击了帝国主义，对中华民族的觉醒和国民革命运动的发展起了巨大的推动作用，大大提高了中国人民的觉悟，揭开了大革命高潮的序幕。中国共产党在领导"五卅运动"的斗争中受到很大锻炼，培养造就了一大批干部，党组织也得到极大发展，在斗争实践中总结了宝贵的经验，为以后党领导大规模的群众斗争奠定了基础。

影响　"五卅惨案"的消息发布后，迅速传遍全国，各大中城市纷纷罢工罢课，声援上海人民的反帝斗争。从而形成了更大规模的五卅反帝爱国运动，严重打击了帝国主义，大大提高了中国人民的觉悟，揭开了大革命高涨的序幕。

佚名 | 日军大举侵略东省

□ **作者简介、综合素质（相关资料无可考）**
□ **作品**

日军大举侵略东省

蔑弃国际公法 破坏东亚和平

沈阳辽阳长春安东营口等处均被侵占

十八日下午十一时，驻南满线日军四十名，突将皇姑屯北宁铁路拆毁，开始军事行动。十九晨二时，日军第二师团进占商埠地及沈阳城，恣意搜索，省府及兵工厂、粮秣厂，均被焚毁，同时日军炮击北大营。因边署严令各军镇静，故军民死伤甚众，警察伤亡尤多。北大营驻军，沿沈海线东退，途中被日兵截击，伤亡甚众。北大营及东北大学，全被日军占领，交通完全断绝。荣臻及荣家属均被日军逮捕，第一旅长王以哲殉难。营口十九晨八时亦被日军占领，站长警务长被俘。日海军在营登岸，距营八里埋设地雷，防止客车前进。长春十九晨十时陷落。日军到处寻衅，焚掠极惨。兹将各情，分志如下：

日军无端寻衅

自行炸毁南满路 捏称系我国所为

北平 十八夜十时，日本满铁守备队无端寻衅，突将沈阳站皇姑屯站中间之满铁铁道一部分炸断，开始军事行动。（十九日专电）

北平 日军自行炸毁满铁线一段，捏称系我国所为，借此寻衅，故事前对我未发最后通牒，显系违背国际公法。（十九日专电）

南京 外部情报司科长范汉生语人，日人宣传冲突原因，系因中国军希图破坏南满路，以个人观察此说绝不可信，盖中国军队向极和平，南满路沿线，

日军防备严密，中国军队断不致有无故希图破坏之理。（十九日专电）

南京　此间得讯，日军在北大营，十八晚十时，向我国寻衅。驻沈垣北门之东北军第一旅，为正当防卫，制止士兵与日军冲突。乃日军气焰万丈，十一时首先开枪，向沈垣射击，并用大炮猛攻，纯系有计划有组织之行动。（十九日专电）

北平　中国方面佥谓满洲日军无端挑衅，中国军民虽为枪炮轰毙甚多，但华兵并未回击，亦未与抗。中国当局于两日前已闻满洲日后备兵已领得军械，而连日开抵沈阳之兵，络绎不绝，内有炮队若干。此为条约所不许，足证日方计划，甚为周密。且数日前有张学良之日友入谒。劝张勿回沈阳，以免蹈险。满洲中国当局以此项战争，迹近恫吓，曾命军队如有事端，万勿开枪轰击日兵，故日军炮轰北大营时，该营司令即命军队堆起军械，勿与为抗。（十九日路透社电）

昨日清晨日军入沈阳城

兵工厂全部被炸毁　各机关首领软禁中　重要建筑物皆被毁

哈尔滨　日陆军第二师团，今晨三时入据沈阳，各机关首领均为软禁自宅。十八夜始，日军以大炮不断向沈阳城攻击，重要建筑物多为摧毁，长春一间堡间东铁路轨，为日军拆毁，自长春至宽城子间日军赶修轻便路。（十九日专电）

天津　日本满铁守备队，自本夜十时起，无端寻衅，突将北宁路皇姑屯迤东之铁道炸断，开始军事行动。日军已强行占沈阳市商埠地一带，我军无何抵抗。秩序骚动，全城陷入混乱状态，日军且有焚掠行为。日本驻辽阳第二师团黄夜向沈阳开发，途中到处寻衅焚掠极惨。今晨二时起，日军以巨炮袭击我北大营地方。至发电时止，我军民同胞，死伤弹下者，不计其数，惨极惨极。日军向我驻军，到处挑衅。边署严令各军力持镇静，不事抵抗，北大营驻军正沿沈海线东退，途中被日军分段截击，据闻死伤甚众。日军自一时起将皇姑屯沈阳电线截断，四周道上，俱派守备队堵守，交通全断。至铁道附近之往来行人，多被狙击，皇姑屯居民纷纷西上逃难。（十九日专电）

北平　日军于十九晨六时三十分，大队由大西门入城，分布各衙署，我军民始终不与抗拒。（十九日专电）

南京　复旦社沈阳电，日军大队由关东宪兵司令统率，十九晨六时三十分，武装入城。将边防公署东北电政督办公署书道署，及其他各机关，均行占领，关东司令部亦移入城内。自三经路至五纬路一带，日军密布，驱逐华人出商埠地，华商店均闭户，交通几全断，仅通三马路，顷城内尚闻炮声，恐慌万状。（十九日电）

沈阳　路透社沈阳访电称，昨夜日军强占沈阳，收管无线电台、兵工厂，及其他政府机关，并割断中国所有电线许多，华人被杀，来复枪弹纷纷飞入沈阳俱乐部，历若干时始已。日本官场称，昨夜十时半华兵麦毁在沈阳北面七基洛米达之北大营南满铁路，故日军有此行动云。（十九日路透社电）

南京　外部接平电，十八夜十时，日军准备占领沈阳。十一时向北大营及兵工厂发炮。五时占沈阳，并进兵营口，且有西来模样。（十九日专电）

南京　中央某委接到私人电，沈阳在昨夜今晨间，实际已被日军全占，我方无抵抗。沈阳日军攻北大营，将皇姑屯至沈站间桥梁电线毁断。营口已被占，锦州亦有动作。（十九日专电）

哈尔滨　今晨三时，日军占我沈阳兵工厂，炸毁迫击炮药厂。（十九日专电）

哈尔滨　日军炮火自十八晚十时起，不断向沈阳城轰击，各重要建筑皆被毁。（十九日专电）

东京　朝日新闻接专电称，日军已占据沈阳城内中国银行三家，东三省银行及交通银行皆在其列。（十九日路透社电）

沈阳　昨夜日军取攻势，先集中于南满铁路与沈阳城间人烟稠密之商区，铁路卫队与警察协同将该区华警察逐走，嗣布防线于日侨住区周围，继有日兵一队至城保护城内之日侨，城垣周围略有战事，盖为掩护南满铁路区外之日侨全体移入该区计也。同时南满铁路各点之日兵奉命向沈阳城进发，以增厚兵力，当开战时。华员至日本总领事署请停止战事，未有效果，于是炮队开始作战，闻日炮曾麦毁北大营之大部分，死伤甚多。今日侵晨，日军已占据城外之兵工厂及飞行场，俘该处华兵四百五十名，华兵罕有抗拒，今晨六时三十分，全城入于日军之手。同时闻长春旅顺辽阳等处均有军事行动，有向沈阳进发者，有

仅在当地从事保护附近如营口、铁岭、抚顺、四平街等处之日侨者。（十九日路透社电）

东京　此间接最近消息称，日军于激战后，已占据宽城子南岭东大营及沈阳四乡。自占据四乡后，沈阳全城遂入日军掌握，日军在长春附近死十九人，伤二十二人。（十九日路透社电）

沈阳　昨晚沈阳北城外北大营附近南满铁路轨道，被人拆毁一节。日军指为华人所为，并指该华人属于东北军第一团，即于夜十时三十分出兵袭攻北大营。十二时三十分完全占据其地，遂乘夜进攻沈阳城，至今晨四时三十分，沈阳失陷。六时日方将城内剩留东北军与宪兵缴械，并俘去荣臻及全家十七人，解往日宪兵司令部。当夜一时二十五分，日军另派兵攻击沈阳子药库，我军抵抗后不支而退。五时许，又占据沈阳无线电台及兵工厂。该台即与美国通报者，为国际宣传之命脉。（十九日路透社电）

北平　沈阳兵工厂已被日本炸毁，省府占领，由平开辽火车，只通山海关。（十九日专电）

沈阳　日军今日上午九时，占领东北航空队飞行场、沈阳电报局，及飞机全部，同时占领安东、凤凰城、连山湾等处。（十九日电通社电）

日军炮毁南岭兵营

哈尔滨　日军炮火毁长春南岭兵营二百间，要求长当局：一、释放郝永德。二、交出警察武装。三、市面由日警维持。未允。日军仍在炮轰。（十九日专电）

沈阳　开赴南岭之日军，破坏中国大炮十二门，虏获二十四门。（十九日电通社电）

日军侵占长春

傅营长惨遭击毙　兵民百余人遇害

长春　十九上午四时，公主岭日军突至长春，包围南岭炮兵营缴械，并将士兵击毙六十。又二道沟第三营亦被日军包围缴械，傅冠军营长及士兵商民等十名毙命。我军奉命不加抵抗，又东铁宽城子站市公安局散步关分所孟家桥分

所，均被日军监视。春城四郊交通断绝，商店闭门。（十九日专电）

哈尔滨　长春一间硗间东铁路轨，为日军拆毁三十里，日军自长春向宽城子筑轻便铁路。（十九日专电）

哈尔滨　日军今晨侵入沈阳北大营，将驻军缴械，并占据重要及交通机关。哈辽间电报电话，悉不通，长春南完全入于混乱状态。日军已全取战时行动。日军于今晨五时，包围长春李旅傅营，施猛烈攻击。傅营长阵亡，兵士死极多，残余为缴械。同时南岭炮营，亦遭攻击，士兵因奉令不抵抗，听缴械，死更多。长春、宽城子皆为日军占据，路特警均被俘。（十九日专电）

哈尔滨　十九午后，日军架炮向长春市街轰射，死伤官民甚众，东铁客车今只开到窑门。（十九日专电）

哈尔滨　长春公安局散步关与运路两派出所，被日军缴械。长春城四外交通断绝，商民关门。（十九日中央社电）

北平　长春电：驻长日军十九日晨袭击宽城子，并将中国通讯机关全破坏。（十九日专电）

哈尔滨　长春日军二百人，十九日晨四时至城北二道沟包围我第三营，要求缴械，营长傅冠军不允，当被击毙，复开枪击毙士兵商民百余名。（十九日中央社电）

长春　今晨四时三十分，日兵与华兵在宽城子冲突，其地为南满中东吉长三铁路重要交点，炮声清晰可闻。续电云：日军已完全占据宽城子。（十九日路透社电）

哈尔滨　公主岭日军五百，十九日晨徒步至长春南岭兵营，五时缴我炮兵第十团械，以机枪扫射我士兵，死六十名，日军复放火烧我军需。我军奉令，始终未抵抗。（十九日中央社电）

长春　今晨八时二十五分，长春日本领事馆起火，仅留事务所，余全部烧失。（十九日电通社电）

哈尔滨　长春南岭炮营为日军炮击，炮火甚烈。（十九日专电）

哈尔滨　东铁护路军军部今午后派杨科员赴宽城子哨探。（十九日专电）

荣臻并眷被掳　旅长王以哲殉难

北平　边署参谋长荣臻及眷属十七人,十九晨被日宪兵拘囚日兵营。(十九日)

沈阳　闻日当局今日搜查东北军参谋长荣臻之寓所,拘去十一人,现正在研讯中。(十九日路透社电)

北平　沈阳省垣警察,完全被日军缴械,并挨户搜索;荣臻及眷属,掳至日军宪兵司令部;省主席臧式毅,避入日领署;东北第一旅长王以哲被害。(十九日专电)

沈阳　东北军参谋长荣臻氏及家族十七名,今晨被日本宪兵队带往日本兵营。(十九日电通社电)

沈阳日军占据北宁路局　破坏交通机关

南京　铁部接北宁路局电告,谓日军于十九下午一时,占领路局,形势严重。(十九日专电)

南京　十九晨六时,日军由关东司令官指挥之下,侵入沈阳,同时辽阳长春宽城子一带东北军,被日军解除武装。原驻辽阳之日本陆军师团,及南满沿线驻军,均奉令向沈阳集中。晨十时起,沈阳电报不通。(十九日专电)

北平　东北交通机关,均被日军破坏。北平拍往东北电概由烟台大连水线转发,直达陆线已不通。(十九日专电)

北平　沈阳交通机关均被日军占据,该处所发消息,均为日本宣传。(十九日专电)

哈尔滨　沈阳无线电台被日军强占,十九日晨八时起不能通报。(十九日中央社电)

北大营之大火

沈阳　东北军之沈阳北大营,自今晓来受日军猛攻发火,刻正盛燃。(十九日电通社电)

沈阳　夕刻北大营方面发火,刻正盛行燃烧,何处被焚,刻无从查明。(十九日电通社电)

沈阳　日军自十八日夜十时至十九日晨六时,缴我北大营驻军械,炮击兵

工厂。（十九日上午七时中央社电）

沈阳　昨夜十一时十五分，日本野战炮队发炮轰击沈阳兵工厂飞行场及大北营，后即占据沈阳城各要点。华军韩司令在沈阳俱乐部前中机关枪弹倒地殒命，时俱乐部中正在跳舞也。沈阳两兵工厂军备均被拆除，大北营可贵之炮弹库现正起火。（十九日路透社电）

南京　外部接沈阳无线电台电讯，十八夜十时至十九日晨六时，日军将沈阳附近之北大营驻军炮标及兵工厂驻军，一律缴械。外部顷接北平电，日军于十八夜十时，即开始炮击北大营及兵工厂；十九晨五时，即将沈阳占据，同时向营口进兵，且有西进模样。（十九日专电）

沈阳　北大营附近南满铁路被拆铁轨，旋即修复。今晨六时，火车照常开行。（十九日国民社电）

北平　辽宁南满路附近日本驻军，十八夜全体出动，向我东北驻军北大营攻击，始以枪击，继用巨炮。我军以未奉命令未抵御，北大营驻军全被日军缴械。（十九日专电）

日军到洮昂路

哈尔滨　洮昂路发现日军。（十九日专电）

哈尔滨　洮昂线被日军侵入。（十九日专电）

哈尔滨　黑省戒严。（十九日专电）

驻韩日军出动

汉城　第○○师团○○联队，午前十一时五十分自龙山站开赴满洲。（十九日电通社电）

汉城　开赴满洲日第三部队，本日午后零时，自此间开赴沈阳。（十九日电通社电）

汉城　因中日兵在沈阳发生冲突，日方已对驻扎朝鲜之第十九第廿两师团，下重要命令。（十九日电通社电）

平壤　平壤飞行联队所属日陆军飞机大队，本日午后零时，出发赴满。（十九日电通社电）

平壤　日军令平壤飞机队全部，出动沈阳。（十九日电通社电）

（原载 1931 年 9 月 20 日《申报》）

□ 点评

背景　1931 年 9 月 18 日，日本驻中国东北地区的关东军突然袭击沈阳，以武力攻击东北，中国东北军和日本关东军爆发的一次军事冲突和政治事件。史称"九一八"事变。

当晚 10 时许，日本关东军岛本大队川岛中队河本末守中尉率部下数人，在沈阳北大营南约 800 米的柳条湖附近，将南满铁路一段路轨炸毁，称是中国军队破坏铁路。日军独立守备队第二大队即向中国东北军驻地北大营发动进攻。次日晨 4 时许，日军独立守备队第五大队从铁岭到达北大营加入战斗。5 时半，东北军第七旅退到沈阳东山嘴子，日军占领北大营。战斗中东北军伤亡 300 余人，日军伤亡 24 人。

9 月 19 日上午 8 时，日军几乎未受到抵抗便将沈阳全城占领。东北军撤向锦州。此后，东北各地的中国军队继续执行不抵抗主义，使日军得以迅速占领辽宁、吉林、黑龙江三省。短短 4 个多月内，128 万平方公里、相当于日本国土 3.5 倍的中国东北全部沦陷，3000 多万父老成了亡国奴。日本利用投靠日本的前清废帝溥仪在东北建立了伪满洲国傀儡政权，实行了 14 年之久的殖民统治。

特色　严格地说，这是一篇组合式报道。因为事件十分重大，而且发生突然、涉及面也相当广，全国乃至全世界的读者都十分关切，所以报道努力争取尽可能地详尽。《申报》的这篇组合式报道很好地做到了这一点，极大地满足了读者的知情欲望。就内容而言，首先是沈阳地区的各方情况，然后是长春等地的情况，而且这些情况的报道还采用了国内外数十家媒体的消息互相印证；从报道形式上看，对事件或按时间顺序或按内容分类，共作了 9 个小标题，有的小标题竟也多达 5 行，阅读十分方便。另外，这篇新闻最初刊登时还配了一张地图，即"沈阳附近略图"，这就更方便了读者对新闻的理解。这是一篇重大突发新闻的经典之作。

意义　事件十分重大。"九一八"事变揭开了日本对中国、进而对亚洲及太平洋地区进行全面武装侵略的序幕。从此，东北同胞饱受亡国奴之苦，因此被中国民众视为国耻，9 月 18 日也被称为"国耻日"。

　　影响　"九一八"事变的消息发布后，迅速传遍全国，激起了全国人民的抗日怒潮。各地人民纷纷要求抗日，反对国民党政府的不抵抗政策。在中国共产党的领导和影响下，东北人民奋起抵抗，开展抗日游击战争，先后出现了东北义勇军和各种抗日武装。

佚名 ｜ 中原惨象人间地狱　鹿邑县人市已设五处

□ 作者简介、综合素质（相关资料无可考）
□ 作品

中原惨象人间地狱　鹿邑县人市已设五处

以人易食不得　孩提抛弃遍地

饥民僵毙河畔　一腿竟被分食

一老妇六十日食麦秸一筐

　　国闻社二十日郑州电　鹿邑、柘城春粮告竭，流离归德者达七千余人。僵卧于途者日众，死亡枕藉，惨不忍睹。西关南关几成灾民世界，嗷嗷呼饥之声，日以继夜。红十字会及红万字会联合绅商，由郑汴募得赈粮，一人日发小米半斤，以时促人多，分配难周。探头伸手，争欲先得，致挤毙九名。道殣仍夥，鹿邑本境经股匪扰五月之久，庐舍为墟，粮米尽罄，鬻妻子以延生。二区朱恺店、三区老鸦店、五区宁平镇、六区泽民镇、八区桑园集，均立人市。年幼妇女每人不值十元，十一二岁幼童仅易千文。孩提婴儿，抛弃遍地，榆皮揭食精光，水藻非地主不得捞食。六区五村一家三口，五日内食洋车胶皮一副。二区观堂张姓妇，六十日食麦一篮麦秸，卒至饿毙大小四口。八区贾滩集河畔僵毙一饥民，竟被分食一腿。某妇买一馒头留小姑为质。卖馒头者索钱不得，小姑谓我宁不值一馒头。一卖烧饼者代偿馒头账而换得此幼女。又一家百余口合居，有沃田五十余顷，而日不得一食。家长已七十余岁，卖媳辈妆奁八百元，媳辈痛哭。翁夜间售出籴米，相告曰："吾为求全出此下策，生死相关，而辈何咎？吾决不食此粮，吾何颜以见而辈。"遂投井而死。

（原载 1932 年 5 月 22 日《大公报》）

□ 点评

背景 1932 年的中国民众正处在一个生死存亡的关头。日本帝国主义已经占领了东三省，帝国主义列强各自运用他们的武力、财力，争着瓜分中国。全中国处在巨大的浩劫中。帝国主义、国民党的军阀、官僚、地主、资产阶级、高利贷者对全中国民众残酷的剥削与搜刮，对中国民众身家性命的摧毁与蹂躏，造成了遍及全中国的灾荒，使全中国一亿以上的民众落进了无衣无食的人间地狱。工商业的衰落，农村经济的崩溃，人民已经陷入了悲惨的绝境。千百万的工人、农民相继失地失业。惊惶、不安、怨恨、愤怒与斗争的情绪，压抑到了极点。

地主资产阶级的代表国民党是一切罪恶的制造者。它对日本帝国主义占领东三省采取了"无抵抗""镇静"与"逆来顺受"的投降政策。而对全中国民众反帝国主义的斗争则采取了高压手段与屠杀政策。苛捐杂税、搜刮敲诈、奸淫掳掠、杀人放火、战争流血，在国民党统治之下，无所不用其极。农民群众的最大多数，在地主、商人、军阀、官僚、高利贷者残酷的重重剥削之下，很快地失去他们生活的源泉——土地，变成了游民、土匪与灾民。

在此情势之下，加之西方经济也正处于大萧条之际，原本满目疮痍的中国经济更加委靡不振，金融和工商业动荡，大量白银外流、原材料价格跌落、消费市场一片低迷。工人罢工不断，农村哀鸿遍野。

《中原惨象人间地狱　鹿邑县人市已设五处》报道的，即为此时中原的民生景象。

特色 报道十分具体，几乎全用细节说话，如："僵卧于途者日众""嗷嗷呼饥之声，日以继夜""分配难周""争欲先得，致挤毙九名""河畔僵毙一饥民，竟被分食一腿"等等，尤其是"鬻妻子以延生"的买卖人口的"人市已设五处"，且"年幼妇女每人不值十元，十一二岁幼童仅易千文。孩提婴儿，抛弃遍地"……正因为报道有了这些具体的细节，才使得"中原惨象人间地狱"的判断顺理成章，更使得报道真实可信。同时，报道的这种"厚题薄文"的编辑方式十分具有可读性。

意义 报道触目惊心。报道以一个县民生的具体情况，具体而深刻地反映了当时的中国社会和百姓群众，在帝国主义、国民党的军阀、官僚、地主、资产阶级的多重压迫下处在"人间地狱"的惨状。这些情况对广大读者清醒而深刻地认识中国半殖民地半封建社会的性质有重大意义。

　　影响　报道全用事实细节说话的采写方式和"厚题薄文"的编辑方式，都对后来的新闻采编具有借鉴意义。

佚名 ｜ 红军开始"长征"

□ 作者简介、综合素质（相关资料无可考）
□ 作品

红军开始"长征"

香港　"赣匪"因石城兴国失守，知残局不能再支，朱毛彭等股约八万放弃云都、瑞金老巢西窜。（二十二日专电）

南京　东路总司令部电军事机关称，瑞金、古城、会昌间有残匪五万余人，经我东北两路军压迫，有突围而走赣西、退窜鄂川模样。但我军布置周密，不致漏网。长汀残匪，我军挺进后，知难立足，内部已感恐慌，不难直捣巢穴。（二十二日专电）

厦门　俘匪要员供匪之物质接济，向自汀江运输（按汀江自长汀下流经上杭入粤而通汕头），今东路军占河田，将江面封锁，一切接济断绝，困守自难图存，故决弃闽赣地盘另谋出路。匪如西窜，必取道会昌，向西经南丰大庾而入湘川。（二十二日中央社电）

（原载 1934 年 10 月 23 日上海《申报》。编者：原标题为《赣匪弃巢西窜》，因此文持国民党官方立场，故称红军为"匪"，称国军为"我军"）

□ 点评

背景　长征，指中国工农红军主力从长江以南各革命根据地向陕甘革命根据地会合的战略转移。1934 年 10 月，由于王明"左"倾冒险主义的错误领导以及敌强我弱，中央革命根据地（亦称中央苏区）第五次反"围剿"战争遭到失败，红军第一方面军（中央红军）主力开始长征。同年 11 月和次年 4 月，在鄂豫皖革命根据地的红二十五军和川陕革命根据地的红四方面军分别开始长征。1935

年 11 月，在湘鄂西革命根据地的红二、六军团也离开根据地开始长征。1936 年
6 月，第二、六军团组成第二方面军。同年 10 月，红军第一、二、四方面军在
甘肃会宁胜利会合，结束了长征。其中红一方面军长征历时一年，转战 11 个省，
最远行程约二万五千里。

中国工农红军长征的胜利，是人类历史上的奇迹。在一年中，红军长征历经
曲折，战胜了重重艰难险阻，保存和锻炼了革命的基干力量，将中国革命的大本
营转移到了西北，为开展抗日战争和发展中国革命事业创造了条件。长征的胜利
表明中国共产党和中国工农红军是一支不可战胜的力量。"长征是宣言书，长征
是宣传队，长征是播种机"，当年红军长征胜利到达陕北之后，毛泽东同志曾就
长征作过如上精辟的总结。

特色 从报道文本的具体细节看，报道者也仅是从极为有限的红军动向的蛛
丝马迹而得出"红军西进"这一重要判断的——应该说，报道者是颇具新闻敏感
的；从三条信息系同一天的电头却来自三个不同的发电地点（香港、南京、厦门）
以及不同而又互为补充的信源来看，报道力争详尽，因此，报道的结论是有一定
说服力的。

意义 这条消息几乎是到目前为止，我们所看到的最早的关于红军大规模
"西进"（长征）的报道，因此，该文本具有极高的史料价值，是研究红军长
征历史不可忽略的重要史料。

影响 最早的尽可能准确的"红军西进"（长征）的报道，其重大影响是
不言而喻的，虽然这报道来自敌方的通讯社。同时，从上述"特色"看，对于
后来者如何采编重大新闻，尤其是重大事件的可能发展，该文本也是有其借鉴
价值的。

佚名 ｜ 瞿秋白毕命记

□ 作者简介、综合素质（相关资料无可考）
□ 作品

瞿秋白毕命记

汀州通信　瞿秋白系共党首要，过去共党所谓盲动时期，如广州、南昌、萍乡之暴动，实其领导。本年三月中旬，于长汀水口地方被保安十四团钟绍葵部将其俘虏，当时瞿犹变名为林祺祥，拘禁月余，莫能辨认，后呈解汀州，经三十六师军法处反复质证，彼乃坦然承诺，毫不避讳。于是优予待遇，另关闭室，时过两月有余，毫无讯息。今晨忽闻，瞿之末日已临，登时可信可疑，终于不知是否确实，记者为好奇心所驱使，趋前叩询，至其卧室，见瞿正大挥毫笔，书写绝句。其文曰：

一九三三年六月十七日晚梦行小径中，夕阳明灭寒流出咽，如置身仙境。翌日读唐人诗，忽见夕阳明灭乱山中句，因集句得偶成一首：

夕阳明灭乱流中

韦应物

落叶寒泉听不穷

郎士元

已忍伶俜十年事

杜心甫

持半偈万缘空空

郎士元

方欲提笔录出，而毕命之令已下，甚可念也。秋白半有句："眼底烟云过尽时，正我逍遥处。"此非"词谶"，乃狱中言志耳。

书毕乃至中山公园，全园为之寂静，鸟雀停息呻吟。信步行至亭前，已见菲菜四碟，美酒壹瓮，彼独坐其上，自斟自饮，谈笑自若，神色无异。酒半乃言曰："人之公余稍憩，为小快乐；夜间安眠，为大快乐；辞世长逝，为真快乐。"继而高唱国际歌，以打破沉默之空气，酒毕徐步赴刑场，前后卫士护送，空间极为严肃。经过街衢之口，见一瞎眼乞丐，彼犹回首顾视，似有所感也。既至刑场，彼自请仰卧受刑。枪声一发，瞿遂长辞人世矣！　（平写于十八日午刻）

（原载 1935 年 7 月 5 日天津《大公报》）

□ 点评

背景　瞿秋白是中国共产党早期的主要领导人，伟大的马克思主义者，卓越的无产阶级革命家、理论家、宣传家，中国革命文学事业的重要奠基人。

1935 年 2 月 24 日，他在福建省长汀县濯田区水口镇小迳村牛庄岭附近被俘。5 月 11 日，《中央日报》和《大公报》分别刊登了国民党中央通讯社发布的瞿秋白被捕的短消息。因瞿秋白曾任中共中央总书记一职，故这条被捕消息一时间在读者中引起不小的震动。时任天津《大公报》编辑主任的王芸生看到这条短消息，异常震撼。恰在此时，王芸生在天津遇到一个朋友，在闲谈时议论到瞿的被捕，这位朋友说他在闽有一个至交，神通广大，与负责囚禁瞿秋白的国民党军第三十六师的长官们很熟，可以设法采访到瞿，但在南方很难发表。王接过话茬，小声地说："只要你能采访到瞿，访文字数不限，我可以拿到北方发表，稿酬加倍。"此后，王芸生在天津，静静地等候着消息。

6 月 20 日，王芸生得到瞿秋白在福建长汀就义的消息，感到无比惋惜。6 月底，他果真接到了署名为"李克长"的题为《瞿秋白访问记》的稿件，另外还有一篇署名"平"的题为《瞿秋白毙命记》，写瞿秋白英勇就义的稿件。王芸生看到这两篇稿件后，把它们放在抽屉里，考虑着如何发表。

署名"李克长"的文章篇幅较长，有 5000 余字，如放到《大公报》上发表，要占去半个版面，较为显眼，容易引起国民党新闻检查机关的注意。而王芸生同时还编辑该报的附属刊物《国闻周报》，这是一份时事性周刊，图文并茂，可读性强，当时的发行量有近 5 万份，在各界读者中有广泛影响。王芸生把署名"李克长"的长文排入《国闻周报》。为掩人耳目，他还在文前写了一段"编者按"，其中有这样几句："本文作者于其毕命前之两星期访问瞿氏于长汀监所，所谈多关个人身世，了无政治关系，故予刊载。"7月4日深夜，王芸生忙于《大公报》版面的最后编辑工作，他看到第四版右下角还有一块狭长的版面，就从抽屉里拿出署名"平"的文章，迅速交给印刷厂的排字房。署名"平"的文章的原标题为《瞿秋白毙命记》，王芸生看到"毙命"二字，感觉是贬义的，遂把"毙"改成"毕"，一字之差，流露出他的真实情感。

特色　《瞿秋白毕命记》一文最具特色的部分是叙述瞿秋白英勇就义的文字极为干净、具体，现场感极强："书毕乃至中山公园，全园为之寂静，鸟雀停息呻吟"，"自斟自饮，谈笑自若，神色无异。酒半乃言曰：'人之公余稍憩，为小快乐；夜间安眠，为大快乐；辞世长逝，为真快乐。'继而高唱国际歌，以打破沉默之空气，酒毕徐步赴刑场"，"空间极为严肃"，"既至刑场，彼自请仰卧受刑。"至此，共产党人瞿秋白视死如归、大义凛然的气概，跃然纸上，报道感人至深。

另外，标题用"毕"而不用"毙"，亦十分耐人寻味。

意义　瞿秋白被秘密执行枪决，在国民党严密封锁消息的情况下，文章较快地披露了瞿秋白英勇就义的消息。文章详细生动地描绘了瞿秋白慷慨奔赴刑场的场面，他视死如归、大义凛然的气概既激励和鼓舞着处在白色恐怖中的共产党人继续与反动派斗争，又对当时对共产党人并不十分了解的广大读者具有很大的价值。报道文稿亦是后人研究党史的重要资料。

影响　报道生动感人，震撼人心，催人奋进。其中诸事实均为党史研究之珍贵史料。另外，《瞿秋白访问记》和《瞿秋白毕命记》两篇报道，均经著名报人王芸生之手得以面世。这一史实，是广大读者和现代史、党史研究者很难注意到的。

佚名 ｜ 鲁迅昨在沪逝世

□ 作者简介、综合素质（相关资料无可考）
□ 作品

中国文坛名作家

鲁迅昨在沪逝世

蔡元培等组织治丧委员会　明日大殓后日安葬

　　上海十九日下午八时发专电　名作家鲁迅（即周树人氏）十九日晨五时二十五分在沪逝世。据鲁迅妻许广平女士谈，鲁病肺很久，经调养渐愈，本拟赴日本休养，因遵医嘱留沪，月初健康大复，已照常写作看书访友，国庆日曾往影院观《复仇艳遇》影片，十七日午后往内山书店访内山，归来受风寒，当夜失眠。十八日晨寒热大作，咳嗽亦烈，先延日医须藤诊治。十八日午后更由福民医院松井等会诊，即注酸素，迄鲜效果。十九日晨四时仅呼"要茶"，五时二十五分逝世。时仅伊及鲁迅之弟周建人暨日籍看护等三人在侧，鲁迅尸体已移送万国殡仪馆入殓。

　　上海二十日上午零时三十分发专电　鲁迅享年五十六岁，遗八岁子，名海婴。今日午后文艺界往吊者甚多，由蔡元培、宋庆龄、沈钧儒、茅盾、内山完造、史沫德等组治丧委员会。治丧处由黄源、胡愈之负责，定二十日晨九时起，至二十一日午后二时止，为各界瞻仰遗容时间，二十一日午后三时大殓，二十二日晨十时运万国公墓安葬。

（原载 1936 年 10 月 20 日天津《大公报》）

□ 点评

　　背景　鲁迅（1881—1936），文学家、思想家、革命家。原名周树人，号豫才。浙江绍兴人。1898 年离开故乡考进南京江南水师学堂，后又转入江南陆师学堂附设的矿路学堂。1902 年初毕业后被选派赴日留学，先学医，后为改变国民精神，弃医从文。1918 年在《新青年》上发表新文学的第一篇白话小说《狂人日记》，正式开始了辉煌的创作生涯。至 1926 年相继出版短篇小说集《呐喊》《彷徨》等。"四一二"反革命政变使其思想产生了飞跃，由此从以进化论思想为主导转向以马克思主义的阶级论思想为主导。1930 年 3 月"左联"成立时，他被推荐为常委，成为中国共产党领导下的左翼文化运动的主将。他后十年的杂文，更加深刻、犀利，有如匕首、投枪，充满了韧的战斗精神。这些作品收在《而已集》《三闲集》《二心集》《南腔北调集》《伪自由书》《准风月谈》《花边文学》《且介亭杂文》等专集中。1936 年 10 月 19 日病逝于上海。

毛泽东评价鲁迅是"文化新军的最伟大和最英勇的旗手"，是"最热忱的空前的民族英雄"，"他不但是伟大的文学家，而且是伟大的思想家和伟大的革命家"，"鲁迅的方向，就是中华民族新文化的方向"。

特色　报道快捷，直至报道见报当日凌晨仍有最新信息发布，这在当时信息传送能力极为有限的情况下，十分难能可贵；信息详尽，鲁迅逝世前两日和前一小时的病况、就医、"要茶"等情况均有报道，逝世后的吊唁和治丧安排亦有详细报道；文字简练、清晰、客观，颇有电报风格。

意义　在中国新民主主义革命时期，"代表着中华民族新文化的方向"的鲁迅先生的逝世，是一件十分重大的事件，天津《大公报》的这篇报道是诸报中最早也较详尽的。鲁迅的逝世将给中国文化，甚至政治带来怎样的影响，都是当时人们十分关心的。

影响　享年 56 岁的鲁迅先生的逝世立即引起社会各界的震动，也引起了各界对其后中国新文化将如何发展的广泛思考。同时，仅就该报道的采编而言，其快捷、详尽、简练、清晰、客观等特色，都对后来的新闻采编有相当的影响。

佚名 ｜ 西安抗日起义　蒋介石被扣留

□ 作者简介、综合素质（相关资料无可考）
□ 作品

西安抗日起义　蒋介石被扣留
——张学良杨虎城坚决的革命行动

西安电　自日满伪军猛攻绥东，暴日灭亡中国之步骤更成凶猛以来，全国抗日形势更趋紧张，而蒋介石仍不悔悟继续对外投降，对内压迫爱国运动，屠杀人民进攻红军，全国人民义愤沸腾。在此情势下，西安昨日爆发抗日起义，张学良、杨虎城已将祸国罪魁蒋介石及蒋鼎文、陈诚、陈继承、万耀煌、卫立煌、钱大钧等七人拘留，宪兵第三团团长蒋孝先意图反抗当被枪决。

张学良已发出呼号全国抗日的通电，各方及全国民众正纷起赞助此革命的起义。全国人民要求将汉奸蒋介石交付人民审判。现在全国民族抗日斗争形势已急转直下，西安抗日起义在全国抗日民众、军人的拥护中将迅速地开展为全国大规模的抗日民族革命战争。

苏区抗日民众们！紧急动员起来！联合全国所有抗日力量誓死为收复失地，驱逐日本帝国主义出中国，实现中华民主共和国而斗争！

（原载 1936 年 12 月 13 日《红色中华》）

□ 点评

背景　西安事变，又称"双十二事变"，是当时任职西北剿匪副总司令、东北军领袖张学良和当时任职国民革命军第十七路总指挥、西北军领袖杨虎城于1936 年 12 月 12 日，在西安发动的直接军事监禁事件，扣留了当时任职国民政府军事委员会委员长和西北剿匪总司令的蒋介石，目的是迫其"停止剿共，改组政府，出兵抗日"。

此前，10 月 22 日，蒋介石由南京飞抵西安，严令"进剿"红军。张学良表示反对，并提出停止内战，一致抗日的要求，遭蒋拒绝。29 日，张学良飞抵洛阳，劝蒋联共抗日，遭蒋拒绝，蒋强令其"剿共"，否则就把他的部队撤离到东边去。11 月 27 日，张学良上书蒋介石，请缨抗战，遭蒋拒绝。12 月 4 日，蒋由洛阳到抵西安，立即调三十万中央军嫡系部队"进剿"红军，张学良与杨虎城再次进谏，遭蒋拒绝。12 月 7 日，张学良到华清池见蒋，再三苦谏，要求停止内战，一致抗日，遭蒋拒绝。 12 月 9 日，中国共产党组织大规模的群众游行示威，纪念"一二·九"运动一周年。特务军警开枪打伤一名小学生，群众非常激愤。当晚，张学良找到蒋介石，再次劝蒋抗日，并要求蒋放过学生，但是蒋介石称："对这批学生，除了拿机关枪打以外，是没有办法的。"张听后大怒，反问道："机关枪不打日本人反而去打爱国学生？"张蒋再次大吵，盛怒下的张学良于当晚决定兵谏。

西安事变最终以蒋介石被迫接受"停止剿共，一致抗日"的主张，停止了内战，促成了国共第二次合作，建立了抗日统一战线，极大地鼓舞了中国人民的抗日热情。周恩来对张学良的评价是："民族英雄、千古功臣。"

特色　该文本既客观报道新闻事实，更在此基础上指出事件的本质，并顺理成章地发出号召，具有极强的说服力和战斗力；同时，该文本原文显然是蜡纸刻印物，这从一个侧面反映了当时红军条件之艰苦，而正是如此，报道做到了事件次日即见报，更是难能可贵。

意义　这条"西安事变"次日发表的重大新闻，来自中国共产党主办的《红色中华》报，报道旗帜鲜明地揭露了蒋介石反人民不抗战的本质，盛赞张学良、杨虎城行为是"坚决的革命行动"，并号召"联合全国所有抗日力量誓死为收复失地，驱逐日本帝国主义出中国，实现中华民主共和国而斗争！"这有利于读者认识形势，对引导社会舆论、凝聚人心，具有极为重要的意义。

影响　该报道主题之准确、鲜明，说服力、战斗力之强，时效之迅捷，为重大事件新闻报道的采编提供了有益的借鉴。

佚名 ｜ 内战形势甚严重

□ 作者简介、综合素质（相关资料无可考）
□ 作品

内战形势甚严重

南京准备向西安进攻　抗日联军亦积极布置

西安十四日电　南京政府之亲日派在日本积极策动之下，又在制造大规模的新内战。闻其军事布置，以李默庵纵队指挥十八三、九五、九八、七四等师与肖之楚纵队四四师及独立四旅在洛南商南一带准备进攻。以王耀武纵队指挥四九、五一等师与万耀煌十三师在陇南汗中一带准备向西安进攻。以唐淮源纵队指挥十二师，指挥曾万钟四三、九七各师，关麟征二五、十四各师，胡宗南一、七八各师及补充旅分在陇西、天水、通渭、静宁、会宁、预旺一带准备向西安前进。又以汤恩伯之四、二一、七二各师在陕北准备向南进攻。以上系南京军向西安压迫之形势，而西安军队与民众武装为保卫抗日根据地计，正积极计划自卫的布置，西北抗日队军总计达四十余万人，以孙慰如为第一集团军及地方团队的十万人在渭河以南。以缪微沅为第二集团军约八师与地方团队在渭河以北严阵以待，并以于学忠部新编第一军长邓宝珊部为第三集团军，王以哲军陕甘团队及第四集团军兵力五万余人对陇西、陇南、陇北备战。以高桂滋、高双成等部对陕北之反抗日军备战。现在双方兵力总计达百万人。内战形势非常吃紧，我们要求蒋介石立即出身制裁亲日派的阴谋，化内战为民族革命战争，一致去对付日寇。

（原载 1937 年 1 月 16 日《红色中华》）

□ 点评

背景　1936年12月12日，震惊中外的"西安事变"爆发。

"西安事变"爆发的第二天，中共中央就在陕北保安（今志丹）县召开政治局会议。毛泽东认为，这次事变是有革命意义的，是抗日反卖国贼的，是应该拥护的。党中央的基本立场是强调抗日，一切为了抗日。所以，对于蒋介石的态度，强调要把他同亲日派区别开来。为努力做好西安事变的善后工作，中共中央于1936年12月27日向党内发出《中共中央关于蒋介石释放后的指示》；1937年1月7日又发出《中共中央关于西安事变宣传方针的指示》。提出党的基本方针仍然是"停止内战，一致抗日"，继续督促与逼迫蒋介石实现抗日救国诺言，反对亲日派挑动内战阴谋。

此时南京国民党政府的情况是，亲日派极力想利用西安事变挑起内战，并已经做了诸多相关部署。

特色　首先，这是一篇通过对相关事实进行分析，进而得出判断的报道。"闻其（指国民党政府亲日派）军事布置……"以下，即为其诸军、师等部队进攻西安的部署，这些"绝密"且极为具体的信息，为得出"南京准备向西安进攻"的判断，提供了十分充分的依据。当然，此"闻"并未明确交代具体信息来源，但这是不难理解的：在当时的情况下，如此重大情报岂能交代具体来源？其次，对"抗日联军亦积极布置"的报道则与前者大大不同，这部分的事实早已人所共知，绝无秘密可言，所谓报道的分寸拿捏得十分恰当。第三，最后一句"要求蒋介石立即出身制裁亲日派的阴谋，化内战为民族革命战争，一致去对付日寇"，既表达了共产党的方针，也是对全国人民的号召。

意义　报道深刻地揭露了国民党政府消极抗战、热衷内战的本质，准确地表达了共产党以全国人民利益为重，"停止内战，一致抗日"的坚决立场，以及"督促与逼迫蒋实现抗日救国诺言，反对亲日派挑动内战阴谋"的方针。同时，消息在报道"准备向西安进攻"之后，还鲜明地指出"抗日联军亦积极布置"，这无疑也是对南京国民党政府及其亲日派的严正警告。

影响　在报道新闻的同时，既揭露国民党的本质，又宣传共产党的立场、方针和政策，而一切又秉持客观的新闻写作手法，很值得我们今天在新闻写作时加以借鉴。

佚名 ｜ 日寇的残杀奸淫，绝灭人性！

□ 作者简介、综合素质（相关资料无可考）
□ 作品

多行不义，必自毙！

日寇的残杀奸淫，绝灭人性！

我海内外同胞誓必坚持抗战到最后胜利，为人类除此妖魔！

日寇蹂躏的地方，真是人间地狱！

上海一月份自元旦起至二十五日止，我难民同胞就死了九千九百人，其中七千五百是儿童。南市半成灰烬，到处死尸狼藉，竟非人世！南京有难民二十万，杭州也有三万，衣食俱无，医药更是谈不到。外人慈善机关想去救济，也被日军阻止。

伦敦每日电闻晨邮报香港通讯员评述日军在南京杭州的兽行：某外国教士目击寇军在南京屠杀我同胞，在二万以上，我女同胞被其强奸者奚止千百。某旅馆里，有一个小孩腹上受了七个刺刀伤而死，一个妇女被二十个寇兵轮奸后，喉间又受重伤。三个寇兵轮奸两个小女孩，一个十三岁，一个十一岁。丈夫想保护其妻子，都给刺刀刺了。

南京另一位外国教士写道：三百个中国人被驱入一池中，然后被日军以机关枪扫射，不留一个。又一次，寇兵把一大群中国人关在茅屋内，放火烧屋，又是一个不留。又一次，一群中国人被迫于二十分钟内承认藏有武器，然后把承认者一个个枪毙。

金陵大学组织了一个维持委员会。这个委员会主席写信给日本大使，信中叙述道："金陵大学农科，恰巧在日使馆隔壁，农科校舍上高悬着美国旗，可是日兵仍然闯进来，抢劫杀人强奸等等，无所不为。图书馆中有难民一千五百人，日军官兵相率闯入，当众强奸妇女。"

这个委员会主席于一月十七日又写信给日使，说道："就在你的使馆旁边，恐怖暴行层出不穷。日兵屡次来索女人及金钱，并以刺刀为迫胁。我们的一个职员就被用刺刀刺死。图书馆中许多妇女被强奸。学校的美籍职员也被日军官殴打。我也被酒醉了的日兵从床上拖起来。我们不解，为什么你近在咫尺，竟熟视无睹？"

十八日他又写道：校内情形比城中其他地方要略为"好些"了，可是这所谓好些是怎样呢？看罢！他写道："昨晚一个小孩被刺刀刺死，而另一个则受了致命伤，八个妇女被侮辱了。一个职员被殴打了。秋山的队伍到此附近驻扎，更是火上加油。凡日军所到之处，没有一个人，没有一个房屋，可以幸免于难。我写这封信时，日兵正在进行'检查'，这就是挑选妇女来强奸。"

这位金陵大学主席最后写给日使的一封信中说道："今日午后就在你们大使馆大门口，日兵在强奸妇女。"

又据上海密勒氏评论报载，不久前日寇日日新闻曾登载南京通讯一则，其中便是如此绝灭人性的事实！两个日军官，甲和乙，做杀人记录的比赛，以杀一百人为目标。十二月十日两人在紫金山约会，血刀在手，相顾狞笑。甲说："我杀了一百零五个人。你呢？"乙答："我杀了一百零六个人。"两人哈哈大笑。可是他们无法证明谁先杀满一百人之数，于是重约继续比赛，以杀一百五十人为目标。吃人的魔鬼，还没有这样凶残！

英文平津时报登载这样一个调查统计：河北西部十五个村庄，共一九一三户，十分之九的居民已经抛弃了田庐财产，逃到内地去了，或加入游击队去了，被杀死或"失踪"的共二百六十人，其中六十三个女子，二十个儿童。这个统计实在是代表河北省一般的现象。

英文平津时报又续写道，"河北省乡村中出现了第八路军的代表，有组织有计划地来活动。某次，他们到了一个县，就把从日军缴来的枪支武装了当地的农民，组成了游击队。当地的警察也加入了游击队。"该报谓，河北一省就不下二十县是在第八路军直接影响之下。

海内外同胞们！你们看到了这些日寇兽行的记载，谁个不义愤填膺，愤然而起，恨不得亲报其仇！让我们大家再一次认清，日寇如此残杀奸淫，是我中华民族不共戴天的敌人，也就是世界人类正义的死敌！谁不愿意看见自己的父老子弟，任日寇屠杀，自己的姊妹妻女，任日寇奸淫，谁就该起来更坚决积极地拥护抗战，一致坚持到最后胜利，为我民族争生存，为我无数万死难同胞复仇，为人类正义除此妖魔！平津时报所载，我第八路军在河北的奋斗，便是一个英勇的模范。我海外侨胞更应于积极参加抗战动员之外，努力宣布日寇兽行，使全人类共同起来铲除妖孽！

（原载 1938 年 1 月 31 日《救国时报》）

□ 点评

背景　侵华日军于 1937 年 12 月 13 日攻陷南京之后，在南京城对中国平民和战俘进行了长达 6 个星期的大规模屠杀、抢掠、强奸等。南京城的三分之一被日军纵火烧毁。据 1946 年 2 月中国南京军事法庭查证：中国军民被枪杀和活埋者达 30 多万人。

1937 年"七七"事变后，日本展开全面侵略中国的大规模战争。同年 8 月 13 日在上海及周边地区淞沪会战开始。战役初期，日军于上海久攻不下，但日军进行战役侧翼机动，于 11 月 5 日在杭州湾的全公亭、金山卫间登陆，中国军队陷入腹背受敌的形势，战局急转直下。11 月 12 日上海失守，淞沪会战结束。中国军队向南京方向溃退，中国当时的首都南京处于日军的直接威胁之下。11 月 20 日国民政府宣布迁都重庆。 12 月 1 日，日本参谋本部正式下达占领南京的命令。在西进途中，日军抢劫、杀害平民、强暴妇女的暴行已经开始。12 月 13 日，日军进占南京城，对手无寸铁的南京民众进行了长达 6 周惨绝人寰的大规模屠杀。

在日军进入南京后仅一个月中，全城就发生了 2 万起以上的强奸、轮奸事件，无论少女或老妇，都难以幸免。许多妇女在被强奸之后又遭枪杀、毁尸，惨不忍睹。与此同时，日军遇屋即烧，从中华门到内桥，从太平路到新街口以及夫子庙一带繁华区域，大火连天，几天不息。全市约有三分之一的建筑物和财产化为灰烬。无数住宅、商店、机关、仓库被抢劫一空，"劫后的南京，满目疮痍"。

特色　整个报道用事实说话，而且这些事实信息的来源又大多是外国媒体或外国人士，这无疑极大地增加了新闻的客观性和可信性；报道尽可能地用细节丰富事实，比如，"某旅馆里，有一个小孩腹上受了七个刺刀伤而死，一个妇女被二十个寇兵轮奸后，喉间又受重伤。三个寇兵轮奸两个小女孩，一个十三岁，一个十一岁。丈夫想保护其妻子，都给刺刀刺了"，以及两个日寇军官的"杀人比赛"等等，这些既进一步使报道更加客观可信，也更深刻地揭露了日本侵略者的灭绝人性、惨绝人寰。同时，报道充满了极其强烈的悲愤情感。报道在叙述事实之余偶有议论之语，比如开头的"日寇蹂躏的地方，真是人间地狱！"后面的"吃人的魔鬼，还没有这样凶残！"这两句有限的议论，也能引起读者的共鸣。

意义　报道及时而深刻地揭露了日本侵略者灭绝人性、惨绝人寰的暴行，极大地激发和坚定了全国人民誓死抗日、保家卫国的决心。

影响　日寇在南京实施大屠杀的消息传遍全国后，激起了全国人民对日寇的极大怒火，在全国掀起了一轮又一轮的抗日高潮。

佚名 ｜ 台儿庄昨完全克复　日军向枣庄总溃退

□ 作者简介、综合素质（相关资料无可考）
□ 作品

台儿庄昨完全克复　日军向枣庄总溃退
坂垣矶谷两师团主力歼灭　为开战以来最重大之损失

郑州七日电　此间军事当局五日晨接鲁南捷报称，台儿庄方面之日军六日经华方内外夹击以后，伤亡不下四五千人。华军乘日军喘息未定之际，七日晨复加以猛烈攻击。日第五第十两师团，被歼灭大半，狼狈不堪，所余少数惨败之部队，向东北方面溃退。华军各部队现正乘胜分头追击中。同时中国空军亦出动协同轰炸。据七日下午所得消息，华军现已进至台儿庄以北二十里之某地。苦战两日来之台儿庄，七日已为华军完全克复。

徐州七日电　台儿庄附近华军，六日晚向日军开始第三次继攻后，激战彻夜，又歼灭二千余，获坦克车八辆，其他军用品无算。日军残部约七千余人，七日沿临枣台支线西侧溃退，有向西北突围势。华军已猛烈追击，台儿庄圩内窜据东角碉堡顽抗之日兵百余，经华军七日晨派队扫荡已悉数肃清。台儿庄圩内已无日军。

路透社汉口七日电　今晚军事公报续称：华军自昨夜对于台儿庄北面坂垣与矶谷两师团采行包围行动后，已杀死日军七八千人，并夺获坦克车、铁甲车、机关枪、来福枪甚多云。华方发言人评论此役，谓此次胜利，至关重要。第一因日方夺取徐州而与津浦南段日军取得联络之企图，已受重大打击；第二因此乃中日开战以来日方所受之最重大失败，日军士气势必因以颓丧也。

路透社汉口七日电　华军自昨夜始复对台儿庄东北之日军取果断之新攻势。今晨接李宗仁将军来电称，双方彻夜大战后，台儿庄附近之日军今已沿铁路北向枣庄作总退却；其未及退走之日军刻被华军包围，正依序歼灭之；华军主力亦北进追击败逃之日军云。李宗仁将军在昨日深夜已有电话到此，报告新攻势事。谓进攻之前，汤恩伯将军与关麟征将军曾署名一文，誓将台儿庄北面被围之日军扫除。如不能奏功，愿枭首以示三军。华军于昨夜八时起进攻，近数日中陆续获援，军雄厚，由汤恩伯、关麟征、黄光华、李璧芳（译音）四将各率一军分路进攻。八时甫鸣，华军开始活动，一路由台儿庄北五哩之上陆（译音）南移，一路由南渡运河，进抵距台儿庄南三哩之南乐，两路军队互相对进直至彼此前锋相距约四哩之遥。是时日军见两路华军如果会合者，则将陷于瓮中，故亟奋死战斗，而向北逃。其中若干，在此缺口逃出，向台儿庄东北约七哩之林树园（译音）退走。既而华军合围，故日军余众今已四面受围矣。

徐州七日电　（一）坂垣矶谷两师团主力已被华军歼灭，其一小部分，现向峄县逃窜。华军正追击中。（二）华军在战场上俘获战利品极多，刻在清查中。

汉口七日电　徐州七日上午十二时电话：台儿庄北方之日军，已于六日夜崩溃。在战场中日军大部已为华军歼灭，一部分则沿临枣支线铁路两侧向北溃退，狼狈紊乱，已不成军。华军续向北追击中，现正扫荡战场上之日军残部云。

徐州七日电　华军某部已到达南乐，准备进击由台儿庄北溃之日军。

（原载 1938 年 4 月 8 日《文汇报》）

□ 点评

背景　日本侵略军 1937 年 12 月 13 日和 27 日相继占领南京、济南后，为了迅速实现灭亡中国的侵略计划，连贯南北战场，决定以南京、济南为基地，从南北两端沿津浦铁路夹击徐州，并计划在台儿庄会师。

台儿庄大捷是抗日战争时期的一次重大胜利，也是徐州会战中中国军队取得的一次重大胜利。在历时近半个月的激战中，消灭了大量日寇有生力量。同时，也有数万华夏英雄儿女为国捐躯。战役由李宗仁、孙连仲、张自忠、许德厚、田镇南、关麟征、池峰城、王铭章等抗日名将指挥。

特色　全文语言十分简练、具体，几乎句句都是"硬新闻"。报道内容十分丰富，从新闻发电地点看有郑州（1 条）、徐州（3 条）、汉口（3 条），其中还有两条系外电（路透社）消息，显然《文汇报》的报道力求把尽可能全的战场的情况和尽可能全的权威信息来源报告给读者。从这个角度也可以看出,《文汇报》编辑高超的新闻掌控能力。这篇报道的成功,固然首先取决于前方记者的采写,但编辑对整个新闻的全面的把握和判断水准同样功不可没。

意义　此次大捷是中华民族全面抗战以来,继平型关大捷等战役后,中国人民取得的又一次巨大胜利。它沉重打击了日本侵略者的凶焰,浇灭了日本侵略者的威风。该报道的发表,极大地鼓舞了全民族的士气,极大地坚定了全国军民坚持抗战的必胜信心。

影响　就事件本身而言,如此全面、权威、迅捷的报道,对读者,对民族的影响当然十分巨大;就报道本身而言,上述报道的特色,比如简练、具体、丰富,以及编辑高超的新闻掌控能力等,都对后来的新闻采编具有十分重要的启迪。

佚名 | 本市火炬游行

□ **作者简介、综合素质**（相关资料无可考）
□ **作品**

庆祝日寇无条件投降

本市火炬游行

延安总部举行鸡尾酒会招待盟国友人

　　本报特讯　中国人民艰苦奋斗，忍受牺牲，坚持了八年抗战，最后胜利的日子终于到来了！昨日上午日皇宣布无条件投降的消息传出后，全市轰动，万人欢腾，街上张灯结彩，国旗飘扬，各处黑板报上都用大字报道消息。晚间东南北各区到处举行火炬游行，全市灯火辉煌，欢呼声从各处发出；霎时，鼓乐喧天，无数火炬照亮山岭河畔。机关与群众的乐队、秧歌队，纷纷出发游行。新市场的商人来回奔跑欢呼报信，寻找着柴棍，扎起火炬，参加游行。当实验工厂、联政宣传队、大众剧院、延大、完小等十余秧歌队在新市场十字街口汇合时，市民高呼："中华民族解放万岁！""苏联红军胜利万岁！""动员起来支援前线，保卫边区！""制止蒋介石发动内战！"声震山谷，斯大林元帅、毛主席、朱总司令的巨幅画像在熊熊火炬中高高举起，象征着中苏两国人民的大团结，在蜂拥来去的人群中，有一位拄着拐杖的荣誉军人被群众拥戴着，他十分感动而吃力地说："八年啦，我的血没有白流……"他是参加有名的平型关大战而光荣负伤的，今天他是亲眼看见胜利了！一个卖瓜果的小贩欢喜得跳起来，把筐子里的桃梨，一枚一枚地向空中抛掷，高呼："不要钱的胜利果，请大家自由吃呀！"群众报以热烈的掌声。庆祝的人潮水一样的继续涌来，秧歌队越跳越大，完全卷成一片人海了。人们唱着："前进！人民的解放军！解除敌人的武装，去恢复交通和城镇！坚决大胆，迅速向前进，谁敢阻挡，就把他消灭得干干净净！"欢欣鼓舞，达于极点。美军观察组闻讯后亦乘汽车随秧歌队致庆。街道行人，纷纷议论，人们都一致称赞说："苏联才宣战两天，日本就要求投降，可见红军力量是在全世界伟大无比了！"昨晚，全市灯光彻夜未灭，中国人民在极度狂欢中，没有忘记摆在前面的紧急任务，把在华敌伪军全部解除武装，把八年来人民艰苦抗战果实紧紧掌握在自己手中。

本报讯　昨日晚间朱总司令在延安总部延请留延盟国友人，参加鸡尾酒晚会，以庆祝反对日本法西斯的战争的胜利结束。

（原载 1945 年 8 月 16 日延安《解放日报》）

□　点评

背景　1945 年 8 月 15 日中午，日本裕仁天皇广播《停战诏书》，宣布接受《波茨坦公告》所规定的各项条件，无条件投降。文章写于中国经过艰苦卓绝的八年抗战，终于取得胜利，而蒋介石却蓄谋发动内战，抢夺人民艰苦抗战的胜利果实之时。

特色　这篇文章在采访与写作上，有很多独到之处。注重时效，迅速及时。日本天皇宣布无条件投降的消息传出的第二天，就对这一事件予以报道。这一新闻事件的发生与见报之间的时差之小，对 60 多年前印刷条件极为简陋、落后的延安《解放日报》来说，是极其不易的。

深入观察，形象感人。为了增强新闻的可信性与可感性，当"全市轰动，万人欢腾"的动人场面出现时，作者从上午到晚间，又从晚间到黎明，像一个高明的摄影师，通过微观细察，把一幅幅动人画面、一个个有特点的镜头摄取下来呈现给读者，这种带有浓厚现场感的报道，顿使读者产生强烈、清晰的视觉形象和听觉音响，备觉新闻可感可信。

穿插细节，生动传神。该文之所以令人一读难忘，与记者成功地捕捉与叙述细节密不可分。如"一个卖瓜果的小贩欢喜得跳起来，把筐子里的桃梨，一枚一枚地向空中抛掷，高呼：'不要钱的胜利果，请大家自由吃呀！'群众报以热烈的掌声。"这一"跳"一"抛"、一"呼"一"报"串联起来的细节，顿使新闻神采飞扬，色香味呼之欲出。

缜密构思，一气呵成。该文构思开阔连贯，首尾呼应。作者在将欢腾的场景叙述完毕时，恰到好处地戛然住笔，然后由"热"到"冷"、高屋建瓴地向读者推出这样一个主题：沉浸在胜利后的极度狂欢中的中国人民，应乘胜前进，夺取最后的全部胜利。

意义　这是一篇新闻素描，发表于 1945 年 8 月 16 日的《解放日报》。当时日本宣布投降，抗日战争结束，全民欢庆，具有巨大的政治意义；然而蒋介石却蓄谋发动内战，抢夺人民艰苦抗战的胜利果实。本文借游行群众之口，表达了中国共产党要将革命进行到底的坚强决心。

影响　向全国人民传达了中国共产党全心抗日并取得胜利后的巨大喜悦，和将"人民艰苦抗战果实紧紧握在自己手中"的坚强决心。

佚名 ｜ 女共产党员刘胡兰慷慨就义

□ 作者简介、综合素质（相关资料无可考）
□ 作品

"只要有一口气活着，就要为人民干到底！"

女共产党员刘胡兰慷慨就义

　　新华社晋绥七日电　文水县云周西村十七岁的妇女共产党员刘胡兰，在上月十二日被阎军逮捕，当众审讯。阎军问她是不是共产党员，她答"是"。又问"为什么参加共产党？""共产党为老百姓做事。""今后是否还给共产党办事？""只要有一口气活着，就要为人民干到底。"至此，阎军便抬出铡刀，在她面前铡死了七十多岁的老人杨桂子等人，又对她说："只要今后不给八路军办事，就不杀你。"这位青年女英雄坚决回答："那是办不到的事！"阎军又说："你真的愿意死？""死有什么可怕！"刚毅的刘胡兰，从容地躺在切草刀下大声说："要杀由你吧，我再活十七岁也是这个样子。"她慷慨就义了。全村父老怀着血海般的深恨，为痛悼这位人民女英雄，决定立碑永远纪念。

（原载 1947 年 2 月 10 日延安《解放日报》）

□ 点评

　　背景　刘胡兰，山西省文水县云周西村人（现已更名为刘胡兰村）。1945年进中共妇女干部训练班，1946 年被分配到云周西村做妇女工作，并成为中共候补党员。1946 年 12 月 21 日，刘胡兰参与暗杀为阎锡山军派粮派款、递送情报，成为当地一害的云周西村村长石佩怀的行动。当时的山西省国民政府主席阎锡山派军于 1947 年 1 月 12 日将刘胡兰逮捕，因为拒绝投降，被铡死在铡刀之下，时年 17 岁。

　　此时，中共中央从延安撤退只有几天时间，毛泽东正决定离开陕北以游击方式同国民党军周旋。在此紧要的关头，一个年轻的女共产党员死在了敌人的铡刀下。

　　特色　主题蕴含了深刻的意义，新华社的这条新闻通过对"年龄最小的"女共产党员面对敌人铡刀坚贞不屈、视死如归的报道，对鼓舞和激励全党和全体解放区人民去英勇奋斗并赢得胜利，具有难以取代的新闻价值；报道语言简洁、生动，全文几乎均由对话构成，一个坚贞不屈、视死如归的年轻的女共产党员的形象跃然纸上。

　　意义　刘胡兰是已知的中国共产党女烈士中年龄最小的一位。她凭着对人民的感情和对共产主义理想的坚定信念，在敌人铡刀面前坚贞不屈，视死如归。这种表现，恰恰是共产党的革命教育深入千千万万农民心中的结果。毛泽东当年为其题词"生的伟大，死的光荣"时，恰恰又是中共中央从延安撤退的8天后。在此紧要关头，党的领袖为一个年轻的女党员写下这样的文字，具有激励全党和全体解放区人民去英勇奋斗以赢得战争胜利的寓意。

　　影响　1947年8月1日，中共中央晋绥分局作出决定，追认刘胡兰为中国共产党正式党员，并高度评价了她短暂而光辉的一生。邓小平同志曾题词："刘胡兰的高贵品质，她的精神面貌，永远是中国青年和少年学习的榜样。"1994年2月2日，江泽民总书记在山西视察工作时为刘胡兰题词："发扬胡兰精神，献身四化大业。""胡兰精神"从革命年代到建设时期，激励了几代人。

佚名 │ 完全粉碎敌进攻计划　我主动撤出延安空城

□ 作者简介、综合素质（相关资料无可考）
□ 作品

完全粉碎敌进攻计划　我主动撤出延安空城
中共中央仍留陕北指挥全国爱国自卫战争

新华社延安二十日电　卖国贼蒋介石进攻民主圣地延安。经我陕甘宁边区军民坚强抗击，予以重大杀伤，十九日我人民解放军以任务已达，撤出延安。此次作战，我人民解放军及边区人民表示出异常的英勇与积极，而蒋介石胡宗南的竭尽全力的窜犯，除得到一个空城外毫无所获。蒋介石在此次进犯中，调了他的五分之三的空军，驾着美造的飞机对边区和平居民滥施轰炸，并且将其少得可怜的降落伞部队亦调到西安，准备孤注一掷。在地面上，蒋介石使用于第一线的部队达九个整编师，十三个整编旅，把胡宗南所有的主力都集中起来，企图以突然袭击占领延安，歼灭我人民解放军，打击伟大的中国共产党的首脑机关。这个突然袭击原定于三月六日开始，并在三月十日莫斯科外长会议开会以前攻下延安。蒋介石此次攻延安的政治目的，显然是对其内部振奋消沉已极之士气和在国民党三中全会上替其党内主战派壮胆；在国际上则配合美国帝国主义的"大棒"政策和使马歇尔在莫斯科外长会议上渡过难关。我人民解放军的战略向来不死守一城一地，而以消灭敌人有生力量为目的。此次保卫延安则着重于破坏其突然袭击，保证首脑机关的安全转移，现在可以宣告于世人者，就是此项目的已经完满达成，而蒋介石企图在三月十日以前窜抵延安的计划已被打破，中国共产党中央机关完好无损，并且仍留陕北指导全国的爱国自卫战争。蒋介石占领延安丝毫不能挽救其军事政治经济各方面的危机，但是蒋介石的这一行动，将使全国人民更加团结起来，为独立、和平、民主而作最坚决的奋斗。

新华社陕甘宁二十日电　侵入关中分区之蒋军，已陷入人民游击战之天罗地网中。二月二十一日，蒋军侵入关中首府马栏市后，当地军民立即展开游击战争，广泛袭击敌人。上月二十五日，耀县蒋特三十余人至柳林区梁寨坊一带编保甲时，被游击队打死十余人，俘四名。由马栏向耀县出扰蒋军，亦在该地被俘十一名。赤水游击队于本月五日深入敌后，攻入枸邑土桥镇，将该地碉堡工事全部平毁，七日晚一举收复梁庄，俘蒋记"自卫队"中队长以下三十五人，缴轻机枪三挺，步枪十七支，赤水广大地区已告收复。现各地军民正积极展开反"清剿"与反抢掠斗争。

（原载 1947 年 3 月 22 日《人民日报》）

□ 点评

背景　蒋介石派胡宗南进攻延安，是他在挑起全国内战后，动用了他全部兵力的 80% 向解放区全面进攻失败后进行的。从 1946 年 7 月至 1947 年 2 月，经过 8 个月的较量，人民解放军歼灭了国民党正规军和非正规军共 71 万余人。蒋介石在无力进行全面进攻的情况下，开始重点进攻山东、陕北两个解放区。胡宗南率部在 3 月 10 日苏、美、英、法四国外长开会这一天，向延安发起进攻。

毛泽东和中共中央其他负责人决定，主动撤离延安。

延安当时是世界闻名的红色首都，中共中央在此已 10 年多。主动撤离，当时有很多人想不通。毛泽东说："蒋介石只要一占延安，他就输掉了一切。全国人民以至全世界人民就会知道是蒋介石背信弃义、破坏和平、发动内战、祸国殃民。"

从 3 月 13 日起，陕北解放军一部在延安以南节节抗击胡宗南部，经过 6 天的激战，在掩护中共中央机关和群众安全转移后，于 19 日主动撤出延安。同时实行坚壁清野，使延安成为一座空城。

从 1947 年 3 月中共中央机关撤出延安起，到一年以后人民解放军在西北战场转入进攻为止，毛泽东和党中央、中央军委，坚持转战在陕北，运筹帷幄，从容指挥全国各个战场的人民解放军作战。经过边区军民的团结奋斗，在延安、青化砭、羊马河、蟠龙、陇东、榆林、沙家店 7 次战役后，共歼灭蒋军 3 万余人，粉碎了蒋介石对陕甘宁边区的重点进攻。蒋军十几万部队在陕北被"肥的拖瘦、瘦的拖垮"，还常遭到毁灭性的打击。结果，1948 年 4 月 21 日，胡宗南带着残部撤出延安。至此，延安又回到了人民手中。

特色　该报道既客观地报道蒋介石进攻延安和我人民解放军"着重于破坏其突然袭击"的新闻事实，更通过对事实的报道深刻地揭示了事实本身所存在的必然的意义和影响。也正因此，这篇报道才成了一篇"对蒋的檄文"和"对全国人民为争取独立、和平、民主而战斗的动员令"。

意义　报道深刻地揭露了蒋介石背信弃义、破坏和平、发动内战的本质，明确指出了蒋介石此举"将使全国人民更加团结起来，为独立、和平、民主而做最坚决的斗争"的必然结果，表明了"我人民解放军的战略向来不死守一城一地，而以消灭敌人有生力量为目的"的战略方针。这些既有对蒋的揭露，又有对人民的启示。因此，该报道不仅是一篇简单的动态新闻，它更是一篇对蒋的檄文，也是对全国人民为争取独立、和平、民主而战斗的动员令。

影响　该报道为后来的新闻人采写此类重大时政新闻时，如何把握事件及其隐含其中的意义和影响，提供了很好的借鉴。

毛泽东 | 中原我军占领南阳
　　　 | 我三十万大军胜利南渡长江

□ 作者简介

　　毛泽东（1893—1976），字润之，笔名子任。湖南湘潭人。伟大的马克思主义者、无产阶级革命家、战略家和理论家。中国共产党、中国人民解放军和中华人民共和国的主要缔造者和领导人。在诗词和书法方面，造诣颇深。他成功地将马克思主义与中国革命实践相结合，创造出适合中国革命发展的毛泽东思想，引领中国革命走向胜利，是中国共产党的领袖和中国人民的导师。建国后直到他去世（1949-1976），担任中华人民共和国最高领导人。

□ 综合素质

　　知识结构　毛泽东自幼入私塾接受传统启蒙教育，后入湖南湘乡县地区高小和中学读书，受改良派、革命派思想影响；1914 年秋，升入湖南省立第一师范学校读书，是《新青年》的热心读者。"五四"运动期间，接受俄国"十月革命"思想，成为马克思主义者。毛泽东对中国历史、文学、哲学、军事学等颇有研究，参加革命后，对马克思主义著作认真研读学习，掌握了马克思主义的精髓，并能与中国革命实践相结合。他对马列主义的发展、军事理论的贡献以及对共产党的理论贡献，被称为毛泽东思想。他一生酷爱读书，读书生活特点鲜明：持之以恒、广泛博览、酷爱经史、读无字书、善于思考、经世致用。他深入研读古书、博览群书，不是为书而书，而是结合实际，发现问题、解决问题，以推动中国历史和社会更好更快地前进。

　　专业技能　在新闻传播领域，毛泽东亦有不少创建。1919 年 7 月湖南学生联合会创办《湘江评论》，毛泽东任主编和主要撰稿人。1921 年中国共产党成立后，毛泽东曾多次为党中央机关报《向导》《前锋》撰写稿件，并于1925年担任国共合作统一战线性质的报刊《政治周报》主编，提出用"事实"来反击国民党右派对统一战线的攻击。抗日战争和解放战争时期，在中共中央领导下，《共产党人》《中国工人》《解放日报》等报刊相继创办，毛泽东亲自为它们撰写发刊词，拟定出版方针。他提出并亲自实践"政治家办报"，对中共党报的实践和理论提出过重要思想和指示，奠定了中共党报的理论基础和实践方向。在评论的写作方面，毛泽东亦有突出贡献，他立论高瞻远瞩，论述气势磅礴，说理逻辑严密，各种论述方法运用自如，而且语言通俗简练、尖锐泼辣、诙谐幽默、深入浅出，生动活泼，行文挥洒自如、似行云流水，对中国评论写作有很大创新。

职业道德　毛泽东同志一生忠于人民，忠于祖国，忠于共产主义事业，在立德、立功、立言三个方面贡献巨大，堪称当代伟大楷模。毛泽东早在湖南湘乡县东山高等小学读书时，就深切关心祖国的前途和命运，为了中国人民的革命事业，他勤勤恳恳地工作，努力为人民服务。毛泽东的崇高人格，除了来自他全心全意为人民服务的革命人生观，还来自他对真、善、美的人格理想的追求。他在《言志》和《救国图存篇》中指出："我们应该讲求富国强兵之道"，"每个国民都应该努力担负起救国救民的责任"。

创新能力　毛泽东在党的宣传事业上有众多创新，对党报的性质、任务和功能，党报的风格、路线等做出过精辟论述；在宣传实践中，密切联系群众，走群众路线是毛泽东同志的一贯作风。具体到新闻评论，他常用通俗易懂的大众语言，运用讽刺和半文半白的语言说出深奥的道理。毛泽东知识渊博，学贯古今，他创造性地继承了古汉语的优点，经常使用一些仍在流传着的、为群众所熟悉和喜爱的成语典故，结合引用革命导师的格言以及中国民主革命先驱的经典话语来为自己的观点论证，使文章颇有气势和不容置疑的说服力。

□ 作品

中原我军占领南阳

正确执行新区政策已获很大成功　我在中原不但生根且已枝叶繁茂

　　新华社郑州5日电　在人民解放军伟大的胜利的攻势下，南阳守敌王凌云于四日下午弃城南逃，我军当即占领南阳。南阳为古宛县，三国时曹操与张绣曾于此城发生争夺战。后汉光武帝刘秀，曾于此地起兵，发动反对王莽王朝的战争，创立了后汉王朝。民间所传二十八宿，即刘秀的二十八个主要干部，多是出生于南阳一带。在过去一年中，匪首蒋介石极重视南阳，曾于此设立所谓绥靖区，以王凌云为司令官，企图阻遏人民解放军向南发展的道路。上月，白匪崇禧使用黄维兵团三个军的力量，经营整月，企图打通信阳南阳间的运输道路，始终未能达到目的。最近蒋匪因全局败坏，被迫将整个南部战线近百个师的兵力集中于以徐州为中心和以汉口为中心的两个地区，两星期前已放弃开封，现又放弃南阳。从此，河南全境，除豫北之新乡、安阳，豫西之灵宝、阌乡，豫南之确山、信阳、潢川、光山、商城、固始等地尚有残敌外，已全部为我解放（编者注：河南全省共有一百一十一座城市，我已占一〇一座，匪仅余十座）。去年七月，南线人民解放军开始向敌后实行英勇的进军以来，一年多时间内，除歼灭了大量的国民党正规部队以外，最大的成绩，就是在大别山区（鄂豫区）、皖西区、豫西区、陕南区、桐柏区、江汉区、江淮区（即皖东一带）恢复和建立了稳固的根据地，创立了七个军区，并极大地扩大了豫皖苏军区老根据地。除江淮军区属于苏北军区管辖外，其余各军区，统属于中原军区管辖。豫皖苏区、豫西区、陕南区、桐柏区现已联成一片，没有敌人的阻隔。这四个军区并已和华北联成一片。我武装力量，除补上野战军和地方军一年多激烈战争的消耗以外，还增加了大约二十万人左右，今后当有更大的发展。白匪崇禧经常说："不怕共产党凶，只怕共产党生根。"他是怕对了。我们在所有江淮河汉区域，不仅是树木，而且是森林了。不仅生了根，而且枝叶茂盛了。在去年下半年的一个极短时间内，我们在这一区域曾经过早地执行分配土地的政策，犯了一些策略上的左的错误。但是随即纠正了，普遍地利用了抗日时期的经验，执行了减租减息的社会政策和各阶层合理负担的财政政策。这样就将一切可能联合或中立的社会阶层，均联合或中立起来，集中力量反对国民党反动统治势力及乡村中最为广大群众所痛恨的少数恶霸分子。这一策略，是明显地成功了，敌人已经完全孤立起来。在我强大的野战军和地方军配合打击之下，困守各个孤立据点内的敌人，如像开封、南阳等处，不得不被迫弃城逃窜。南阳守敌王凌云统率的军队是第二军、第六十四军以及一些民团，现向襄阳逃窜。襄阳也是国民党的一个所谓"绥靖区"，第一任司令官康泽被俘后，接手的是从新疆调来的宋希濂。最近宋希濂升任了徐州的副总司令兼前线指挥所主任去代替原任的杜聿明。杜聿明则刚从徐州飞到东北，一战遂败，又逃到了葫芦岛。王凌云到襄阳，大概是接替宋希濂当司令官。但是从南阳到襄阳，并没有走得多远，襄阳还是一个孤立据点，王凌云如不再逃，康泽的命运是在等着他的。

（原载 1948 年 11 月 9 日《人民日报》，发表时未署名）

□ 点评

背景　南阳城，是豫西南政治、经济、文化的中心，战略地位十分重要。因此，解放南阳城，无论从政治上还是从军事上看都有极为重要的意义。攻克这一堡垒，不仅是实现南阳全境解放的标志，也是把桐柏、豫西、陕南解放区 (1948 年 6 月，豫陕鄂解放区分为豫西、陕南两个解放区) 连成整体、实现中原决战的标志。这篇新闻是 1948 年 11 月 9 日发表的。当时正是解放战争的第三个年头，全国大反攻早已开始。我军占领南阳之前，辽沈战役已获全胜，平津战役正在部署，淮海战役即将打响，这就是解放战争中最著名的三大战役。毛泽东写的消息《中原我军占领南阳》，成功地报道了这一新闻事件。

特色　《中原我军占领南阳》的叙述语言，谈古论今，举重若轻。"在人民解放军伟大的胜利攻势下，南阳守敌王凌云于四日下午弃城南逃，我军当即占领南阳。南阳为古宛县，三国时曹操与张绣曾于此城发生争夺战。后汉光武帝刘秀，曾于此地起兵，发动反对王莽王朝的战争，创立了后汉王朝。"仅百余字，就将千年之事、古今之变挫于笔端。这一消息从头到尾不分段落，一气呵成，不仅文笔流畅，而且历史掌故与当时形势结合得恰到好处，是中外新闻史上的奇篇。

意义　由南阳的解放说到一年多来中原地区军事形势的重大变化，反映蒋军必败、我军必胜的大好形势，鼓舞了解放区军民乘胜前进的斗志。毛泽东亲自撰写的这则新闻，由南阳的解放，说到一年多来中原地区军事形势的重大变化，告知广大军民，我军完全掌握了全国战场上的主动权，蒋介石全军败局已定，极大地鼓舞了解放区军民乘胜前进的斗志。

影响　《中原我军占领南阳》是毛泽东同志于 1948 年 11 月 5 日即南阳解放的第二天亲笔为新华社撰写的一篇著名的新闻稿件。这篇报道，以头版头条新闻刊登在 1948 年 11 月 9 日中共中央东北局机关报《东北日报》上，当时的通栏标题是《中原我军解放南阳》，以《中原我军占领南阳》发表在 1948 年 11 月 9 日的《人民日报》上，此后不少书刊相继予以选登。这篇报道不但在解放战争中发挥过重大的历史作用，而且时至今日仍是一篇不可多得的新闻范文。

□ 作品

我三十万大军胜利南渡长江

　　新华社长江前线二十二日二时电　英勇的人民解放军二十一日已有大约三十万人渡过长江。渡江战斗于二十日午夜开始，地点在芜湖、安庆之间。国民党反动派经营了三个半月的长江防线，遇着人民解放军好似摧枯拉朽，军无斗志，纷纷溃退。长江风平浪静，我军万船齐放，直取对岸，不到二十四小时，三十万人民解放军即已突破敌阵，占领南岸广大地区，现正向繁昌、铜陵、青阳、荻港、鲁港诸城进击中。人民解放军正以自己的英雄式的战斗，坚决地执行毛主席、朱总司令的命令。

　　　　　　　　　　　　　（原载 1949 年 4 月 22 日《人民日报》，发表时未署名）

□ 点评

背景　1949 年 3 月 26 日，中国共产党中央通知南京国民党政府，在毛泽东同志所提八项条件的基础上，定于 4 月 1 日在北平举行和谈。4 月 2 日，南京国民党政府和谈代表团到北平；20 日，南京国民党政府拒绝接受和平协定条款；21 日，毛泽东主席和朱德总司令发出《向全国进军的命令》。中国人民解放军百万大军随即在东起江苏江阴，西至江西湖口的一千余里的战线上分三路强渡长江。22 日毛泽东就为新华社写了这则消息。同日 22 时，毛泽东又为新华社写了《人民解放军百万大军横渡长江》。

特色　这则消息的标题仅 12 个字，却精练、鲜明地概括出主要事实。"我三十万大军"写出过江人民解放军人数之多，气势之雄伟；"胜利南渡长江"简明地勾勒了我军南下胜利进军的生动、壮丽的画面，有很大的鼓舞作用。该报道高度概括，气势磅礴；同时，语言准确生动，简洁传神，极富表现力。其特点是：第一，充分发挥了新闻的特点，用事实说话，真实、生动地报道了人民解放军胜利渡江的战斗消息。第二，报道迅速及时，充分把握了时机。第三，简短、精练。第四，导语开门见山，简明扼要。第五，善于抓对比，语言形象生动，增强了新闻的感染力。它很自然地向人们勾画出一幅解放军胜利渡江图。

意义　不仅报道了人民解放军 30 万人占领长江南岸广大地区这一事实，而且通过事实说明国民党赖以顽抗的"防线"已经崩溃，从而彻底摧毁了国民党妄图阻止中国人民将革命进行到底的迷梦。大长了人民的志气，大灭了敌人的威风。这条新闻的及时播发，在政治上发挥了巨大的作用。它使敌军丧胆，节节败退；使我军备受鼓舞，紧接着百万雄师横渡长江，一鼓作气，只一天多时间，就解放了国民党的反动统治中心——南京，宣告国民党反动派的灭亡。

影响　毛泽东为新华社撰写的这篇消息，是我国新闻报道的经典之作。面对我三十万大军南渡长江的重大事件，作者举重若轻，挥动如椽之笔，短短篇幅就写出了它的基本情况，及时地向全世界报道了中国人民解放军挥师南下、势如破竹的事实。消息文字简洁，语言凝练，平实中显示出宏大的气势。消息以叙述展开，其中穿插白描："长江风平浪静，我军万船齐放。"寥寥 12 字，就勾勒出了三十万大军南渡长江的壮阔场面，让人如临其境，如见其景。

胡乔木 │ 北平宣告完全解放

□ 作者简介

　　胡乔木(1912—1992)，本名胡鼎新，笔名乔木。江苏盐城人。清华大学、浙江大学肄业。1937年到达延安，1941年2月起任毛泽东秘书，中共中央政治局秘书。1945年参与起草了《关于若干历史问题的决议》。曾任新华社社长，人民日报社社长，新闻总署署长，中共中央宣传部副部长，中共中央宣传部常务副部长，政务院文化教育委员会秘书长，中共中央副秘书长，中共中央书记处书记，中共中央政治局委员，国务院学位委员会委员、中国社会科学院院长和名誉会长等。著作有《胡乔木文集》等。

□ 综合素质

　　知识结构　胡乔木自幼喜爱文学，因擅长诗文而有"神童"之誉。他好学上进，博学多思，尤其醉心文史，曾就读于清华大学历史系和浙江大学外文系英文专业。胡乔木对哲学、社会科学、人文科学的许多学科，都有高深的造诣和独创的见解，理论与文学修养深厚，是一位百科全书式的马克思主义理论家。来到毛泽东身边后，又读了大量理论著作和文献。他的埋头苦学和深厚的理论功底，为正确理解、掌握和灵活运用马克思列宁主义、毛泽东思想，研究解决国际共产主义运动和中国革命与建设中的重大理论及实际问题，发挥了重要作用。

　　专业技能　胡乔木是杰出的马克思主义理论家、政论家和社会科学家，我党思想理论文化宣传战线的卓越领导人。他的政论说理艺术表现出四大特征，即强大的逻辑力量、鲜明的战斗风格、浓厚的理论色彩、动人的情感魅力。胡乔木拥有多年办党报的经历和写评论、社论的经验，他的社论有自己独到的精辟见解，逻辑力量强大，善于透过现象抓住本质，善于运用各种说理方法，精于安排文章结构布局；同时注意区别对待、掌握分寸，决不失实和虚夸，因此文章的说服力强。胡乔木对新闻评论文风问题提出了很多重要的思想观点。他认为，新闻评论要把抽象的说理同具体的事实结合起来，夹叙夹议，有事实，有形象，有分析，有议论。评论生动活泼的同时，还包含着一定的幽默。

职业道德　胡乔木一贯努力学习、研究和宣传马列主义、毛泽东思想。他博学深思，勤奋笔耕，经过长时期的刻苦磨炼，终于成为才学超群的、在党内外享有盛名的学者和辞章家。对于党的解放思想，实事求是的原则，他积极倡导，身体力行。他旗帜鲜明地反对资产阶级自由化等错误思潮，又不固守某些不符合实际的"条条""本本"，能够根据新的实践经验，提出新的理论观点。他具有高度的党性，坚持原则，顾全大局，一切服从党的安排。他几十年如一日，把毕生的精力毫无保留地奉献给了党的思想宣传事业，奉献给了党的重要文献的起草和编纂工作。他尊重知识、尊重科学、尊重人才。他治学严谨，一丝不苟，对工作兢兢业业、勤勤恳恳，竭尽全力完成党所交给的每一项任务。

创新能力　胡乔木的创新能力表现在各个方面。从思想上看，他在中共思想理论、宣传教育、文化科学方面，以及社会主义经济建设、民主法治建设等诸多领域颇有建树，为中国特色社会主义理论的形成作出了许多鲜为人知的重要贡献，也对中国共产党的新闻理论的形成起到了重要作用；另外在语言学方面，他在积极推广普通话、整理和简化汉字以及制定和推广汉语拼音方案等方面，也起到积极推动作用。在文章撰写上，其观点鲜明的政论、主题明快的小说、文笔优美的散文、清新洒脱的诗歌以及轻松自由的文艺评论，都是留给后人的宝贵精神财富。

□ 作品

以和平方法结束战争

北平宣告完全解放

国民党军已全部开出城外听候改编

新华社陕北 31 日电　世界驰名的文化古都，拥有二百余万人口的北平，本日宣告解放。北平的解放是伟大的中国人民革命运动中最重要的军事发展和政治发展之一。原有国民党反动军队及其军事机构大约二十万人左右据守的北平，乃是执行中国共产党毛泽东主席所宣布的八项和平条件以和平方法结束战争的第一个榜样。这个事实的发生，是人民解放军的十分强大，所向无敌，国民党反动军队中的广大官兵战意消沉，不愿再作毫无出路的抵抗，和北平广大人民群众坚决拥护真正民主和平的结果。北平的国民党军主力现已开至城外指定地点，人民解放军定于本日开始入城接防。北平的人民久已像亲人一样地渴望着人民解放军。在知道了人民解放军即将开入北平之后，北平的工人、学生、市民连忙热闹非凡地筹备着盛大的欢迎仪式，并因国民党军全部出城之一再延期而感觉不耐。人民解放军即将和平地开入北平的消息，使这个古城突然恢复了青春的活力，从一月廿三日起物价顿然下降。街道上重新拥挤着欢天喜地的行人，他们到处探听着解放军入城的确实日期，询问着和传说着解放军和共产党的宣传品的内容。北平的和平谈判曾经进行了一个很长的时间。事实上，从去年十二月人民解放军包围了北平的一天就已开始接触，但是直至天津解放的前夜，傅作义将军还不愿意接受人民解放军的条件，因而使谈判未获结果。开始时期，傅作义还梦想着作绝望的抵抗，随后又梦想着率部逃跑到绥远，或太原，或青岛、上海，并与蒋介石信使往还不绝，对于与人民解放军的和平谈判采取敷衍的态度。傅作义直系主力在新保安和张家口被歼，以及国民党整个军事政治形势处于绝望境地，动摇了他的原定计划。一月十四日，中共毛泽东主席宣布八项和平条件，十五日天津迅速解放，十六日人民解放军平津前线司令员林彪将军、政治委员罗荣桓将军向傅作义送出关于北平和平解决办法的公函。这些事变，促使傅作义将军决心接受解放军的提议，谈判才得到进展。双方的谈判决定：为了便于移交和接管，在过渡期间成立七人的临时联合委员会，人民解放军方面四人，傅作义将军方面三人，以叶剑英将军为主任。这个委员会在人民解放军平津前线司令部的领导之下工作。双方协议：开出城外的傅作义将军所部全军在大约一个月后开始改编为人民解放军。双方又协议在过渡期间，北平市内的各级行政机关、企业机关、银行、仓库、邮电机关、报社、学校、文化机关等，一律暂维现状，不得损坏，听候处理。北平的解放基本上结束了华北的战争。中国北部的河北、察哈尔、山东、山西、绥远五省及河南一部，现在只有太原、大同、归绥、包头、五原、临河、青岛、安阳、新乡等少数地方尚未解放，这些地方的国民党反动军队如果不愿意跟随北平的榜样，就只有跟随天津的榜样。天津是在二十九小时内经过战斗解放的，守城的国民党反动军队全部解决，其高级将领全部被俘，其中拒绝和平解决、坚持抵抗到底并严重破坏人民生命财产的首要分子，将被审讯判罪。北平的解放对于长江以南及其他地方的解放也指出了一个榜样。全国人民要求由战争罪犯们统率的所有执行"戡乱剿匪"伪令，屠杀中国人民的一切反动军队，都能像傅作义将军及其所部一样地接受人民解放军的条件，这将证明他们确有诚意实现真正的和平。傅作义将军在过去两年半中是积极执行"戡乱剿匪"伪令的一人，因此成为战争罪犯之一。但是人们相信，既然他现在接受人民解放军的和平条件，率部出城听候改编，那么，只要他今后继续向有利于人民事业的方向走去，他就有希望取得人民的谅解，允许他将功折罪。

（原载 1949 年 2 月 1 日《人民日报》）

□ 点评

　　背景　北平和平解放谈判，始于 1948 年 11 月 18 日。当时辽沈战役胜利结束，平津战役即将开始。其正式谈判先后进行了三次：第一次谈判是在 1948 年 12 月中旬，当时平津战役已经打响，北平正在被军事包围；第二次谈判是在 1949 年 1 月 6 日至 10 日，当时傅作义部主力 35 军被歼，平津战役胜负大局已定，这次谈判有很大进展，我方提出了改编国民党军的方案，对傅起义人员一律不咎既往，双方草签了《会谈纪要》；第三次谈判是 1 月 14 日至 17 日，14 日上午人民解放军向天津守敌发起总攻，谈判取得了成功，16 日双方签署了《关于北平和平解决的初步协议》14 条，19 日双方代表在城内华北"总部"联谊处经磋商后，将协议正文增补为 18 条，附件 4 条，共 22 条。1 月 21 日，傅作义在华北"剿总"机关及军以上人员会议上，宣布了北平城内国民党守军接受和平改编。发出了《关于全部守城部队开出城外听候改编的通告》。同时将《协议》诸点经国民党中央社北平分社向全国发表。22 日，傅作义在《关于北平和平解决问题的协议书》上签字，并发表广播讲话。同时，城内国民党守军开始移到城外指定地点听候改编，到 31 日全部移动完毕。1 月 31 日，人民解放军入城接管防务，至此，北平宣告和平解放。

特色 该新闻在写作上的突出特点，在于它突出了北平解放"是用和平方法结束战争的第一个榜样"这一特点，阐明它对全国尚未解放的城市或地方的重大意义。其写作上的突出做法是，报道中十分注意对相关情况的必要交代。新闻交代了北平和平解放的条件，这可谓背景交代；新闻交代了北平和平谈判并非一帆风顺，而是进行了一个很长的时间；在讲到天津的榜样时，新闻又作了这样的交代："天津是在二十九小时内经过战斗解放的，守城的国民党反动军队全部解决，其高级将领全部被俘，其中拒绝和平解决、坚持抵抗到底并严重破坏人民生命财产的首要分子，将被审讯判罪。"最后，针对有些国民党战犯害怕起义后得不到人民的宽恕这种心理，新闻又写了一段："傅作义将军在过去两年半中是积极执行'戡乱剿匪'伪令的一人，因此成为战争罪犯之一。但是，人们相信，既然他现在接受人民解放军的和平条件，率部出城听候改编，那么，只要他今后继续向有利于人民事业的方向走去，他就有希望取得人民的谅解，允许他将功折罪。"作为政策交代。

意义 北平的和平解放是震动中外的重大历史事件。它胜利结束了平津战役，达到了歼灭和改编华北国民党军 52 万多人的预期目的，解放了华北地区；它创造的解放国民党军队的"北平方式"成为后来解放湖南、四川、新疆、云南的范例；它使驰名世界的文化古都免于战火，完整地保存下来，为新中国的定都奠定了基础。这条新闻是写给广大读者看的，也是写给国民党反动军队看的，特别是写给国民党的军政要员看的。显然，这条新闻传达了中国共产党关于如何解决剩下 100 多万国民党军队的声音。新闻首次提出"北平的榜样""天津的榜样"，也就是向国民党反动派宣告，何去何从，由你们抉择。后来的事实证明，和平解放这种方式，避免了战争带来的破坏和伤亡，于革命于人民都是有利的。对国民党反动军队而言，改编为人民解放军，从此获得新生，也有了光明前途。

影响 后来的事实证明，除"天津方式"外，"北平方式"也发挥了巨大作用，一些城市和地方，效法北平的榜样，宣告和平解放。

李普 | 中华人民共和国中央人民政府成立
毛泽东主席宣读中央人民政府公告

□ 作者简介

　　李普（1918—2010），湖南湘乡（今涟源市）人，原名
李前管，中共党员。1937年投入抗日救亡运动。历任中共
长沙县篙北区委书记、《观察日报》特派记者、《新华日
报》记者、新华社鄂豫皖野战分社社长、中原总分社采访
部主任等。1946年冬作为新华社特派记者跟随刘邓大军，
赴前线报道战局。新中国成立后，先后任新华社采访部副
主任、特派记者、记者组副组长，中宣部宣传处副处长等
职。1957年秋调北京大学从事教学和行政工作。1960年冬至"文革"前，任
中共中央中南局办公厅副主任，政策研究室副主任、主任等职。1972年12月
任广东省委宣传部副部长。1973年10月调回北京，先后任新华社北京分社社长、
新华社党的核心小组成员、国内部主任、新华社副社长等职。是第六届全国人
大代表，中国记协第三届理事会书记处书记。出版有《记者甘苦谈》《光荣归
于民主》《记刘帅》等。

□ 综合素质

　　知识结构　受父亲的影响，李普在少年时有机会读书习字。在青岛读中学时，
他接受了左翼文艺的影响，喜爱读许多进步作家，如鲁迅、巴金、高尔基等的作品。
还为《青岛日报》编辑副刊，这段经历为他的文字生涯奠定了基础。在湖南文化
界从事救亡运动时，受历史学家翦伯赞、哲学家李仲融等影响，他如饥似渴地阅
读马克思主义理论。"皖南事变"后，他先后在西南联大旁听，在华中大学历史
系学习。李普一生从未间断过读书思考，他说："思考给我快乐，给我欢乐。""求
知不是苦差而是美事，文化是无上快乐的源泉。"李普很有理论功力。他采访什

么问题，就把有关这个问题的方方面面研究得很深，从中挖出很多道理。

专业技能　李普坚持"新闻写作绝对不许虚构！必须每一点都是真实的。"他在文章中很少用形容词，却在动词上很下大工夫，力求准确和贴切。他的传记《记刘帅》，就是用事实说话，没有一个吹捧的形容词，主人的优点、弱点一目了然。他善于运用多种体裁表达不同的主题思想，消息、通讯、人物专访、战事述评等丰富多彩的新闻体裁都运用自如；他的表达手段不拘一格，描写、议论、抒情穿插运用，得心应手，或严肃稳重，或诙谐风趣，或热情奔放，或犀利讽刺，处处打动读者，感染读者。他写作领域非常广阔，涉及战争、政局、经济建设等多个方面，发表有《刘伯承将军评蒋介石》《大别山的神话》《调整经济的来龙去脉》等，作品文字简约生动、主题鲜明凝练，具有独特的风格。

职业道德　李普在新闻战线上奋斗40余年，始终在新闻一线奔波。李普说"知识分子是社会的脑袋，理应走在社会的前列"，他以一篇篇优秀的新闻作品为国家、人民和社会的发展做着贡献。即使在晚年他依旧笔耕不辍，为新闻理论研究、新闻人才的培养做努力。李普认为："独立观察、独立思考是一个记者的命根子。"他不怕因说真话、求真理而被"边缘化"；而且他干什么事情，都像他握笔写稿、改稿那样，认真、负责、一丝不苟。

创新能力　在新闻写作上，李普追求新闻的每一点都要真实，很少用形容词，在动词的使用上很有功夫。李普追求文章篇幅短小，他对于短新闻有独到的见解，主张新闻应该文章短、段落短、造句短，写短新闻是记者的基本功，他说文章的好坏不在长短，这是一个辩证法。在新闻写作上，李普擅长用第一人称，使文章极具现场感。在记者素养方面，李普提出了记者该从"德、识、学、才"四个方面提高自身修养。在新闻理论研究方面，李普也颇有建树，出版有论文集《记者甘苦谈》。

□ 作品

首都三十万人齐集天安门广场隆重举行庆祝典礼

中华人民共和国中央人民政府成立
毛泽东主席宣读中央人民政府公告

朱总司令检阅海陆空军宣读人民解放军总部命令

新华社北京1日电　中华人民共和国中央人民政府毛泽东主席，今日在新中国首都宣布中华人民共和国中央人民政府成立。这是在北京庆祝中华人民共和国中央人民政府成立的典礼上宣布的。典礼在北京天安门举行，参加这个典礼的有中国人民政协全体代表和首都各工厂职工、各学校师生、各机关人员、市民、近郊农民和城防部队共30万人。主席台设在天安门城楼上，面对着列满群众和飘扬满红旗的人民广场。当毛泽东主席在主席台上出现时，全场沸腾着欢呼和掌声。

下午3时，中央人民政府委员会秘书长林伯渠宣布典礼开始。中央人民政府主席、副主席、各委员就位，乐队奏义勇军进行曲，毛泽东主席宣布说："中华人民共和国中央人民政府已于本日成立了。"毛主席亲自开动有电线通往广场中央国旗旗杆的电钮，使第一面新国旗在新中国首都徐徐上升。这时，在军乐声中，54门礼炮齐鸣28响。毛主席宣读了中央人民政府公告（见另电）。

毛主席宣读公告完毕，阅兵式开始。阅兵式由人民解放军朱德总司令任检阅司令员，华北军区司令员兼京津卫戍区司令员聂荣臻将军任阅兵总指挥。朱总司令驱车检阅各兵种部队回到主席台上宣读人民解放军总部命令。受阅部队随即分列经主席台前由东向西行进，前后历时3小时。受阅部队以海军两个排为前导，接着是一个步兵师、一个炮兵师、一个战车师、一个骑兵师，相继跟进。空军包括战斗机、蚊式机、教练机共14架在全场上空自东向西飞行受阅。在阅兵式中，全场掌声像波浪一样，一个高潮接着一个高潮。

阅兵式接近结束时，天色已晚，天安门广场这时变成了红灯的海洋。无数的彩色火炮从会场四周发散。欢呼着的群众在阅兵式完毕后开始游行。当群众队伍经主席台附近走出会场时，"人民共和国万岁！""毛主席万岁！"的口号声响入云霄。毛主席在扩音机前大声地回答着："同志们万岁！"　毛主席伸出身子一再地向群众招手，群众则欢呼鼓掌，手舞足蹈，热情洋溢，不能自已。当游行的队伍都已有秩序地一一走出会场时，已是晚间 9 时 25 分。举着红灯游行的群众像火龙似地穿过全城，使新的首都沉浸在狂欢里直到深夜。

（原载 1949 年 10 月 2 日《人民日报》）

□ 点评

背景　中华人民共和国中央人民政府即将正式成立了。1949 年 8 月底，新华社特派记者李普奉命由武汉中南总分社调到北平总社，接受的第一个任务便是与另一位新华社记者李千峰一起参加第一届政协会议和开国大典的报道。在这次重大报道活动中，全国各大新闻单位都派来了记者。新华社记者负责发布公报式的新闻，其他形式的报道则由各报自己采写。

特色　这是一篇典型的事件新闻，具有极强的时效性。该新闻以具有典型意义的事件为报道对象，它围绕中心事件选材，虽不着力刻画人物，但往往通过典型事件表现一群人或一个集体。整个报道十分严谨。它较为详尽地展示事件的完整过程，挖掘其意义，揭示其本质，进而准确深刻地报道了中华人民共和国中央人民政府正式成立这一重大事件，同时最后一句"新的首都沉浸在狂欢里直到深夜"，更是形象地传达了新中国亿万人民的喜悦心情。

意义　1949 年 10 月 1 日，中华人民共和国中央人民政府正式成立。这是全世界史上十分重大的新闻。作为国家通讯社的新华社将这一重大新闻率先向世界发布，引起了全世界的震动。

影响　率先向世界发布中华人民共和国中央人民政府正式成立这一重大时政新闻，对记者的采写有很高的要求。该报道很好地完成了任务，以典型事件为主，使用极其准确、严谨的语言，可称得上是重大时政新闻写作的典范。

佚名 ｜ 侵朝美军逼近我国边境

□ 作者简介、综合素质（相关资料无可考）
□ 作品

不顾我国人民反对和警告

侵朝美军逼近我国边境

严重地威胁着我们的安全

　　新华社北京 26 日电　美国侵略者不顾中国人民的反对和警告，正在疯狂地把侵朝战争的火焰，扩至我国东北边境。据合众社 25 日电，"美国第一军团发言人 25 日称：美第八军长已命令英美两国军队以任何必需的兵力，向中朝边境推进。"合众社 24 日电亦称，"美军第二十四师已于今日（24 日）渡过清川江，参加英军和南朝军向中国东北边境北进。"在此以前，据美联社汉城 22 日电透露：李承晚伪军五个师已奉麦克阿瑟的命令，尽速向中国东北边境前进。美国侵略者的陆战队和航空队将随时加以援助。美联社另电又称：麦克阿瑟并已于 20 日训令美第八军军长瓦克，"调遣南韩军队火速向中国东北边界前进"。合众社元山 21 日电亦称，"第十军军长阿尔梦得将军将于其就任韩国东北战区司令官数小时，即令南韩第一军全军向中国东北边境前进。"又据合众社 23 日电称：作为美侵略军帮凶的英澳军第 27 旅，亦正在向着邻近中国边境的新义州进犯。美帝国主义的这些侵略行动，正严重地威胁着我国的安全。

　　新华社 26 日讯　塔斯社讯　朝鲜民主主义共和国人民军总司令部 25 日发表战报称：人民军部队正在各战线对进犯的美军和南朝鲜军队进行防御战。

　　在平壤以北及东北地区，人民军部队在由空军掩护的优势乱军的进犯下，撤至新的防御阵地。

在东海岸，人民军部队正在咸兴以北和北青以北及东北地区，对进犯的敌军进行防御战。

（原载 1950 年 10 月 27 日《人民日报》）

□ 点评

背景　朝鲜问题的产生是同大国霸权主义、强权政治紧密相连的。朝鲜于 1910 年被日本完全吞并。1945 年日本投降后，美、苏军队依据在波茨坦会议上达成的协议，分别进驻朝鲜南部和北部，其分界线是北纬 38 度线。1948 年，朝鲜南、北分别建国，形成南北分裂局面。1950 年 6 月，朝鲜爆发内战。美国为了达到控制朝鲜半岛，进而形成对苏联、中国的战略包围圈之目的，悍然进行干涉。它操纵联合国安理会通过决议，先是指责朝鲜民主主义人民共和国为"侵略者"，随后又以联合国的名义，组成以美军为主的所谓"联合国军"，不顾中国政府的一再警告，于 1950 年 9 月 15 日，公然派兵从朝鲜的仁川登陆，进攻朝鲜北部，并把战火烧到了中国的东北边境。另外，美国还派第七舰队进入台湾海峡，阻挠解放台湾，公开干涉中国内政。时任"联合国军"总司令的麦克阿瑟公然要求蒋介石的军队进入战争。

10 月 1 日，李承晚军越过"三八线"。9 日美军越过"三八线"，进入朝鲜北部。10 月 19 日侵占平壤。并狂妄叫嚣在感恩节（11 月 23 日）前打到鸭绿江，宣称"鸭绿江并不是把'中朝'两国截然分开的不可逾越的障碍"。

对此，中国政府迅速作出反应。周恩来总理在国庆节庆祝大会上庄严表示："中国人民热爱和平，但是为了保卫和平，从不也永不害怕反抗侵略战争。中国人民不能容忍外国的侵略，也不能听任帝国主义者对自己的邻人肆行侵略而置之不理。"

10 月 2 日清晨，麦克阿瑟命令正在"三八线"南侧集结待命的"联合国军"部队立即从陆地和海上同时越过"三八线"向北进攻。于是，双方在"三八线"两侧，展开了一场激烈的攻防战斗。朝鲜人民军因火力、人力大大逊于"联合国军"而陷入劣势，被迫向北撤退，顷刻之间，装备有大量飞机大炮和坦克的"联合国军"猖狂北犯，将侵略战火迅速烧向中朝边境。

特色　报道全部引用的事实均来自合众社、美联社塔斯社这三大通讯社对美军行动的报道，而不是我们自己的，并在此基础上得出了"侵朝美军正向我国边境进犯"这一重要事实性结论，使得报道十分客观，结论尤其可信。也正是有了这样的基础，整个报道的"引申性结论"——"美帝国主义的这些侵略行为，正严重地威胁着我国的安全"才更符合逻辑，也更有说服力。

意义　本篇新闻准确而深刻地揭露了美帝国主义侵略朝鲜的实质目的，并明确指出了"美帝国主义的这些侵略行为，正严重地威胁着我国的安全"，使全国人民激起了强烈的愤慨之情，坚定了抗美援朝的决心。

影响　这篇文章为即将到来的抗美援朝宣传奠定了基础。

佚名 ｜ 全国物价一年来基本稳定

□ 作者简介、综合素质（相关资料无可考）
□ 作品

中国现代史上空前重要大事之一
全国物价一年来基本稳定

新华社31日讯　1950年3月份以来，全国物价基本稳定。这是中国现代史上空前重要的大事之一。

根据北京、天津、上海、西安、重庆、广州等六大城市32种主要商品加权指数（以1949年12月31日为基期：100）统计：1950年12月26日为176.7，比一年前上升仅76.7%，根本扭转了1949年一年内物价4次波动，上涨19倍的趋势。

中央人民政府为了稳定物价，一年来曾作了一系列的有效措施：首先是从1950年3月份起实施了全国财政经济工作的统一领导和统一管理，基本上结束了多年来物价波动的局面。其次，5月份以后，人民政府又开始调整工商业，改善了物价稳定和虚假购买力消失后的商品暂时滞销现象，使全国物价益趋稳定。

在秋收后市场交易大为活跃以及美帝发动侵朝战争的影响下，各地纱布等部分商品曾在10月下旬一度发生波动。但由于各地人民政府迅即加强纱布等主要商品的供应，加强市场管理，严格取缔某些商业投机活动，上述纱布等商品的局部波动迅即平息，全国物价也因之被进一步地稳定下来。

（原载1951年1月3日《人民日报》）

□ 点评

背景　新中国成立初期，饱受战争之苦的中国面临着"一穷二白"的形势，如何巩固民心，促生产是当时发展经济的重要环节。新中国成立前后，战争还在进行，军费开支很大。为了社会稳定，中央人民政府对旧政府留下来的几百万军政公教人员，一律采取包下来的政策。这就使政府在全国供给或支付薪金的脱产人员达到900多万，对新成立的人民政府，这个负担是相当大的。为了恢复生产，恢复交通，减少工人失业，也需要大量资金。这些造成人民政府的收入远远不敷支出。当时的美国政府、蒋介石集团、甚至大批资本家都认为中国共产党在"军事上100分，统战上80分，经济上是0分"。从1949年夏到1950年初，由于国民党的破坏和投机商人的捣乱，中国连续出现四次物价大涨风，尤其是在上海等大城市，造成市场混乱，人心恐慌。人民政府依靠国营经济的力量和老解放区的有力支持，经过周密安排和统一部署，平息了严重的涨价风。社会主义国营经济初步取得了控制市场的主动权。

为进一步从根本上稳定物价，1950年3月，政务院颁布《关于统一国家财政经济工作的决定》，决定统一全国财政收入，统一全国物资调度，统一全国现金管理。同时，政府还采取紧缩编制、清理仓库、加强税收、发行公债、节约开支等措施，都收到明显效果。特别是当时治理抗战以来连续十二年的恶性通货膨胀的措施，可以说创造了一个奇迹。从3月开始，国家财政收支逐渐接近平衡，市场物价日趋稳定。

特色　这篇新闻虽然主题十分重大，但是写作手法上却是从小事出发，通过具体的充分的数据来证明物价稳定，虽仅是报道物价状况，但是有力地从一个侧面反映了人民政府对经济工作的措施是有效的。

意义　这是新中国成立初期执政党和人民政府在财政经济战线上取得的一个具有战略意义的胜利，这个胜利不仅仅是财政经济工作的胜利，更重要的是向国内外表明，新生的人民政权不仅军事上、政治上可以打高分，而且会做经济工作，在经济管理上也能打高分。这篇消息的发表，在稳定了民心的同时，也极大地激发群众生产的热情。

影响　报道虽短小，却扎扎实实地说明了全国物价的稳定，实实在在地起到了稳定民心、激发群众生产热情的巨大作用。

佚名 ｜ 跨进了社会主义的门槛

□ 作者简介、综合素质（相关资料无可考）
□ 作品

跨进了社会主义的门槛

新华社上海 20 日电　上海市所有的街道广播器、收音机在今天下午 1 时，传出了上海市全部资本主义工商业申请公私合营获得批准的消息，顿时，全市欢呼雷动，锣鼓喧天，人们都拿出早已准备好的鞭炮燃放起来。全市十多万工商业户立即都换上了冠有"公私合营"字样的新招牌，全市所有商店新装的霓虹灯和各种彩灯都大放光明。

上海，这个世界著名的大都市，从此进入了社会主义社会。全市 60 万私营企业的职工现在成了企业的主人，十多万户资本主义工商业者跨进了社会主义的门槛。

下午四时，上海市资本主义工商业公私合营大会刚结束，2000 多个工商界代表，戴着大红花，由上海市工商业联合会负责人盛丕华、荣毅仁、胡厥文率领，到上海市党政领导机关、人民团体和驻沪部队领导机关报喜。报喜队乘着 45 辆结着彩球、挂着毛主席画像和"囍"字的汽车，驰过了市区的主要街道，两旁刚刚挂上公私合营招牌的商店的职工都放起鞭炮来。

数不清的报喜队出动了，其中有工商界组成的，职工组成的，工商界家属组成的，他们穿着节日的盛装，高举着毛主席的像和"囍"幛，并且，配着腰鼓、乐队、龙灯和彩车。全市纵横总长 1300 多公里的大小街道上，红旗、彩旗、彩灯一望无际。"庆祝上海市已经进入社会主义社会"的横幅挂在十多层高的大厦上，横跨在马路的上空。所有的商店都张灯结彩，用"囍"幛、彩花装饰了橱窗。

在报喜队的锣鼓声中，长阳路信丰铁工厂一扇封闭了许多年的大门，今天重新打开了。这个工厂在解放前生意一直不好，资本家认为大门开的方向不利，就把它封闭了。解放以后，工厂生产发展了，资本家再也不怪大门，今天下午他亲手打开了大门，表示要走社会主义的道路。

汉口路两家都叫文魁斋的糖果店门前，都挂起了公私合营的新招牌。这两家糖果店在旧社会里为了竞争，不仅店名一样，连商品橱窗、广告都一样，两家资方相互争吵、骂架，足足做了 40 年的冤家，今天两家资方互相道喜，结束了 40 年的仇恨，还共同出资去进货料。

入夜，报喜队的鼓声还在街上隆隆地响着，千万支彩灯、霓虹灯在这个刚进入社会主义社会的大城市上空形成一片喜庆的红光。上海从此在人们的眼里更显得年轻而可爱！

（原载 1956 年 1 月 21 日《新民晚报》）

□ 点评

背景 解放初期，上海私营工业企业有 2.01 万家，年工业产值占全市工业产值的 83.1%，占全国私营工业产值的 36%；私营商业企业有 9.3 万家，私营商业批发额和零售额分别占全市总额的 65.5% 和 91.6%；私营金融企业有 194 家，存款额占全市的 62.9%，贷款额占全市的 67.5%；同时，水陆货运量的 95% 以上为私营所有。因此，通过公私合营加强对私营工商业的社会主义改造是新中国成立初期的重要任务之一。

到 1954 年底，1679 家私营工厂申请公私合营，随即又有棉纺、造纸、面粉、船舶、轧钢、机器等 21 个行业按行业或按产品实行公私合营。1955 年下半年，全市进一步宣传推动全行业实行公私合营。1956 年 1 月 14 日，上海市工商联常委会作出决定，在 7 天内完成全市各行业公私合营的申请工作。18 日下午 9 时，全市 242 个行业中除已批准公私合营的行业外，全部提出了公私合营申请。20 日，市工商联召开"上海市资本主义工商业申请公私合营大会"。市工商联主委盛丕华宣读"上海市私营工商业请求公私合营申请书"，希望政府对全市尚未合营的私营工商企业批准全部实行公私合营。上海市副市长曹获秋当场审批了申请书，并代表陈毅市长签字同意。至此，上海市公私合营结束。

　　特色　报道紧紧抓住"上海进入社会主义的第一天"这个具有重要标志的时间节点，向读者全面地介绍了公私合营后上海各界的热烈反响，其中有业主，也有店员和工人。同时，在报道中很注意用具体的对比手法来表达公私合营后各方的喜悦。比如，公私合营前"大门紧闭"，公私合营后"打开大门"；旧社会里商户是"冤家"，现在则"互相道喜"，"还共同出资去进货料"，等等。也正因此，报道最后才自然地得出这样的结论：上海"今天在人们的眼里更显得年轻而可爱！"

　　意义　20世纪50年代的公私合营，是中国共产党进入大城市建立全国政权之后，推动社会加速发展的一项影响深远的重大举措，是一场深刻的社会变革。在私营企业占绝大多数的上海，私营企业全部实行了公私合营，这无疑是一个十分重大的新闻，它标志着，上海"从此进入了社会主义社会"。

　　影响　为中国社会主义建设中的一件重大事件留下了宝贵的历史记录。其写作上的"具体的对比"手法也为后来新闻人提供了借鉴。

贺昌华 │ 上海工业每分钟创造的价值

□ 作者简介

贺昌华（1926—1990），四川省广安人。1947年考入
上海复旦大学新闻系。解放后，尚未毕业的他被分配到新
华社上海分社任记者，不久升为工业组副组长、组长、采
编主任，后调新华总社国内部值班室任副主任，又调新华
社安徽分社任副社长、社长、党委书记，并被推荐为省政
协委员。

□ 综合素质

知识结构 贺昌华曾就读于上海复旦大学新闻系，他热爱专业，努力学习，
打下了扎实的新闻采编基础。上海解放后，他被选送到华东新闻学院学习革命新
闻理论。后正式从事新闻工作，并展露出不凡的才华。"文革"期间，他失去了
人身自由，于是就把所有能属于自己的时间用来拼命地读书和冷静地思考。不停
地为自己"充电"，大大提高了他的理论和政策水平。

专业技能 作为一名新闻记者，贺昌华非常尽职尽责。他不仅能做到遇事必
深入基层调查研究，掌握可靠的第一手资料，而且从不轻易放过任何一条有新闻
价值或能为中央决策提供参考价值的线索。他总是反复论证和思考，与同事们商
讨，把感性认识上升到理论认识的高度，再慎重地付诸文字。在反对"两个凡是"
和支持农业生产包产到户的问题上，他观点鲜明地编发了很多有关"实践是检验
真理的唯一标准"的稿件。为了证实农业包产到户的正确性，他深入实地调查写
出了《嘉山县桥头公社包产到户的新情况》，文章发表后，受到中央重视并被转
载在《情况通报》上，更值得一提的是，1980年他通过《谁来拆墙》这篇报道，
揭露了芜湖市两家工厂在焦炭的供求上存在的问题，抨击了我国经济管理体制上

条块分割的弊端，受到有关方面的重视，安徽省委很快解决了这个长期得不到解决的大难题。

职业道德 贺昌华主张记者不仅要腿勤笔勤，更重要的是吃透中央的方针政策，领会精神，深入生活，体察民情，敢于讲真话，切不可跟风随大流，报喜不报忧，否则是很难把握分寸掌握第一手资料的，更难采写到有分量的稿子。他还主张做编辑要甘于寂寞，耐于寂寞，兢兢业业地为他人作嫁衣。一个好的编辑要当成一位伯乐，切不可轻易地处理稿件，要走出办公室深入调查研究或请作者来编辑部共同协商修改。对初学写稿的人要耐心地帮助，善于发现好稿子。

创新能力 贺昌华对事物的发展具有敏锐的前瞻性，大胆改革创新。他摒弃大家过去多用的平铺直叙手法，列举事实与数字来写新闻通讯，采用形象化的手法写新闻报道，如《上海五十万人集会庆祝社会主义改造胜利》和《上海每分钟创造的价值》等，被新闻界广泛肯定。其次，他通过实践，将新闻与评述融为一体，也产生了很好的效果。在新闻写作上，他主张"写新闻应该不拘一格，可根据题材的不同，允许多种多样的形式共存"。并且提出要从读者的角度去反思新闻该怎么写，尽可能地方便读者明白。

□ **作品**

上海工业每分钟创造的价值

据新华社上海22日电 今天，记者在上海统计部门发现了一连串的数字，这些数字经过演算以后，有趣地说明了当前上海工业每一分钟所创造的价值，比第一个五年计划以前要多得多。

在同样的一分钟时间里，1952年上海只能炼出130多公斤钢，现在已经达到950多公斤；1952年只能织出一公尺多精纺毛织品，现在已经达到13公尺；1952年只能做出53双胶鞋，现在已经达到126双。

上海现在每一小时能够出产32辆自行车、14吨多纸，每一小时出产的轮胎能够装备3辆6轮大卡车。而在1952年每一小时只能出产三辆半自行车、8吨多纸，每一小时出产的轮胎装备一辆半大卡车还不够。

上海现在只要一天时间出产的青霉素，就比1952年全年的产量还要多出许多。几年以前，上海还主要是修理船只和收音机，现在每隔四分多钟就有一架收音机做好，每隔四天就有一艘新船可以参加航行。

全市第一个五年计划期间累计的工业总产值可以达到 500 亿元，今年比 1952 年增长 84%。五年来，平均每一分钟的工业总产值是 19000 多元。

上海工业几年来为国家积累了大量的资金。单是国营工业部分，在过去四年中，平均每一年的上缴利润就可以给国家建设一个第一汽车制造厂；而国家给上海工业的全部基本建设投资，过去四年加起来还不够建一个第一汽车制造厂。

（原载 1957 年 6 月 23 日《人民日报》，记者贺昌华、周立）

□ 点评

背景　1957 年，当时正值我国第二个五年计划刚开始，全国经济"大干快上"的时候，各地职工群众都在争分夺秒地努力工作，为社会主义做贡献。如何用事实反映社会主义的伟大成就和巨大优越性，是新闻工作者光荣而神圣的使命。正是在这样的一个背景下，新华社播发了《上海工业每分钟创造的价值》这条新闻。

特色　报道工业生产的产量与产值是老题材、老主题。然而，这篇消息选择了一个巧妙的角度——上海工业每一分钟所创造的价值，在方法上采用前后对比，于是就别开生面。这种化整为零的对比，使读者印象加深，易懂好读，一目了然。记者在稿中对数字的处理是颇费心思的，只有对那些枯燥、乏味、烦琐的数字进行认真、细致的统计、换算与整理，才能写出现在这样清楚、通俗、易懂的文字来。巧借事实说话是这篇消息的另一特点。虽然这篇新闻的倾向具有一定的政治意义，但文本通篇没有一句政治说教，而新闻的主题却更加鲜明突出。是一篇"用事实说话"的典范新闻。

意义　这条通过"上海工业每分钟创造的价值"来反映今昔变化的报道，准确而鲜明地表现了社会主义的伟大成就和巨大优越性，对全国人民热爱社会主义、大干社会主义，坚定社会主义信念都具有很大的鼓舞作用。

影响　这篇新闻稿刊发后，在新闻界影响很大，1978 年被上海复旦大学编入教学用书，1987 年又被编入复旦大学新闻系采访写作教研室编写的《消息选评》一书。一篇消息报道能引起新闻界如此高度重视，足见其影响了。

佚名 │ 中国爆炸原子弹

□ **作者简介、综合素质**（相关资料无可考）
□ **作品**

昨下午三时在本国西部地区

中国爆炸原子弹

成功地实行了第一次核试验

是中国人民加强国防、保卫祖国的重大成就

是中国人民对保卫世界和平事业的重大贡献

自力更生奋发图强辛勤劳动大力协同使试验获成功

中央向有关工作人员热烈祝贺

新华社北京 16 日电　新闻公报　1964 年 10 月 16 日 15 时（北京时间），中国在本国西部地区爆炸了一颗原子弹，成功地实行了第一次核试验。

中国核试验成功，是中国人民加强国防、保卫祖国的重大成就，也是中国人民对于保卫世界和平事业的重大贡献。

中国工人、工程技术人员、科学工作者和从事国防建设的一切工作人员，以及全国各地区和各部门，在党的领导下，发扬自力更生、奋发图强的精神，辛勤劳动，大力协同，使这次试验获得了成功。

中共中央和国务院向他们致以热烈的祝贺。

（原载 1964 年 10 月 17 日《大公报》）

□ **点评**

背景　1956 年 4 月 25 日，毛泽东在中央政治局扩大会议上说："我们还要有原子弹。在今天的世界上，我们要不受人欺负，就不能没有这个东西。"从此，中国的核工业全面上马。原子弹正式展开研制。中苏两国经过多次谈判，于1957年10月，签订了国防新技术协定,此项协议主要内容是援助中国研制原子弹。但是，好景不长，1960年7月16日，苏联撕毁协议，撤走全部在华专家，并且重要的图纸资料也全部被带走了。

在此严峻形势下，毛泽东发出"只有一条路，自己动手，自力更生搞出原子弹"的口号。核工业战线的广大职工顶住压力，奋发图强，先后排除了数千个技术难题，奋力攻关，逐项攻克，尤其是有的技术难题在相当陌生的情况下，认识再认识，攻关再攻关，取得了一个又一个的成果。

1964年10月16日，中国第一颗原子弹爆炸试验成功。

特色 新华社的这条新闻虽然很简短，但新闻诸要素齐全，事实、意义、原因等都简洁、严谨。尤其是当我们了解了有关中国研制原子弹的起因和过程之后，就会更清晰地感到，几乎上述诸要素中的每一句话都有所指。还值得注意的是，《大公报》的编辑在采用这条新闻时所做的标题，形式上是典型的"厚题薄文"，内容上则是把新闻的重要部分都做进去了。

意义 此新闻的发布，在全世界都引起了巨大的震动，整个世界的政治格局因此而有所改变。对国内的影响同样十分巨大，亿万群众走上街头欢庆。正像新华社发布的新闻公报所说的："是中国人民加强国防、保卫祖国的重大成就，也是中国人民对于保卫世界和平事业的重大贡献"，是自力更生、奋发图强的结果。

影响 此新闻的内容对世界格局的影响已不待言。对新闻的采编，尤其是对重大时政新闻的采编而言，其最大启示是，一定要深刻了解和把握新闻背景，每一句报道语言都要十分严谨、准确。同时在版面语言的实现上，尤其是在标题制作上，应尽可能把最重要的内容都做出来。

彭迪 | 联大以压倒多数通过恢复我在联合国合法权利、驱逐蒋帮的阿尔巴尼亚、阿尔及利亚等国的提案

□ 作者简介

彭迪(1920—2012),江西萍乡人。1944 年燕京大学肄业后去了延安。长期在新华通讯社工作,历任英文翻译、国际部编辑、国外分社记者、分社社长、新华社编委会委员和副总编辑。1949 年起先后在雅加达、阿克拉、伦敦、华沙、渥太华、哈瓦那、日内瓦、维也纳等地工作。采访过 1955 年亚非会议、1958 年中美华沙会谈、1961 年第一届不结盟国家首脑会议、1961 年讨论老挝问题的日内瓦扩大会议和 1979 年美苏维也纳高级会晤等重大国际会议。1979 年至 1984 年,作为中华人民共和国第一批记者常驻华盛顿。1984 年回国后担任新华社高级评论员。

□ 综合素质

知识结构 彭迪于燕京大学历史系肄业,有较好的人文知识修养和对问题的钻研精神与严谨态度。由于长期在新华通讯社工作,又曾任英文翻译、国际部编辑、国外分社记者、分社社长等职务,曾参与了诸多重大国际事件的新闻报道,如亚非会议、中美华沙会谈、不结盟国家首脑会议,对国际事务知之甚深。新闻采访与写作技能扎实,新闻敏感性强,是不可多得的国际新闻报道人才。

专业技能 彭迪的国际评论大胆创新,风格独特,思想深邃,逻辑严密,尖锐辛辣,生动活泼,具有震撼人心的力量和深刻久远的影响,是新华社国际评论的一个标杆,是中国新闻发展史上精彩的一笔。同时他是个知美派,熟悉美国国情,知晓世界大势,了解国际局势。他强调写文章要精益求精,要不惮修改,他总是注意用生动活泼、引人入胜的表达方式来行文,尽量使理论性的评论文章形象化、生动化,有可读性。彭迪写文章一般都很快。这一方面源于他对情况的熟

悉和掌握，对写作方法的熟能生巧，常常不需要再做临时的调研积累，所以能出手成章。

职业道德　"没有点胆量就别当记者！"彭迪主张做记者、写国际评论就要有激情和勇气，就要能实事求是地承担责任，敢于碰硬。但是他也有"底线"，那就是"绝不会伤害我的国家"。正是这种爱国的情怀，使他多年写下的国际评论，总能给人一种做记者、做中国人的豪迈。在美国工作期间，彭迪以高度的政治敏感和责任感，奋笔疾书，冒寒暑奔波，透疑雾审查，或通宵达旦，或分秒必争。他到花甲之年，仍斗志不减，经常夜以继日、争分夺秒地工作，主动积极地配合我国的外交斗争，撰写了一系列有分量的评论，针锋相对地驳斥各种反华论调。

创新能力　纵观彭迪的新闻工作生涯，国际评论是他最擅长和最具代表性的新闻体裁形式。他写的大量国际评论，为在国际上反映中国的呼声和探索中国记者的独特风格，大胆尝试，刻意创新，为后来写国际新闻和评论的新闻工作者探索了一条可行的道路。对于各种反华言论，他往往能别出心裁，用各种方式维护国家的尊严和利益。

□ 作品

全世界人民的胜利　美帝国主义的惨败

联大以压倒多数通过恢复我在联合国合法权利、驱逐蒋帮的阿尔巴尼亚、阿尔及利亚等国的提案

美国和日本佐藤反动政府联合炮制的所谓"重要问题"提案遭到否决

新华社26日讯　联合国大会10月25日晚结束了"恢复中华人民共和国在联合国组织中的合法权利问题"的辩论并进行表决。大会以76票赞成、35票反对、17票弃权的压倒多数，通过了阿尔巴尼亚、阿尔及利亚等22个国家提出的要求恢复中华人民共和国在联合国的一切合法权利和立即把蒋介石集团的代表从联合国的一切机构中驱逐出去的提案。在表决上述提案之前，美国和日本佐藤反动政府进行了绝望的挣扎，要求联合国大会首先表决它们联合炮制的所谓"重要问题"提案，即从联合国驱逐蒋介石集团是一个所谓"重要问题"，

需要三分之二的多数通过。表决的结果，大会以 59 票反对、55 票赞成、15 票弃权，否决了这个所谓"重要问题"提案。这两项提案表决的结果，使美、日合谋炮制的另一项提案，即"双重代表权"提案，成了废案。

在阿尔巴尼亚、阿尔及利亚等 22 个国家的提案被通过和美、日提案被否决的时候，会场上都爆发了长时间的、热烈的掌声。这是全世界人民的胜利，是美帝国主义操纵联合国推行强权政治、顽固阻挠恢复中华人民共和国在联合国的合法权利的阴谋的彻底破产，给了美帝国主义在联合国制造"两个中国"、分割中国神圣领土台湾的阴谋以沉重打击。它反映了世界上人心的向背和时代的潮流。说明除了美、日一小撮反动派外，大多数国家都承认中华人民共和国政府是中国的唯一合法政府，台湾是中国领土不可分割的一部分。

这次关于恢复中华人民共和国在联合国合法权利的专题辩论是从 10 月 18 日开始的。经过一周的辩论，约 80 个会员国的代表在会上发了言。发言的情况清楚表明：美、日制造"两个中国"的阴谋越来越不得人心，世界人民和一切主持国际正义的国家强烈反对美国及其一小撮追随者继续玩弄花招阻挠恢复中华人民共和国在联合国的一切合法权利，要求把中国在联合国的席位立即归还给七亿中国人民的合法代表——中华人民共和国政府，同时把非法窃据这一席位的蒋介石集团的代表从联合国一切机构中驱逐出去。

美国和日本的代表在发言中竭力为他们合伙炮制的两项制造"两个中国"的提案，进行鼓吹、辩解。但是他们的欺骗宣传和荒谬论点遭到了大多数代表的有力揭露和驳斥。这些代表在发言中指出，美、日炮制的这两项提案的实质，都是为了在联合国造成事实上的"两个中国"，以便长期分割中国领土，霸占中国领土台湾省，因此是不能接受的。他们严正指出，世界上只有一个中国，即中华人民共和国，台湾是中华人民共和国领土不可分割的一部分，任何"两个中国""一中一台""台湾地位未定"或其他类似的论调都是非法的、荒谬的、根本不能成立的。

面对着这一不利的局势，美国和日本的代表像热锅上的蚂蚁，到处奔走，对别国施加压力并进行欺骗拉拢活动。直到正式表决前几分钟，美国还指使某些国家出面要求推迟表决，"以便说服一些仍然动摇的国家支持美国提案"（路透社）。但美日反动派的这一手法以 53 票赞成、56 票反对、19 票弃权被大会拒绝了。接着，所谓"重要问题"提案又以55票赞成、59票反对、15票弃权被大会否决。据西方通讯社报道，"当电子计票牌上出现表决结果，表明美国的建议被击败时，大厅里立即沸腾起来"，"挤得满满的会议厅中发出了长时间的掌声"，"热烈掌声持续了两分钟之久"，对中国友好的各国代表"高声欢笑、歌唱、欢呼"，"还有一些人跳起舞来"。

这时，"脸色阴郁"的美国代表布什又跳上讲台，还要作最后的挣扎，要求在表决阿尔巴尼亚、阿尔及利亚等22国提案时，删去其中关于立即驱逐蒋帮代表出联合国的一节。在代表们的反对声中，经过大会主席马利克的裁决，布什的这一企图也遭到挫败。眼见大势已去，无法再赖下去，蒋帮的所谓"外交部长"周书楷被迫宣布退出联合国组织，并随即领着他手下那一帮子人灰溜溜地离开了会场。

接着提付表决的阿尔巴尼亚、阿尔及利亚等22国提案以76票赞成、35票反对、17票弃权的压倒多数获得通过。这时大会会场上再次响起了一片热烈欢呼声。

据美国通讯社报道，对于美国在联合国遭到的这样一次"最惨重的失败"，美国政府人士"感到吃惊"和"表示极为失望"。布什在表决结束后发表谈话，对于这一表决结果"感到悲伤"。他懊丧地说，这是一个"丢脸的时刻"，"我感到极为失望"。但是，连他也不能不承认，"任何人都不能回避这样一个事实——虽然这可能是令人不快的：刚刚投票的结果实际上确实代表着大多数联合国会员国的看法"。

二十多年来，美国耍尽种种阴谋，顽固地阻挠恢复中华人民共和国在联合国的一切合法权利，但搬起石头砸了自己的脚，结果却落得不断失败和日益孤立。在50年代，美国操纵表决机器，蛮横无理地把恢复我国在联合国的合法权利问题搁置一边。当越来越多的国家反对美国这种"拖延讨论"的手法的时候，美国从1961年起，又操纵表决机器，硬把恢复我国在联合国的合法权利说成是需要三分之二多数通过的所谓"重要问题"。但是，在去年第25届联合国大会上，出现了赞成恢复我国在联合国的合法权利、驱逐蒋帮的阿尔巴尼亚、阿尔及利亚等18国提案的多数，美国的阴谋眼看要彻底破产。在这种情况下，美国伙同日本，在今年第26届联合国大会上又炮制了一个"重要问题"

提案和一个"双重代表权"提案，把它们长期策划的"两个中国""一中一台"的阴谋公开端了出来。

据西方报刊报道，为了在今年联合国大会上推行"两个中国"的阴谋，美国总统尼克松亲自给许多国家的首脑写信，"美国在数十个外国首都进行了全力以赴的外交活动"；罗杰斯和布什大肆活动，在联合国内外和一百多个国家的代表谈了二百多次；美国用"答应提供援助或者暗示要撤销援助"的方法进行贿赂或露骨的威胁；美国某些参议员甚至扬言：如果通过了阿尔巴尼亚、阿尔及利亚等22国的提案，美国将削减给联合国的经费，以此进行要挟。日本也加派要员参加它的联合国代表团，配合美国大肆进行拉票活动。但是美国和日本尽管使出了各种手法并费尽了一切心机，他们的旨在分裂中国神圣领土，制造"两个中国""一中一台"的阴谋，已经被越来越多的国家所识破，并遭到严重的挫败。

中国人民和主持国际正义的世界各国人民、各友好国家通过长期的共同斗争，取得了在联合国内挫败美、日反动派制造"两个中国"阴谋的这一重大胜利。但是，美、日反动派决不会甘心于他们的失败，他们还在继续加紧推行"两个中国""一中一台""台湾地位未定"和"台湾独立"等罪恶阴谋。中国人民将继续保持高度警惕，同各国人民一道为彻底挫败美、日反动派的这些阴谋而继续斗争。

（原载 1971 年 10 月 27 日《人民日报》）

□ 点评

背景　中国本是联合国的创始会员国和安理会的常任理事国。新中国在1949 年成立后，中国在联合国及其所属各种组织的各项权利，理所当然地应由中华人民共和国中央人民政府的代表来行使，这本来是不容置疑的。但是，20多年来，美国一直敌视新中国，操纵联合国表决机器，采取各种卑鄙手段，无所不用其极，妄图蛮横无理地长期将新中国拒于联合国大门之外。

基辛格在 1971 年 7 月 9 日至 11 日秘密访华期间，主动告诉周恩来总理：尼克松已经决定，美国今年将支持中华人民共和国取得联合国和安全理事会的席位，但不同意从联合国驱逐台湾代表的行动。在尼克松访华前，如果美国听任台湾失去联合国席位，将使尼克松总统处于非常困难的境地。周恩来马上正告基辛格，你们要在联合国制造"两个中国"，中国政府坚决反对，一定公开批驳。周总理向毛主席汇报此事时，毛泽东说："我们绝不上'两个中国'的贼船。不进联合国，中国照样生存，照样发展。我们下定决心，不管是喜鹊叫还是乌鸦叫，今年不进联合国。"

特色 报道极为详尽、严谨，既有表决的具体票数，又有通过后会场的热烈反响；在报道完上述新闻事实后，还十分鲜明地指出了新闻的意义："这是全世界人民的胜利，是美帝国主义操纵联合国推行强权政治、顽固阻挠恢复中华人民共和国在联合国的合法权利的阴谋的彻底破产，给了美帝国主义在联合国制造'两个中国'、分割中国神圣领土台湾的阴谋以沉重打击"——这段评论在报道中虽然所占字数甚少，但画龙点睛，十分深刻而且必要。另外，报道的细节很生动，如对会场内各国代表的热烈反响的描写。

意义 联大通过恢复我在联合国合法权利的提案，是一件十分重大的新闻。事件本身是中国人民和主持国际正义的世界各国人民通过长期的共同奋斗的胜利，是挫败美国制造"两个中国"阴谋的胜利，是中国外交的重大胜利，也是美国孤立封锁中国政策的失败。这是一个具有历史意义的时刻，是一个永远值得中国人民以及全世界热爱和平、主持正义的国家和人民感到自豪的时刻。

影响 这篇报道后来被收进了包括大学新闻院系教材在内的很多选本，作者也因包括此篇报道在内的很多国际报道和国际评论的出色写作，而被誉为"国际评论和报道的一个高峰"。

佚名 | 毛泽东主席会见尼克松总统

□ 作者简介、综合素质（相关资料无可考）
□ 作品

毛泽东主席会见尼克松总统

同他进行了认真、坦率的谈话。基辛格博士、周恩来总理等参加会见

新华社 1978 年 2 月 21 日讯　毛泽东主席今天下午在中南海会见美国总统理查德·尼克松，同他进行了认真、坦率的谈话。

美国方面参加会见的，有总统国家安全事务助理亨利·基辛格博士。

中国方面参加会见的，有国务院总理周恩来，外交部礼宾司副司长王海容和翻译唐闻生。

（原载 1972 年 2 月 22 日《人民日报》）

□ 点评

背景　1972 年 2 月 21 日，尼克松访问中国。28 日，中美双方在上海发表《中美联合公报》，宣布中美双方依据和平共处五项原则来处理国与国之间的关系；声明任何一方都不应该在亚洲——太平洋地区谋求霸权；美国承认"在台湾海峡两边的所有的中国人都认为只有一个中国，台湾是中国的一部分"；双方同意扩大中美两国人民之间的了解，并为发展贸易和科技、文化等方面的交流提供便利。这样，中美两国开始走向关系正常化。

第二次世界大战结束以后，美国对华实施"扶蒋反共"政策，随着中国解放战争的进程，这一政策很快破产。新中国建立以后，美国极度仇视这一红色政权，妄图通过政治上孤立、经济上封锁、军事上威胁，将新中国扼杀在摇篮中。综观 20 世纪五六十年代，中美关系处于一种不正常的状态。

1972 年 2 月 21 日，美国总统尼克松乘专机抵达北京，开始了被称为"破冰之旅"的中国之行。毛泽东主席当天即会见了他。1972 年 2 月 28 日，双方在上海签署《中美联合公报》。在公报中，双方声明："中美关系走向正常化是符合所有国家的利益的"。在台湾问题上中方重申了"一个中国"的原则，全部美国武装力量和军事设施必须从台湾撤走。美方声明："对这一立场不提出异议"，并"确认从台湾撤出全部美国武装力量和军事设施的最终目标"。尼克松在回国前的告别宴会上高举斟满茅台酒的酒杯说："我们在这里逗留了一周，这是改变世界的一周。"

特色 虽然报道文字较短，但基本上交代全了所有信息，言辞上不卑不亢，信心十足。同时这篇消息承载着极大的新闻价值，报道主题十分重大。报道的文字简短，与双方此后还将进行一周的会谈或谈判，而此时最终结果尚难完全确定有关。

意义 毛泽东主席会见尼克松总统和中美关系开始走向正常化，是中美关系史上十分重大的事件，也是全世界的一件大事。此后几天《中美联合公报》的发表是中美关系史上的里程碑，它所确立的两国关系的原则，为中美关系开始走向正常化和两国关系的发展开辟了新的前景。《中美联合公报》的发表有利于亚太地区的和平与稳定，有利于祖国统一大业的完成。

影响 "在极短的报道文字中传递极重要的信息"这种新闻传播手法，在后来类似重大时政新闻中颇为常见。

佚名 ｜ 今年高校招生实行全国统一考试

□ 作者简介、综合素质（相关资料无可考）
□ 作品

今年高校招生实行全国统一考试
教育部编写的高校招生考试复习大纲最近将在各地印发

新华社北京四月五日讯　经华主席、党中央批准，教育部决定：一九七八年高等学校招收新生，实行全国统一命题，由各省、市、自治区组织考试。

为了指导各类考生复习应考，教育部组织编写了《一九七八年全国高等学校招生考试复习大纲》。这个复习大纲将发给各省、市、自治区教育部门，在当地印刷发行，作为报考青年复习功课的参考。

复习大纲的"说明"指出，考虑到目前全国中等学校教材不统一，一些地区开设的课程不齐全，各地区学生的水平参差不齐等因素，编写大纲时主要以当前大多数地区所用教材和实际教学情况为依据，同时也考虑到高等学校对入学新生的基本要求。考生按照大纲复习时，应着重在打好基础上下功夫，把注意力放在巩固过去所学的基础知识和提高分析问题解决问题的能力上。"说明"还指出，"本大纲所列内容不是考题，但命题范围将不超出本大纲"。

复习大纲包括政治、语文、数学、物理、化学、历史、地理、外语八个科目。对各个科目，复习大纲都提出了复习范围和对考生的具体要求。

政治，要求考生初步理解马列主义、毛泽东思想的基本原理，初步学会运用马克思主义的立场、观点和方法去分析一些实际问题，并能批判"四人帮"的反革命修正主义路线。

语文，着眼于提高阅读能力和写作能力。考生应根据这个要求，从本地区的语文教材里选取若干篇课文作为复习的重点，并以这些课文为借鉴进行写作练习。

数学，分代数、几何、三角三部分，复习时应注意各部分之间的相互联系和它们的综合运用，特别应着重基础知识的学习、基本技能的训练和逻辑思维能力的培养。

物理，考生应注意下列各点：对于物理现象，应该了解它的产生条件和变化过程；对于物理实验，要懂得它的目的和要求，能正确使用有关仪器；对于物理概念、物理定律，要着重于理解；对于物理量的单位，要能正确使用；对于物理公式，要理解它的物理意义，明确它的适用范围或条件，并能熟练地进行文字运算和数字计算；还要理解各部分知识之间的联系，并能综合应用。

化学，要求正确理解和运用化学的基本概念和基本理论，能熟练掌握化学的基本计算，熟悉一些常见的元素及化合物的性质、制法和主要用途，初步掌握化学实验的基本操作，一般了解有机化学基本知识。

历史，要求考生掌握基本的历史知识，了解中国和世界的重要历史事件和历史人物，懂得历史发展的基本线索，并能初步运用历史唯物主义的基本观点来观察问题和分析问题。

地理，要求考生掌握学习中国地理和世界地理所必需的地理、地图基础知识，初步掌握阅读普通地图的能力，认识我国地理环境的基本特征，以及因地制宜利用自然、改造自然和发展生产的概况，认识世界各大洲和各部分国家的地理环境和经济概况。

外语，着重提高实际运用外语的能力。词和词组也要结合句子来学习。

教育部在下发复习大纲的通知中指出，组织好高考复习，是关系到选拔优秀人才、提高教育质量、指导广大青年学习文化科学知识的一件重要工作。组织得好，对于考上大学的青年是入学前的一个准备；同时全体应考青年也能通过复习在现有的基础上提高一步。对于中学教学质量的提高，也会起到促进作用。

通知还指出，今年的考试科目原则上仍按去年办法执行。但是，为了适应实现社会主义四个现代化的需要，争取时间尽快提高大学的外语水平和把中学外语教学促上去，决定今年增考外语。考生学的什么语种，就考什么语种，没有学过外语的考生，可以免试。外语考试成绩今年暂不记入总分，但可作为录取时的参考。此外，今年物理和化学、历史和地理都将分开考试。

教育部在通知中要求各单位根据生产、工作情况，为考生创造必要的条件，积极热情地组织和支持考生进行复习。同时，也要教育广大青年做到生产、工作和复习两不误。应届高中毕业生应结合完成原定教学计划进行复习。

（原载 1978 年 4 月 6 日《光明日报》）

□ 点评

背景　在新中国历史上，1977 年"恢复高考"绝对应该被重重地写上一笔。数百万青年从农村、工厂、部队一路风尘而来，怀揣着难得的名额、志忑的梦想和奋发的意气，经历了人生中最具变革意义的挑战。而此前，高考这种选拔人才的制度已在中国消失了 10 年。这年高考，积聚了太久的希望。那是渴望了太久的梦想，压抑了太久的信念；那是一个民族对知识的渴求，那是一个国家重建社会公平与公正的开始。恢复高考不仅是简单恢复一个入学考试，而是一个国家和时代的拐点，许多人的命运从此发生改变。1977 年，570 万考生大军一下子涌进了考场，而被录取的只有 27.3 万人，录取比例 29∶1，是竞争最激烈的一年。1978 年夏，第二次高考举行，610 万人报考，录取 40.2 万人。两届"幸运儿"在 1978 年春、秋分别入学。

到了恢复高考的第二年即 1978 年，教育部决定当年高考实行全国统一命题，并组织编写了《一九七八年全国高等学校招生考试复习大纲》。大纲的"说明"指出，考虑到目前全国中等学校教材不统一，一些地区开设的课程不齐全，各地区学生的水平参差不齐等因素，编写大纲时主要以当前大多数地区所用教材和实际教学情况为依据，同时也考虑到高等学校对入学新生的基本要求。

特色　报道具有极强的服务性。报道的主体是"包括政治、语文、数学、物理、化学、历史、地理、外语八个科目"的复习大纲。在取消高考十年和恢复高考第一年的仓促的情况下，正是这个大纲为数百万的考生们提供了相对明确和具体的指导。大纲对各个科目都提出了复习范围和对考生的具体要求，这对当时几乎都不知如何复习的考生来说，简直就是"及时雨"。因此，虽然报道长达 1500 多字，远远超过今天消息不得超过 1000 字的评奖标准，但因其所具有的重要的服务性，并未使读者感到冗长。

意义　恢复高考并"统一考试"，给了普通人一个机会，可以通过这种相对公平的方式改变自己的命运。同时，重新肯定了知识的价值，这对当年社会风气的扭转起了很大作用，使整个社会的思想架构重新回到现代社会的轨道上。在当时，这条消息及时地报道了实行规范、公平的"统一考试"的事实，同时还详细地为广大读者提供了关于考试的最重要的信息——复习范围。现在来看，这篇文章记录下了这一振奋人心的信息，为中国社会的进步留下了珍贵的记录。

影响　对我国高等教育后来二三十年的发展产生了重大的影响，进而对中国社会的发展也产生了影响。

梁星 ｜ "救活"鸳鸯换回外汇

□ 作者简介、综合素质（相关资料无可考）
□ 作品

"救活"鸳鸯换回外汇

新华社记者梁星报道　全国财贸大会上传说着这样一件事：上海服装进出口公司床上用品组的职工，"救活"了两只鸳鸯，换回了一大笔外汇。

几年前，"四人帮"在上海的余党看到一种畅销东南亚的床单上，印有鸳鸯戏水的图案，就大动肝火，指责经营这种床单是"鼓吹谈情说爱"。一道令下，这对象征爱情与幸福的鸳鸯被宣判了死刑，床单上换上了两只大鸭子。结果，这种"鸭子床单"一条也卖不出去。

打倒了"四人帮"，上海服装进出口公司的职工"救活"了那两只鸳鸯，设计出一种更新更美的鸳鸯床单。在今年春季广交会上，客商们争相订货，销售数量超过原计划好几倍，为国家换回了一大笔外汇。

这件事，引起了大会许多代表的共鸣。他们揭露，"四人帮"破坏对外贸易的这种假左真右和愚昧无知的事可多了，以致断送了一笔又一笔对国计民生有利的出口交易。

有家外国客商要求在出口商品包装上印一个这家客商商店的标记，以便于顾客发现商品有毛病时到商店调换。这在国际和国内市场都是很普通的事。"四人帮"的余党却说："这是丧权辱国，不行！"那家客商再次派人来交涉，也无济于事，只好转向台湾订货。代表们说：所有这种蠢事，都应当通过深入揭批"四人帮"，肃清其流毒，一一改正。

（原载 1978 年 6 月 25 日《人民日报》）

□ 点评

背景 1978 年，中央在集中全力抓拨乱反正的同时，也将工作重点逐步转移到经济建设上来了。当年夏天在北京召开的首次全国财贸大会，内容丰富，信息众多。这篇新闻的作者，没有浮在会海"捞浮油"，而是钻进海里抓出《"救活"鸳鸯换回外汇》这样一条"大鱼"。据悉，该文作者在采访这次全国财贸大会时，获得材料不计其数，初稿原是一万余字的通讯，名为《做生意的艺术》。但作者反复比较，终于从 10 万余字，数十个事实中得到鉴别，一眼盯上了小小的一条床单。

特色 大中取小，以小见大。"四人帮"在财贸战线所犯的罪行十分多，财贸战线遭受的经济损失又何止小小一条床单，若是作者一一列举、泛泛而谈，报道就很有可能流于一般化。然而，作者偏偏以"床单"为突破口，以小见大，表达了一个深刻的主题。这也是该文从开始的万余字缩短为 500 字，价值非但没有减少，反而"身价倍增"的主要原因。

同时，文本叙事有惊奇感："几年前，'四人帮'在上海的余党看到一种畅销东南亚的床单上，印有鸳鸯戏水的图案，就大动肝火，指责经营这种床单是'鼓吹谈情说爱'。一道令下，这对象征爱情与幸福的鸳鸯被宣判了死刑，床单上换上了两只大鸭子。结果，这种'鸭子床单'一条也卖不出去。"这种惊奇感似的报道的新闻性、可读性大大增强。

这则消息也留下遗憾，主要是通篇时间模糊：全国财贸大会是什么时候召开的？上海服装进出口公司的职工是什么时候"救活"了两只鸳鸯的？"今年春季的广交会"又是什么时候？等等，均没有具体时间。

意义 记者选择"四人帮"横行时期"鸳鸯变鸭子"这一典型事件，用尖锐、辛辣的笔调，嘲弄了"四人帮"的专横跋扈和愚昧无知，对他们恣意破坏对外贸易的罪行，作了一个既深刻有力，又具体生动的批判。同时，报道也说明了拨乱反正、正本清源的必要性和紧迫性。

影响 这则消息，之所以在当时一鸣惊人，此后被频频收入多种新闻作品集，是因为该文发表时，正是我们党集中全力拨乱反正，逐步将工作重点转移到经济建设上来的时候，而鸳鸯床单的"起死回生"，正是和拨乱反正的大背景相吻合的。

佚名 | 全国全部摘掉右派分子帽子

□ 作者简介、综合素质（相关资料无可考）
□ 作品

遵照华主席为首的党中央决定

全国全部摘掉右派分子帽子

凡不应划右派而被错划了的，应实事求是地予以改正

安置工作和党的有关政策的落实正在进行

这对于调动一切积极因素，化消极因素为积极因素，促进安定团结，巩
固无产阶级专政，实现新时期的总任务，具有重要意义

　　新华社北京 11 月 16 日电　遵照华主席为首的党中央关于全部摘掉右派分子帽子的决定，全国各地党委已经给最后一批右派分子摘掉帽子。现在，各地党委正在根据中央的指示，给摘掉右派帽子的人进行适当安置。这是我党改造右派分子的政策的胜利。

　　在为右派摘帽子的工作中，各级党委组织干部和群众学习了毛主席关于改造右派分子的有关指示，学习了党中央、华主席为右派摘帽子工作规定的各项政策。大家认为，毛主席、党中央在 1957 年领导的反右派斗争，是我国政治战线、思想战线上的一场伟大的社会主义革命。反右派斗争的胜利，巩固了无产阶级专政，促进了我国社会主义革命和社会主义建设事业的发展。在这场斗争中，毛主席、党中央规定了一整套改造右派分子的方针、政策，即宽大和严肃相结合，区别对待，教育、改造，争取他们转变立场，化消极因素为积极因素，分期分批摘掉帽子，使他们继续为社会主义服务。实践证明，这些方针、政策是正确的。遵照毛主席、党中央的指示，从 1959 年到 1964 年，全国曾经先后五批摘掉大部分右派分子的帽子。

（原载 1978 年 11 月 17 日《人民日报》，有删节）

□ **点评**

　　背景　1957 年 5 月中国共产党发起整风运动。在那场整风运动中，许多知识分子和民主党派人士就党的工作提出了许多宝贵意见，但有极少数资产阶级右派分子乘机向共产党和社会主义制度进行攻击。为了澄清大是大非，稳定新建立的社会主义制度，从 1957 年 6 月 8 日起，在全国范围发动并领导开展了一场反击资产阶级右派分子进攻的政治斗争。但是，由于中央对国内政治形势作出了不切实际的估计，又采取了"大鸣、大放、大字报、大辩论"的错误方法，不适当地在全国范围内开展了一场持续近一年时间的群众性政治运动，把大批革命知识分子、党员干部和爱国民主人士等错划为"右派分子"，人数达 55 万，造成了严重的后果，并使党内的"左"倾错误和骄傲情绪明显地发展起来。

　　从 1959 年到 1964 年，根据中共中央的指示，先后给被划为"右派分子"的多数人摘掉了右派分子帽子。

　　党的十一届三中全会后"两个凡是"的禁锢被彻底打破。1979 年 2 月，中央召开了全国复查改正工作经验交流会。在这次会议上，第一次提出了"1957年反右派斗争犯了扩大化错误"的问题。胡耀邦同志在会上指出："无论哪一级组织或哪一个人批准定案的，凡是错了的都要改正"。

　　1978 年 11 月 17 日，《人民日报》报道，遵照中共中央关于全部摘掉"右派分子"帽子的决定，全国各地党委已经给最后一批"右派分子"摘掉帽子。随后，各地党委正在根据中央的指示，给摘掉"右派分子"帽子的人进行适当安置。

　　特色　这条新闻最大的特色在于"决定"本身事关数百万人的政治生命，因此，其主题十分重大。仅就这一点来说，这就是一条具有巨大价值的重要新闻。

　　意义　全国全部摘掉右派分子帽子，对于调动一切积极因素，化消极因素为积极因素，促进安定团结，实现新时期的总任务，具有重要意义。同时，它还使大约 50多万人从黑暗的深渊飞跃而出，受牵连和影响的"右派"亲友也终获解放。这篇消息及时地向读者传达了这个激动人心的事情，对推动平反右派工作起了很大的作用。

　　影响　此消息一出，全国迅即形成一股改正"右派"的强旋风。超过 50 万的"右派"被平反。

杨建业 ｜ 党组织为马寅初彻底平反恢复名誉

□ 作者简介

　　杨建业（1939— ），原名杨福柱，笔名杨泉。山西原平市人。中共党员，高级记者，传记作家，享受国务院政府特殊津贴。1965年分配到外交部工作，1967年进入新华社工作，先后任新华社记者、副主编、副处长，中国教育报副总编辑，中国传记文学学会副会长，中央文献研究室副局长，国务院新闻办公室调研员、局长，中央领导同志秘书，新华社香港分社高级研究员等职务。代表作有《马寅初传》《姚雪垠传》《风云人物采访集》《新闻采访与写作》等。

□ 综合素质

　　知识结构　杨建业曾就读于北京大学中文系，大学期间他打下了扎实的文学基础，培养了对文字工作的喜爱。毕业后他进入外交部工作，并在外交学院外事调研专修班系统地学习了外交业务和英语。他在新华社工作的20多年里，积累了丰富的人生经验和新闻实践经验，尝试了各种题材的写作，在新闻写作、评论、报告文学等方面都造诣颇深。

　　专业技能　杨建业具备很好的新闻敏感性，敢于和善于采访人们普遍关心的事关全局的问题，他的作品能掌握时代脉搏，站在时代的高度。长期以来，研究并采写报道过许多党和国家领导人以及政治、经济、军事、外交和教科文等十几个领域的重大事件和各界知名人士。写有大量的消息、通讯、评论、调查报告、内部参考、报告文学、传记文学及新闻理论文章，总计发表出版的作品有近700万字。其中《马寅初传》1991年获首届中国纪实文学"东方杯"传记作品优秀创作奖；《延河之子》1993年获首届"中华大地505报告文学奖"二等奖；《共和国第四任总理的青少年时期》获 1991—1992 年度全国青年报刊好新闻作品特等奖。

职业道德　杨建业提出记者需要在日常工作中，勤学苦练，严格要求自己。他还提出记者的担当意识很重要。他在采访马寅初后写出了轰动一时的好新闻，也了解了马寅初的许多感人故事，他认为将这些事迹记录下来是他的义务，于是多次采访马老，终于写出版了《马寅初传》。杨建业多次提出，作为记者，思想上一定要高瞻远瞩，有雄心壮志；在实际工作中，必须有坚强的毅力；在事业上，一定要有不怕困难、埋头苦干的精神。

创新能力　杨建业的传记写作材料多是通过直接采访得来，而不是凭自己的主观虚构和幻想。他常把许多历史资料与现场反映糅合在一起，将传主客观的、真实的、活动的人生履历和生命情景诉诸文字。在具体的写作上，坚持尽可能多地使用动词、尽可能少地使用形容词和副词的写作方法。他的《在毛主席身边读书》就是通过对北大中文系讲师芦荻的深入采访，用生动形象的文学手法，真实地记述了毛泽东同志晚年的身体、思想和学习情况的著作。这也是毛泽东同志去世后，第一次把领袖当"人"而不是当"神"来写的作品。

□ 作品

实践宣布了公允的裁判　二十多年的是非终于澄清

党组织为马寅初彻底平反恢复名誉

统战部副部长李贵前往拜访马老通知平反

新华社北京 7 月 25 日电（新华社记者杨建业报道）7 月中旬的一个上午，往日静悄悄的北京东总布胡同 32 号宅院顿时热闹了起来：中共中央统战部副部长李贵来到这里，拜访了 98 岁的著名经济学家马寅初先生。

会见是在马老的卧室进行的。马老坐在单人沙发上，在座的还有他的夫人和儿女。

李贵副部长说："今天我受党的委托通知马老：1958 年以前和 1959 年底以后这两次对您的批判是错误的。实践证明，您的节制生育的新人口论是正确的，组织上要为你彻底平反，恢复名誉。希望马老能精神愉快地度过晚年，还希望马老健康长寿。"马老兴奋愉快地回答说："我很高兴。""20 多年前中国人口并不多，现在太多了。要尽快发展生产才行啊！"

李贵同马老谈到，华国锋总理在五届人大二次会议上作的《政府工作报告》中提出，要集中力量把农业搞上去，要做好计划生育工作，切实控制人口的增长。马老爽朗地笑了。他大声说："华总理的报告是对的，我完全赞成。这样看来，我这个老头现在还能有点用处！"

马老下肢虽然瘫痪了，上肢还能自由活动。圆圆的脸上气色很好，皱纹也不多，花白的眉毛下面是一双炯炯有神的眼睛。除了耳朵有点背，他的头脑是清楚的。

20 多年的是非终于澄清，冤案终于平反。实践宣布了公允的裁判：真理在他一边。

（原载 1979 年 7 月 26 日《人民日报》）

□ 点评

背景 20 世纪 50 年代马寅初先生就提出他的"新人口论"，大声疾呼，中国应当节制生育，控制人口过快增长。但是未被接受，反而从 1958 年起遭到批判，而且越来越上纲上线。粉碎"四人帮"后，中国社会的各项工作逐步恢复。1979 年，五届人大二次会议召开前夕，新华社国内部的领导让杨建业去采访马寅初先生，并且要求写出一篇包括他当时对人口理论看法的消息，在会议召开期间见报。因为这次会议上要作的《政府工作报告》中有关于"做好计划生育工作，切实控制人口的增长"的内容。而这一政策是马寅初 20 多年前在人代会上早已提过，后又被批判的。

特色 这篇消息虽篇幅短小，寥寥 500 字，但内容充沛，意义重大。从李贵副部长与马寅初先生的对话中，告诉了读者马老彻底平反的事实和中央对于人口问题的政策。同时，简单几笔就勾勒出了马老精神矍铄、坚持真理，心系国家的形象，让人眼前一亮。

意义 粉碎"四人帮"后，中国共产党派高级干部向马寅初认错，为马老平反，说明共产党终于恢复了实事求是的思想路线。为曾经的错误行为道歉，也是尊重知识、尊重人才的一种表现。从侧面证实了马寅初的"新人口论"的预见性和正确性。

影响 《党组织为马寅初彻底平反恢复名誉》，在 1979 年 7 月 25 日由新华社播发后，全国的许多报纸都在显著位置刊登，在国内外引起了强烈的反响，被人称为"有胆有识有文采"的报道。平反后的马寅初被任命为北大名誉校长。当北大师生前去探望马老，杨建业随之第五次登门时，百岁老人喜泪满面，长时间握着记者的手，一再说"终生难忘"。这条新闻被新华社评为 1979 年全社的好稿，并荣获 1979 年全国好新闻二等奖。

李峰 ｜ 闯开了一条办活企业的路子

□ 作者简介

李峰（1925—　），河北藁城人，新华社高级记者，杂文作家，新闻研究生导师，曾任新华社国内部主任。他领导创办了被中宣部领导誉为"中华第一刊"的《半月谈》杂志，发行量最高达 700 多万份。他还主持创办了《经济参考报》，出版了新闻通讯、战地摄影、杂文随笔、新闻论述三卷本《李峰文集》。

□ 综合素质

知识结构　在教导队期间，由于年龄小，部队安排李峰接受军政训练，学习文化艺术课，同时也学习唱歌、排戏，为部队培养文化教员。还没有毕业，他又被选调进冀中军区摄影训练班。从不知摄影为何物的李峰就这样接触了摄影。1950 年，李峰调任新华社西南分社做文字记者，面对陌生的新闻业务、经济理论，陌生的生产技术、城市生活，他参加了新华社新闻理论学习班，废寝忘食地阅读马列著作，积累了厚厚的学习笔记和索引。他是一个勤于思考的学习型记者，一生都在勤奋地学习着。

专业技能　李峰是个勤于思考的经济记者，20 世纪五六十年代，他采写了《中国第一根无缝钢管诞生》《七年比一百年——算账备忘录》等一系列有影响的报道。他擅长采写新情况、新问题的深度报道，风格独特。他能够抓住经济生活中有关党的方针政策，国民经济的比例关系、生产消费的重大主题。反映社会变革，指导社会实践，努力做到经济和政治的统一，个性和共性的统一。他的报道立足事实，加强分析评论，蕴含着规律、哲理。更难能可贵的是，他能将经济报道中枯燥难懂的数字和技术业务问题运用对比等方法"翻译"得通俗、生动，富有趣味性。他还尝试用散文笔法写经济新闻，文章没有固定格式，形式自由活泼、生动精练，在准确清楚的记述当中有恰当的抒情和画龙点睛的评论。1944年他在八路军炮火掩护下于山西忻州南同蒲铁路段拍摄的《切断敌人的供给线》的照片，常年陈列于中国人民军事博物馆和中国人民抗日战争纪念馆，摄影家赞誉它为"文献性"历史作品，军事学者把它比作毛泽东人民战争思想实践的"化石"。

职业道德　1940年，正在读高小的李峰被日本侵略者的暴行深深触动，做出了人生的第一次抉择，毅然走上抗日救亡之路。解放战争期间，他参加了张家口保卫战，强渡天险黄河，随刘邓大军挺进大别山，横渡长江，从炮火硝烟中走过，负责军队的报道工作，他一直拿着照相机，记录着中国人民走向胜利的足迹。他是一个勇于改革、大胆创新的实践者，在新闻业务、新闻理论、新闻管理等方面都有突出成就。李峰具有坚定的革命立场和强烈的责任心，始终以党和人民的利益为重，敢于讲真话，讲实情，即使被当做"右倾机会主义"遭批判，蹲牛棚，也不改变自己忠于党和人民事业的坚定立场。

创新能力　李峰在新华社国内记者训练班上讲授的《关于新闻采访学的探讨》，总结大量实践经验，对新闻采访的规律作了比较系统的论述，丰富了马克思主义新闻采访学。他发表的《关于改进非事件性新闻问题》，率先提出了新闻报道实践的一个重要理论问题，是研究和改进这类新闻采写的开端和突破。他积极倡导并践行的分析性新闻的"杂文化"和用杂文手法写新闻的风格深受同行称道。他创办的《半月谈》杂志和《经济参考报》，在国内产生很大影响。

□ 作品

四川百个企业扩大自主权为改革体制取得经验

闯开了一条办活企业的路子

触动了沿用多年的计划、财政、金融、商业、外贸、
物资供应等体制，立志改革的人们都为之叫好

新华社成都30日电　　（新华社记者李峰报道）四川省100个扩大经营管理自主权的试点企业，增加了一些带根本性的权利，触动了沿用多年的计划、财政、金融、商业、外贸、物资供应等体制。这个新事物的出现，为探索党的

三中全会和五届人大二次会议提出的全面改革我国经济体制和企业管理体制，提供了有益的经验。

这些企业扩大了哪些权利？从84个地方工厂的实践来看，职工们最感兴趣的可归结为七个自主权。

一、利润提留权。企业完成了8项或其中几项主要经济技术指标及供货合同，按利润计划指标提留一部分利润，最多为5％。超额利润，企业提留20％。用这种给经济利益的办法调动企业的积极性，一试就灵。喊了多少年经济核算，核算不起来。如今一夜之间，企业里似乎人人成了"算账派"，有了经济头脑。前7个月，84个企业中，有55个企业获得了超额利润。

二、自筹资金扩大再生产权。企业自筹资金可以用于企业发展生产，还可以向别的企业投资，搞联合企业，办子公司。自筹资金扩大再生产获得的利润，两年之内不上交，如果是向银行贷的款，还清银行贷款以前不上交。这一招很厉害，看来是充分发挥现有企业的作用，加快四化建设的一个大政策。花自己钱比花国家的心痛，一般都能收到"吹糠见米"的效果。有的工厂自筹资金扩大生产，今年就能赚1000万元，年终能收回老本，3年能使企业的现代化冒个尖。

三、多提留固定资产折旧费的权。企业提留的折旧费由过去留4成增加为留6成（还未按国务院新的留成比例办），固定资产原值100万元以下的企业不上交折旧费。原来企业留4成，只能维持简单再生产。行家们说，技术先进的国家，工厂的设备更新，快的5年一次。试点企业提留折旧费的比率加大后，他们搞革新、改造、挖潜就有更多的资金了。

四、销售部分产品权和计划外生产权。工厂有权销售有关部门不收购的产品，有权展销新产品，有权买料和换料加工，有权搞来料加工。过去这些都被视为是"资本主义"，是干"黑活"。结果，往往发生这种怪事：这里机器闲着等原材料，那里堆着原材料不能加工；这里因产品积压而减产停产，那里因买不到这种产品而作难。有的同志说刺话，说那是让"活人被尿憋死"的体制。新办法使企业能呼吸吐纳，生产就活得多了。

五、外汇分成权。以前，工厂生产出口产品，连干一二十年，外汇分文不见。企业有了外汇分成权，那种"外贸外贸往外鼓捣"的消极埋怨情绪，销声匿迹了。代之而来的是努力使自己的产品更多地进入国际市场，为国家多赚外汇。企业也可以用分得的外汇引进新技术，提高自己的产品在国外市场上的竞争能力了。

六、灵活使用奖金权。有了这个权，企业就可以在国家规定的奖金内，从本单位的生产实际出发，确定奖励的办法。这样，能真正贯彻按劳分配原则的"单项奖""计奖法"等，就可以实行了。那种干得不好也分点的平均主义，将成为过去的笑话了。

七、惩处权。从党委书记、厂长到工人，由于玩忽职守等主观原因，给国家造成危害，可以视损失轻重，给予警告、记过、扣工资、降工资、撤职、开除留用的处分。企业有了奖励权又有了惩处权，有功者受奖，有过者受罚，这就可以使先进受到鼓励，后进受到鞭策。

还有一些自主权，由于行使的条件不具备等原因，眼下在企业里反映还不那么强烈。

一些有见识的厂长说，企业扩大的这些自主权，还是小改小革，"不过瘾"。向前看，还得改。但是，这些小改小革还是很重要的，它可以给企业增加经济动力、经济手段和经济责任。这种小改小革能起到调动企业和职工群众积极性的作用。

在这里的许多人的心目中，扩大企业自主权，使一些不适应四化建设的上层建筑，像是古庙顶端涂着封建迷信色彩的朽木断瓦，一块一块地塌落下来了。立志改革的人们都为之叫好祝贺。

（原载 1979 年 8 月 31 日《人民日报》）

□ 点评

背景　在1977年，我国城市工厂企业的改革如何进行还不明确，矛盾还不少，争论更多，其中是否，以及如何向企业放权让利就是重大争论之一。四川省一百个企业进行扩大自主权的试点，这在全国范围内是领先的，对国计民生起着重大作用。记者抓准了这一重大题材，新闻的时宜性很强。

特色　这篇新闻较好地运用了群众语言和形象的比喻，摆脱了谈工作经验的俗套。新闻在历数扩大企业自主权的好处后，引出了一个很好的比喻："在这里的许多人的心目中，扩大企业自主权，使一些不适应四化建设的上层建筑，像是古庙顶端涂着封建迷信色彩的朽木断瓦，一块一块地塌落下来了。立志改革的人们都为之叫好祝贺。"这一比喻把高深的道理通俗化了，增强了消息的可读性。

意义 这是一篇介绍经济改革经验的好新闻。记者旗帜鲜明地支持经济改革中"扩大企业自主权"这一新事物，介绍了四川省一百个企业扩大了七方面自主权的内容、作用与企业前后变化，对推动全国的经济体制改革具有很好的借鉴作用。

影响 据新华社对 36 家中央和省、市、自治区级报纸的统计，有 32 家报纸刊登了这条经验新闻。许多读者写信赞扬这条新闻"及时""解渴""指明了方向"，可见其良好的社会效益。在 1979 年全国好新闻评选中，这篇新闻榜上有名。

冯国熙 ｜ 经济学家赶集

□ 作者简介

冯国熙（1942—　），山东宁津人，大学学历，中共党员，高级工程师。原北京公用局党委书记、中国城镇供水协会会长，北京名人协会荣誉会长。1966年参加工作。先后在《人民日报》《经济日报》《工人日报》《北京工作》《支部生活》《学习与研究》《中外企业文化》《政工探索》《首都建设报》和《城建工作研究》等报刊上发表文章70多篇，并多次获奖。

□ 综合素质

知识结构　冯国熙毕业于北京科技大学，高级工程师，在经济学方面造诣颇深，并有具体管理经验。他在社会主义市场经济理论上有自己独到的见解，提出了技术改造对于国民经济现代化的重要性；曾担任过党委宣传干部，写得一手好文章，在很多重要刊物上发表，屡获嘉奖。

专业技能　冯国熙在忙碌的工作之余，常常深入生活、注意观察，写出了不少优秀的新闻作品。他认为新闻要写的细，写的活，写的有深度。他的消息写作多是注意抓住事物的特点，强调主题集中突出、文字简短生动。《经济学家赶集》就是一个成功的例子。写作手法和用语都很朴实，没有斧凿痕迹和华丽的词句，活灵活现地讲述了经济学家赶集的事情，表达出了事情背后的意义。

职业道德　冯国熙除了做好本职工作外，还关注普通群众的生活困难，关心基层群众的生活质量。身为北京市政协委员，他在进行了3年的调研后，向大会提交关于基本医疗保险的提案，推动政府出台相应的政策，解决了群众的大困难。冯国熙写作新闻属于业余爱好，但他很用心。他认为，一篇好新闻的获取，不能

"守株待兔"，而是要主动出击。他常常深入生活，细心捕捉，用心写出了不少佳作。

创新能力　虽然在新闻写作上，冯国熙属业余爱好，但他造诣不浅。他对新闻规律的把握和运用也相当娴熟，《经济学家赶集》这篇消息就自觉并灵活地运用金字塔式结构写作的好文章。其作品轻快风趣，新闻背后的意义通过细节和新闻人物表达出来，而非呆板的说教。在用词方面，他善于使用生动的、富有生活气息的文字，来代替生涩的文字，轻松地将内容呈现在读者眼前。

□ 作品

经济学家赶集

3月4日下午，经济学家薛暮桥到北京北太平庄农副产品市场赶集。

这位75岁高龄的老人，兴致勃勃地挤入人群，东瞧西看，问这问那。见到卖鲜鱼的，便问是怎么运进城里来的。有几个顾客正和卖主讨价还价，最后达成协议：1元2角1斤。薛暮桥同志高兴地说："好，我也买1条。"卖鱼的拣了一条又大又肥的活胖头鱼，一称，5斤重。薛暮桥一边付钱，一边说："看来还是两个市场好。"买完鱼，又买了一条擀面杖。这时，一个老头在叫卖挖耳勺。他赶忙过去花3分钱买下1个，说："我很早就想买这么个小东西，总买不着，今天算是盼着了。"

赶完集，来到市场管理所。薛暮桥对管理所同志说："这样的市场多开辟几个，分散一些就更方便了，是不是可以让那些较富裕的社队自己投资建市场呢？"管理所同志说，也有个别人搞投机倒把。他说："我看要进行教育，做到公买公卖。我们以国营市场为主，农贸市场作为补充，提倡社队集体卖货，也保留少数商贩。"

（原载1980年4月25日《市场报》）

□ 点评

背景　计划经济条件下，人们习惯了国营商场这种单一的市场形态。原来，"文革"十年，国营商店一统天下，城乡集市被当作"资本主义尾巴"割掉了，农副产品及日用小商品严重匮乏。党的十一届三中全会后，全国经济步入恢复阶段，一些地方悄然恢复集市贸易。但由于观念桎梏，不少人仍然心存芥蒂，不敢涉足。作为市场经济的萌芽——集贸市场开始出现，一时引起各种非议和担忧。党的十一届三中全会后，全国城乡一些地方开始恢复集市贸易。城乡开设农贸市场，是贯彻党的十一届三中全会精神，拨乱反正涌现出的新事物，更重要的是社会主义市场经济的先导。

特色　在新闻写作中，"动"与"活"是同病相怜的。这则消息在语言的运用上立足于"动"，记者没有用"人群熙熙攘攘""商品琳琅满目"等词来形容市场繁荣的景象，而是用"挤入人群""东瞧西看""问这问那"一连串动词，生动逼真地反映了集市的繁华热闹。写薛暮桥买东西，具体细腻，要言不烦，几笔就把买东西的情景写得活灵活现，富有浓厚的生活气息。消息犹如一条活蹦乱跳的"小活鱼"，读来饶有风趣。从这些描述中可以看出，农副市场是热闹繁华的，货物是琳琅满目的，在国营市场买不到的东西这里可以买到。经济学家薛暮桥一边买东西一边称好，表明他对这种市场是肯定的、支持的。个体经济的生命力在这篇不足 500 字的新闻里跃然纸上。记者这样来宣传农副产品市场的作用，就比空洞的政治说教具体得多，生动得多。

意义　作者运用手中的笔，真实地记录了当时 75 岁高龄的著名经济学家薛暮桥到北京北太平庄农副产品市场赶集的全过程。报道充分肯定了集贸市场这一新兴市场形态。事实上也是对社会上种种非议的一个回答，在当时起到了重要的舆论引导作用。

影响　薛暮桥到集贸市场去买鱼、擀面杖、挖耳勺，本极为普通，可在当时却是新鲜事。这些鲜活的农贸市场小景，其实透露了很多大信息。《经济学家赶集》则借薛暮桥之口提出："看来还是两个市场好。"言下之意，社会主义也可搞集贸市场。

王复初 ｜ 杜芸芸将十万遗产献国家

□ 作者简介

王复初（1932－1987），江苏江都人，中共党员。曾先后在多个企业担任国家干部及中共上海市委办公厅党刊编辑室记者、上海《支部生活》记者，1979年调到《文汇报》工作，曾任《文汇报》新闻部记者、主任编辑。1981年参与创办并主编《文汇报》的专栏《法庭内外》，这是全国综合性日报中第一个法制类专栏。1989年11月28日，经上海市司法局批准，成为上海联合律师事务所兼职律师。主要著作有《家庭法律咨询》《道德法庭上的被告》。

□ 作品

支援社会主义现代化建设

杜芸芸将十万遗产献国家

本报讯　女青年杜芸芸到上海司法机关，要求将继承的十余万元遗产捐献给国家。她说："我还年轻，应该靠自己的劳动来生活。我愿意将这笔钱拿来支援国家的四化建设。"

杜芸芸今年23岁，1年前刚从插队的农村调回城市，到一家工厂当艺徒。她5岁的时候，被孤独老人姑妈收为养女，住在上海。1966年底十年内乱开始时，家中的金银、珠宝首饰和存款被查封，按当时折价，这笔财产价值十多万元。她9岁时，养母病故，从此杜芸芸便寄宿在苏州的亲戚家。14岁开始，她就靠自己一双手替人家洗衣服和做零活，来维持最低的生活；进中学读书后，还经常帮人家做事，将每月所得一半作为学费，一半补贴生活费用。后来，有关单位先后几次共发给她近千元钱，她一部分用于自己的学习和生活费外，其余都给亲戚用掉了。

中学毕业后，年仅18岁的小杜，开始考虑今后如何度过自己的一生。当时，像她这样的孤儿，照理可以不必下乡插队，周围人也劝她，说："你落户在农村，养母的财产能不能给你就成问题了。"有的人教她："如果这笔财产拿到手，光是利息就够你吃几辈子，你不应该朝农村跑，应当到上海去找街道办事处。"杜芸芸想：这笔财产是我养母留下的，将来是不是给我，这由政府决定。可我现在不能把自己的一生寄托在这笔财产上，还是要用自己的劳动来创造自己的前途，不能伸手向街道办事处去要钱。就这样，她拒绝了亲戚的劝阻，毅然报名要求下乡务农，将户口迁往农村。在她插队期间，有些亲戚多次催促她去向有关单位讨还被查抄的财物，说："只要拿到一只角，就够你用一辈子了，根本用不着吃这样的苦。"可是小杜回答说："我相信党和政府的政策，要我去争去闹，坚决不干。"1979年5月，有关单位临时先发还她5000元钱，结果这笔钱大多数都给亲戚用掉了。

今年初，本市司法机关对这笔遗产的归宿问题进行了调查处理，确认杜芸芸是这笔遗产的唯一法定继承人，便通知她向有关部门申请办理继承权手续。当时，她向承办人员诚恳地表示："我是养女，按法律规定有继承权，但我还年轻，我能劳动，我不需要这笔钱来过生活。国家建设很需要钱，我愿意将这笔钱上交给国家。"她还说："我深深体会到金钱不能给我带来幸福。将遗产交给了国家，自食其力，勤奋学习，这才是真正的幸福。"她不仅口头提出要求，而且还写了书面申请报告。经市司法局、街道办事处、区法院等单位研究同意，上海市公证处已将她继承的这笔遗产上缴国库。

前些日子，记者专程到苏州去看望了杜芸芸。现在，她自己还没有家，寄居在一个同学的家里。20多岁的姑娘，生活过得很艰苦，穿着很朴素。她告诉记者："对我个人来说，这笔遗产确实一辈子也用不完，但是过这种生活没有意义，它不能给我带来真正的幸福。我是新中国的青年，真正的幸福要靠自己劳动去创造。国家富强了，四化建成了，大家都可以过幸福的生活。所以，我经过再三考虑，还是将这笔钱交给国家。"

（原载1981年7月29日《文汇报》）

□ 点评

背景 刚刚改革开放时，社会上大多数的人们对钱，对收入问题的认识，还处于欲说还休的状态。1981年初，上海市静安区人民法院依法宣判：苏州丽华丝绸印染厂工人杜芸芸继承其上海养母的10万元遗产。同年3月25日，杜芸芸将遗产全部上交国家。在当时，10万元是一笔巨额资产。

改革开放大幕拉开后，商品经济开始活跃，冲击着计划经济时代的财富观，由此产生了"向前看还是向钱看"的争论，杜芸芸把自己继承的10万元遗产捐给国家，无疑是这场争论的标志性事件。

特色 主线突出，人物鲜活，是这条消息的特点之一。消息紧紧围绕"10万遗产献国家"这条主线，充分地报道了杜芸芸不幸的身世、坎坷的经历和自强自立的人生观，映衬出她捐献遗产的质朴动机和爱国情怀；妙用对话，反映心声，是这条消息又一特色。言为心声，人物消息中巧用对话可起到表述事实，交代背景，深化主题，展示人物内心世界的作用。这则"千字文"，自始至终，共有10处对话，有的是相关人物之间面对面的直接对话，有的是新闻人物与外界发生思想与行为上的碰撞后的个人独白，有的则是间接对话。特别是杜芸芸与记者的对话，简洁、质朴、自然，画龙点睛地反映出主人公高尚的人格魅力。这条消息中人物对话的特点，可用12个字来概括：笔墨精练、言简意赅、亲切自然。

意义 女青年杜芸芸捐献给国家的，既不是个人的奖金，也不是自己劳动所得的存款，而是继承的遗产。虽然不能以遗产是否捐献来论褒贬，但消息紧紧围绕"10万遗产献国家"这条主线，充分地报道了杜芸芸的身世、生活经历，尤其是消息中新闻人物的语言、对话，都围绕"献遗产"来选定。讲的虽是"献遗产"，传递给读者的却是在商品经济的大潮中应该确立什么样的信念，如何做人的大原则、大道理。

影响 该新闻经《文汇报》等媒体报道后，在全国引起热烈反响，杜芸芸被誉为"中国青年学习的榜样""80年代的活雷锋"，成了家喻户晓的人物。根据杜芸芸的事迹，北京电影制片厂于1984年摄制成电影《清水湾，淡水湾》，由谢铁骊导演，张瑜、谢芳等主演。该新闻获1981年全国好新闻奖。

范敬宜 | 夜无电话声　早无堵门人

□ 作者简介

范敬宜（1931 — 2010），字羽诜，江苏省苏州人，中共党员，著名新闻工作者。1951 年毕业于上海圣约翰大学中文系，曾在《东北日报》和《辽宁日报》工作。1983 年任《辽宁日报》副总编辑，1984 年调文化部任外文局局长，1986 年调任《经济日报》总编辑，1993 年调任《人民日报》总编辑，1998 年任全国人大常委、教科文卫委员会副主任委员。2002 年至 2010 年间，任清华大学新闻与传播学院院长。主要著作有《总编辑手记》《敬宜笔记》《敬宜笔记集萃》《马克思主义新闻观十五讲》《范敬宜文集》等多部著作。

□ 综合素质

知识结构　范敬宜出生诗书世家，幼承庭训，国学深厚，擅诗词书画。少年时因体弱多病休学在家，具有深厚中国传统文化修养的母亲向他传授中国古典名著，曾留学美国的姑母则当了他的英文老师，教给他西方文化的精要。这些丰富多彩的文化元素融合在一起，亦中亦西，通古贯今，潜移默化地培育了他的文学才华。另外，范敬宜又跟随吴门画派传人樊伯炎学习国画，为他在山水画方面的造诣奠定了良好基础。季羡林老先生曾称范敬宜为"四绝"式人物，即诗、书、画无不精妙，且了解西方文化。

专业技能　范敬宜的新闻写作以评论见长。他的评论在选题上以小见大，于细微处说大道理；内容上贴近"两头"、贴近工作；立论高远，预见性强。范敬宜能把评论写得出色，一个很重要的基本功就是他善于发现新闻。他紧贴时代脉搏，抓住与群众利益最密切和最关心的问题，用事实说话，调查研究，言论扎实，贴近群众。范敬宜的报道和评论都强调宏观意识、国际意识、理论意识和建设意识。他的文章语言雅致、文采飞扬，没有大话、空话、套话，深受读者欢迎。

职业道德　范敬宜热爱新闻工作，热爱人民，虽然历经磨难与煎熬，却历练了他对新闻的热爱和忠诚。在被打成"右派"后长达20多年的生活磨难与精神煎熬中，他对新闻九死不悔的挚爱与忠诚始终不曾动摇。在劳动改造中、在下放插队时，尽管已被剥夺了发表作品的权利，他还是不间断地写作，不能用真名发表，就用化名，不能用化名，就不署名。当被问起几十年来他从事新闻工作最深的感受是什么时，他只是动情地说了一句话："离基层越近，离真理越近。"他的新闻，充满着对基层群众深厚的情感和关怀。在担任报社领导后，他积极奖掖后辈，扶植青年，不遗余力。

创新能力　范敬宜是中国最早探索市场经济条件下新闻工作规律的新闻工作者之一。在《经济日报》的8年时间里，他提出并实践了"三个贴近"的办报理念，在报纸上组织了大量既贴近中央方针政策，又贴近经济工作实际，贴近群众脉搏的重大系列报道，其中"关广梅现象大讨论""五个变迁""十个风风雨雨"等报道，都产生了深远的影响。他提出了用人文的笔法写经济报道，打破了评论员不参与采访的成规，开创了署名评论员的先例。范敬宜对农村问题有着精辟的见解，写出了改革开放初期有关"三农"问题的诸多佳品。

□ 作品

两家子公社干部开始睡上安稳觉
夜无电话声　早无堵门人

本报讯　3月3日、4日，记者夜宿康平县两家子公社秘书办公室，发现从就寝到次日早晨，没有来过一次电话，也没有一个社员来报案、告状或要钱要粮，公社干部睡得安安稳稳。

据当过六年秘书的公社干部赵富权说，前几年情况大不一样，经常刚刚睡下，电话铃又响了，不是下通播指示，就是追生产进度。冬天只好把电话机搬到枕头旁边。随着领导作风的转变，上面这种靠电话指挥工作和搞形式主义的现象大大减少了。

　　一年前，两家子还是全县最穷的公社之一，一年到头，生产队干部和社员来公社要农贷和救济粮、救济款的推不开门，往往天不亮就有人来堵公社党委书记的被窝。现在已经看不到这种情景了。去年他们实行了包干到户责任制，全社人均收入由历年六七十元增加到 165 元，有的历史"三靠"队达到四五百元。社员生活好转了，不但不再向国家伸手，由于"穷泡、穷靠、穷打、穷闹"造成的民事纠纷和家庭纠纷也越来越少。

　　4 日深夜，记者步出敞开的公社大门，遥望沐浴在银白色月光下的远近村庄，显得分外安谧，不禁遐想联翩，成诗一首：

　　劫后灾痕何处寻？

　　月光如水照新村，

　　只因仓廪渐丰实，

　　半夜不闻犬吠声。

（原载 1982 年 3 月 15 日《辽宁日报》）

□ 点评

　　背景　20 世纪 80 年代初，在农村改革初期，是否实行包干到户责任制，是个大是大非的问题，方方面面争论甚大。1982 年 3 月，《辽宁日报》记者范敬宜夜宿康平县两家子公社秘书办公室，睡了一个安稳觉：一年前两家子公社实行了包干到户责任制，情况发生了巨大的变化，这对十分熟悉农村的范敬宜来说，感触特别深。第二天他就写出《夜无电话声　早无堵门人》的新闻。

　　特色　消息文本的标题是新闻事实信息：夜无电话声，早无堵门人。导语破题，把标题的两个方面的事实信息融为一体，表达出：公社干部睡得安安稳稳。主体先对导语提出的事实信息的两个方面展开叙述说明，分别用事实对比阐明了"夜无电话声　早无堵门人"的原因。原来上面"电话指挥工作和搞形式主义"，现在"领导作风的改变"；原来"穷泡、穷靠、穷打、穷闹"，干部不安宁，社会不安定，现在生活好转了。这不仅是具体的事实根据，也是对主题的必然性的逻辑证明。同时，结尾也很特别，是典型的抒情结尾，以诗的形式表达："只因仓廪渐丰实，半夜不闻犬吠声"。这条新闻给我们的启示是：一些参与性很强的新闻，记者置身其中，确属有感而发，以抒情方式结束消息，有时或会产生意想不到的效果。

意义　从比较的角度表现了"仓廪渐丰实"给农村带来的变化，从一个侧面歌颂了党的农村政策的成效，说明新政策给农村带来了新转变和新气象。

影响　文章为历史，尤其是为中国农村改革留下了寓意丰富而又别有情致的影像。

郭玲春 ｜ 金山同志追悼会在北京举行

□ 作者简介

　　郭玲春（1940—　），祖籍福建闽侯，出生于上海。1965 年毕业于复旦大学中文系，1971 年调入新华社，先后任编辑、记者、主任记者等职。曾为中华全国新闻工作者协会常务理事。由于数次以会议新闻获全国好新闻奖，同行们都戏称她为"会议记者"。

□ 综合素质

　　知识结构　郭玲春从小就读了很多书。当时，她有个哥哥与其他两位朋友办了一个家庭"三友图书馆"，这使她大开眼界。小学四年级，她读完了巴金的《家》《春》《秋》。随着年龄的增长，她更是手不释卷，认真地阅读中国的古典文学和外国名著，尤其喜欢唐诗。20 世纪 60 年代初她考入复旦大学中文系。勤奋的学习和积累，奠定了她扎实的文学功底，在采访写作中都派上了用场。她不同意时下新闻向文学靠拢的倾向，但认为，新闻可以从文学中汲取养分。她说："应该运用文学手段去掉新闻写作上的刻板，调动各种文学手法来为新闻写作服务。"

　　专业技能　郭玲春的会议报道范围很广，有展览会、颁奖会、座谈会、纪念会、新闻发布会、追悼会、庆功会……在这大大小小的会议报道中，郭玲春凭借自己深厚的文学功底和孜孜不倦、探索创新的精神，常以轻松的形式、清新的文字、散文的笔法描述严肃的会议新闻。她并不是单纯地就会议本身报道会议，而是寻找一个突出的个性，使稿件丰富有活力。她善于捕捉能够凸现主题、深化主题的细节，如会议的环境，人物的服饰、言语、动作等。这样，在一篇消息中既有"全景"镜头，又有"特写"镜头，既有粗的勾勒也有细的描绘，使通篇消息生动、丰满、不干巴，虽是新闻作品却颇有散文味道。她不仅在会议新闻、消息写作上颇有成就，同时也写了许多优秀的通讯、特写、点评等。

职业道德　郭玲春会议报道的成功与她细致的观察、深入的采访是分不开的，她每次参加会议，表面上轻轻松松，实则全身"警戒"，眼观六路，耳听八方。每一篇材料，每一句发言，乃至每一声感叹她都用心捕捉。她通过最大的努力去撰写每一篇新闻稿，她追求每一篇文章都能给读者带来有用的信息。她主张当记者的不能不分主次，把许多东西生吞活剥地塞给读者，这是懒惰，是不负责任；而是要把新闻素材"吃"进去，再"吐"出来，经过仔细地咀嚼、消化、提炼、寻觅，挖掘核心，然后呈现给读者。

创新能力　郭玲春的会议新闻有自己的风格，她创造了审美感极强的"郭体"会议报道形式。她的导语不一般化，往往极简练地一下子把最重要的新闻事实揭示出来，而且有声有色、有血有肉，笔端带出几分感情；她把文学的写法糅进会议报道中，使会议报道更加灵活，明快清晰，融入了散文的气息，又不失新闻的质朴与真实；她常常把"我"写进新闻中，很善于表露自己的倾向。由于她的结论是以事实为依据的，而且点评的文字极为简洁精当，所以起到了画龙点睛的作用。郭玲春的消息总是力求突破，在不失新闻真实性的前提下，摆脱了新闻稿件原来的框架。

□ **作品**

杰出的人民艺术家

金山同志追悼会在北京举行

朱穆之主持追悼会，夏衍致悼词，阳翰笙讲话，习仲勋、王任重等参加追悼会

　　新华社北京 7 月 16 日电　鲜花、翠柏丛中，安放着中国共产党员金山同志的遗像。千余名群众今天默默走进首都剧场，悼念这位人民的艺术家。

　　"雷电、钢铁、风暴、夜歌，传出九窍丹心，晚季蚕老丝难尽；党业、民功、讲坛、艺苑，染成三千白发，孺子牛已汗未消"，悬挂在追悼大会会场的这副挽联，概括了金山寻求光明与真理，为人民鞠躬尽瘁的一生。人们看着剧场大厅里陈列的几十帧照片，仿佛又重睹他的音容笑貌，他成功地塑造的爱国诗人屈原的形象，他在电影《松花江上》的拍摄现场，他为演《风暴》与"二七"

老工人谈心，他在世界名剧中饰演的角色，他在聆听周总理的教导，他与大庆《初升的太阳》剧组在一道……他1911年生于湖南。1932年加入中国共产党，自此献身革命，始终不渝。

哀乐声中，人们默念着他的功绩。三十年代，他在严重白色恐怖中参加中国反帝大同盟和左翼戏剧家联盟。抗战爆发，他担任上海救亡演剧二队副队长，辗转千里，演出救亡戏剧，尔后接受周恩来同志指示，组织剧团远赴东南亚，向海外侨胞作宣传。解放前夕，又担负统战工作。他事事以党的利益为重，生前曾对他的亲人说："我首先是一个共产党员，演员是我的第二职业。"

解放后，他将全副心力献给党的艺术事业，不断进取、探索、求新，被誉为人民的艺术家。

他遭受过"四人帮"的摧残，但对自己的信仰坚贞不移。近年致力于戏剧教育，并以多病之身，担负起繁荣电视文艺事业的重任。

夏衍在悼词中称金山的不幸辞世，是我国文学艺术界的重大损失，高度评价他几十年来的革命、艺术活动，号召活着的人们学习他对党的事业的忠诚，学习他在艺术创造上认真刻苦，精益求精的精神。

他半个世纪前便结下革命情谊的挚友阳翰笙在追悼会上的讲话中说，是党造就了金山，是党把他培养成革命的、杰出的人民艺术家。

与金山一起工作、生活过的大庆人，惊闻噩耗后，派代表星夜兼程，来和他的遗体告别。在今天的追悼会上，他们说，金山是人民的艺术家，人民将会怀念他。

文化部长朱穆之主持追悼会。参加追悼会的有习仲勋、王任重、胡愈之、邓力群、周扬、贺敬之，周巍峙、冯文彬、罗青长、唐克、吴冷西、李一氓、傅钟、刘导生、赵寻、荣高棠以及文艺界人士林默涵、陈荒煤、司徒慧敏、艾青、吴作人、李可染、江丰、吴雪、袁文殊、周而复、张君秋、戴爱莲、陶钝等。

（原载1982年7月17日《人民日报》）

□ 点评

背景　金山（1911—1982），原名赵默，沅陵人，著名的表演艺术家，也是一位杰出的电影编导。从1935年开始，先后主演了《昏狂》《长恨歌》《狂欢之夜》

《夜半歌声》《貂蝉》等影片。1947年，他编导的《松花江上》赢得了巨大声誉：电影评论界纷纷发表文章评价和推荐这部作品，一致认为它是国产影片中"极珍贵的收获"，深受观众的赞赏。1959年金山编导的影片《风暴》是他的又一部成功之作。新中国成立后，金山集中精力从事艺术创作活动，曾在话剧《保尔·柯察金》中饰保尔，在《万尼亚舅舅》中饰万尼亚。他还亲自编导、主演了反映"二·七"大罢工的话剧《红色风暴》。1978年，导演的话剧《于无声处》，受到观众和舆论界的一致好评。此后金山担任中央戏剧学院院长、中国电视艺术委员会主任等职务。

特色 本文是一则散文气息浓，在写法上颇有新意的会议新闻。它最主要的突破是：改单一的叙述为夹叙夹议，夹叙夹描的散文式结构。作者摒弃惯用写法，导语运用了新闻特写的笔法，以描写性文字和叙述性文字交织，自然巧妙地交代了新闻的诸要素。"鲜花、翠柏丛中，安放着中国共产党党员金山同志的遗像。千余名群众今天默默地走进首都剧场，悼念这位人民的艺术家。"用简练形象的语言烘托出会场肃穆的气氛，表达了人们的心情，有情有景，情景交融，使人宛如身临现场。这种导语对读者有着强烈的吸引力。文中会场上的那副挽联，概括评价了金山的一生。作者用这种别具一格的引用方式，简练、形象、生动地把金山同志的性格特点、苦难历程、事业成就、敬业精神清晰地呈现给读者。形象的描写产生了强烈的感染力，人民对金山同志的怀念之情跃然纸上，金山作为人民艺术家的形象栩栩如生。

意义 对这篇报道，新闻界有人做过这样的评价："这篇消息既符合新闻写作的基本规律与要求，又因情立体，冲破了固有格套的束缚，形式上有所创新"。这篇报道突破常规，以形象可感的细节展现追悼会的现场氛围，同时穿插对金山艺术生涯和革命经历的回顾，语言洗练，感情深挚，成为新时期新闻文体变革的先声，在新闻界产生热烈反响。

影响 《金山同志追悼会在北京举行》一稿播出后，由于其大胆的创新，被新闻界人士交口称赞，广为传阅。读者和新闻界的同志纷纷投书新华社，称赞这条消息是一次"可喜的突破"。大家认为，它的可取之处在于，写得有文采，不一般化，突破了追悼会消息千篇一律的老框框，向新闻的散文化方向迈出了一步，是改革新闻写作的一次有益尝试。该消息荣获了1982年的全国好新闻奖。

罗文锦 ｜ 大寨也不吃大锅饭了

☐ 作者简介

罗文锦（1938 — ），广东省南海县人。15 岁赴粤北山区投身革命。在农村摸爬滚打 27 载，于 1980 年 2 月羊城晚报复刊前调入《羊城晚报》。曾先后担任经济部、机动部记者。1994 年被评为主任记者。代表作有"福州居民建屋记事"系列报道（共 5 篇）、《萝岗荔枝大丰收 农民为何要发愁》、"立新中路新建大楼分配大有文章"系列报道（共 32 篇）、《一位时装设计的新星——张肇达》《广州三年解决住房"特困户"到了决战时刻》《再叫一声：救救白云山》《"美的"，从乡村小厂跃为全国十大乡镇企业》《"富哥哥"帮"穷弟弟"》《广州不要说仅仅是"阵痛"》《广商广商，挥师北上》等。其中《大寨也不吃大锅饭了》获得 1982 年全国好新闻奖（消息类）。

☐ 综合素质

知识结构 罗文锦出身寒微的手工业者家庭，虽受教育程度不高，但凭借其勤奋好学的精神和持之以恒的毅力，完成了由政府组织的立信财经培训班修读，于 1953 年分配到广东省始兴县森林工业局从事统计工作。他对数字极为敏感，除了对经济领域的各种数据烂熟于心，还善于将这些数据整合分析，梳理出内在的逻辑关系，回答读者共同关心的问题。他对农村极为熟悉，积累了丰富的、生动的群众语言，并熟练地运用到新闻报道当中。他阅读了大量来自于政府管理部门高层、研究机构学者以及业界专家撰写的文章。他对文史极为钟爱，阅读了大量近代文史以及政经类书籍。

专业技能 从事新闻这行，用罗文锦的话来说是先投奔"游击队"，再加入"正规军"。1962年，罗文锦参加《南方日报》举办的新闻业务学习班后，担任广东省南雄县新闻秘书，开始涉足新闻领域。长期工作和生活在农村基层，他拥有独特的阅历积淀，也使他的名字常常出现在省委机关报上。1980年调入《羊城晚报》任记者，罗文锦以新闻"正规军"的一员见证了中国，特别是南粤大地改革开放头20年各行各业的高潮迭起。

职业道德　作为一名活跃在岭南的党报记者，罗文锦采写反映广东农村翻天覆地的新变化，特别是珠三角地区乡镇企业异军突起、雄踞广东经济"半壁江山"等新闻报道，至今仍为同行和读者津津乐道。业内人士对罗文锦深入细致、认真负责的工作作风交口称赞。他对民生报道极为重视，果农发愁、破坏生态、住房分配不公等事件，有不少因罗文锦的呼吁或曝光而被及时解决或制止。他对新闻总怀有一份执着、敬畏和使命感。

创新能力　罗文锦善于驾驭各种新闻题材，尤其表现在消息写作上。他撰写的消息，极具新闻张力，尤其表现在对导语的概括、提炼和浓缩上，寥寥数语，直指新闻核心。他强调，在消息主体里不应有一个多余的字，干净、准确、精练、传神是他新闻写作实践的一大特色。

□ 作品

昨天他们将八百多亩耕地全部分给农民承包

大寨也不吃大锅饭了

原大队长贾承让说，大寨的一本经再也不能念下去

本报昔阳20日电　山西省大寨大队也不吃大锅饭了。今天，他们将860亩耕地全部分给130户农民承包，实行大包干责任制。原来集体经营的1个煤窑、1座酱粉坊、3台拖拉机、200亩果园、800亩山林，也全部承包给个人。

上午9时，大队党支部书记贾长锁带领着社员，从麻黄沟一直走到狼窝掌、康家岭，逐块分责任田。获得了自主权的社员喜悦之情溢于言表。原大寨大队大队长、现任大寨公社副书记贾承让在接受记者采访时说："我们现在才刚刚起步，过去搞的极左那一套不灵了，我们大寨人再不走'大寨路'了。我曾经到河南省兰考县去参观，那里条件比我们差、积极性比我们高、发展速度比我

们快。可我们大寨社员往地里一转，干不干两块半，不少好地荒了。大寨的一本经再不能念下去了。"

从今天起，大寨社员又有了自留地。按政策规定，他们每人分到2分2厘地，全大队共123亩，占总耕地的15％。过去大寨社员吃菜靠生产队统一分配，不能满足要求。我们在大寨村里转了一圈，看到有些社员在家门口用瓦筒放上土，栽上白菜、西红柿。大寨社员的家庭副业现在也开始活跃起来，许多社员家门口有了鸡窝、兔笼，不少户还圈起了猪圈，个人养猪共达140头，其中有70头是近两个月才买回来的。在村口，我们见到了老农贾九胜。他正抚摸着心爱的3头牛，笑眯眯地对我们说："中央的政策合了俺的意，俺今年光卖猪卖兔就收入近500元；养了6只母鸡，下的蛋俺都吃了。今年俺买的母牛，两头都怀了胎，猪圈里还有4头猪哩。"

（原载1982年12月21日《羊城晚报》，记者罗文锦、张琳、骆士正）

□　点评

背景　1978年党的十一届三中全会召开后，中国的农村正悄然发生着变化。然而，昔日名噪天下的大寨却成了被人们遗忘的角落——很长一段时间关于大寨的新闻报道绝迹于耳，几乎是白纸一张，人们似乎淡忘了大寨。

一个偶然的机会，让《羊城晚报》记者想起了大寨。据罗文锦回忆，那是1982年12月上旬，一位读者将《工人日报》刊登的表扬太原市住宅建设指挥部领导干部建房不争房的报道剪下来寄给《羊城晚报》编辑部，建议转载。编辑部觉得该报道比较简单，决定派罗文锦到山西作详细报道。行前，罗文锦找报社领导谈及想到大寨看看的打算，当即得到时任副总编辑的许实（著名专栏作家微音）首肯，他说："全国读者都关心今天大寨的状况，务必去走一走。"

同年12月10日，罗文锦和来报社实习的通讯员张琳抵达太原，山西日报社大力支持，派记者骆士正一起采访。《山西日报》已经很久没有派记者去大寨了。采访后，他们总的印象是，大寨落后于全省，没有多少东西可报道。

18日，罗文锦从太原前往大寨，住在五层楼高的大寨旅行社。这个旅行社有30多个管理人员，但罗文锦一行四人（包括司机）是仅有的旅客。可容纳千人用膳的宽阔饭厅空空荡荡，附近的商店也冷冷清清。昔阳县副县长李明德和大寨公社党委副书记贾承让来看望罗文锦一行并接受记者采访。事有凑巧。当天下午，大寨大队开社员大会，决定从 20 日起搞大包干责任制，将耕地全部分给 130 户社员承包。原由大队经营的煤窑、酱粉坊、拖拉机、果园和山林也全部实行承包责任制。同时恢复了已停止 19 年的社员自留地，并决定第二天大家一起去认定自己的责任田和自留地。社员闻讯情绪激昂，罗文锦更为此行的意外收获欣喜若狂。要写大寨素材很多，经过商量，罗文锦觉得应集中反映大寨人也不吃"大锅饭"了这个全国最关心的问题。因为大寨是搞"左"的一套样板，其核心是吃"大锅饭"，流毒很深很广。报道大寨砸了"大锅饭"，便抓住了今天大寨变化的本质。

特色　短短 650 个字的消息，没有空泛的议论和概念的叙述，所写的无不是记者的所见所闻，让人浮想联翩，因而很有感染力和说服力。消息不仅行文凝练，还蕴含了深刻的思想性和批判性——不仅通过大寨分田到户的事实旗帜鲜明地否定了农村吃"大锅饭"，也间接地否定了"文革"。这篇新闻的成功之处，还在于它在写作上事实具体、细节生动、语言朴实。

意义　《大寨也不吃大锅饭了》何以引起如此巨大反响？因为在"文革"时期，"走大寨路""普及大寨县"的口号喊得震天响，不仅国内"家喻户晓"，世界也为之注目。但是自从党的十一届三中全会以后，全国开始拨乱反正，承包责任制在全国推行。人们都在问：现在大寨怎么样了？可偏偏报纸上不见大寨的消息达两年之久。就在这个时候，罗文锦等报道了大寨人不再走"大寨路"，不再吃"大锅饭"的活生生的新闻，一下子便吸引了海内外读者。消息抓住了具有典型意义的事实，回答了人们普遍关注的问题。

影响　1982 年 12 月 21 日，《羊城晚报》于头版显著位置在国内首发《大寨也不吃大锅饭了》，引起海内外各大媒体极大关注，纷纷转载、转播，消息次日便传遍全球。这篇新闻获得了 1982 年度全国好新闻奖（消息类），是《羊城晚报》有史以来首次获得的消息类全国好新闻奖。

高殿民 │ 我国选手获得奥运会第一块金牌

□ 作者简介

　　高殿民（1954— ），河北深泽人，中共党员，高级记者。1977 年 10 月进入新华通讯社工作，1978 年开始从事体育新闻报道。2005 年享受国务院政府特殊津贴。2010 年当选为"全国新闻出版行业领军人才"。代表作品有"中国获奥运会第一枚金牌"系列报道。多年来为国际体育组织的刊物《世界排球》《国际田联杂志》等撰写多篇英文专栏文章，向世界介绍中国、亚洲的体育成就，出版《中国田径 1921—1994》（英文），翻译出版《武术》等书籍。

□ 综合素质

　　知识结构　1977 年，高殿民从大连外国语大学英语学院英语本科毕业后到新华社工作，先后在对外新闻编辑部政治外事新闻采访室、文教新闻采访室担任记者、编辑，用中文和英文双语从事体育对外宣传报道；1984 年新华社体育新闻编辑部成立后，一直在体育部从事体育新闻报道。1987 年进入美国夏威夷大学新闻系学习，进一步提高了新闻写作、特别是英语写作水平。

　　专业技能　高殿民从事体育新闻报道 35 年来，坚持深入群众，深入生活，利用语言优势，连续参加了在洛杉矶、汉城、巴塞罗那、亚特兰大、悉尼、雅典、北京、伦敦举行的 8 届夏季奥运会的报道，是我国目前唯一一个现场采访报道过 8 届夏季奥运会的记者，目睹了我国体育事业的发展和进步。1984 年在第 23 届奥运会上采写的"中国获奥运会第一枚金牌"系列报道获得全国好新闻评选特等奖，该篇文章被收入各类教材中。同时还有多篇作品在新华社、奥运会、亚运会或全国体育好新闻评选中获奖。

职业道德　高殿民热爱奥林匹克运动，热心奥林匹克事务，把大半生的精力都投入到奥林匹克运动的发展和体育报道上。从雅典奥运会开始，连续 3 届夏季奥运会被选为火炬手，传递奥运圣火。他主持新华社体育部工作近 14 年，坚持正确的舆论导向，从未发生过重大政治性、事实性差错，与部门编辑记者一起为加强国际传播能力建设不断开拓进取。他平时要求严格，廉洁自律，以身作则，坚持民主集中制原则，业务能力、管理能力和协调能力较强，工作积极主动，任劳任怨，为人随和。

创新能力　为使体育新闻更好地被用户采用，高殿民按照新华社党组的要求对体育新闻发稿进行改革，2002 年开通了体育新闻专线。他从 20 世纪 90 年代中期起担任国际奥委会新闻委员会委员，利用国内唯一一名新闻委员会委员的身份，广交朋友，主动向国际奥委会介绍中国体育的发展状况和新华社及其他国内新闻媒体的现状，使国际奥委会授权新华社为 2008 年北京奥运会东道主通讯社并组建官方摄影队，给予新华社与世界传统大通讯社相同的待遇，是中国媒体在奥运会报道中的一次地位的大提升。

□ 作品

我国选手获得奥运会第一块金牌

中国在奥运会历史上"零的纪录"的局面在今天十一时十分（北京时间 30 日凌晨二时十分）被中国射击选手许海峰突破。许海峰以 566 环的成绩获得男子自选手枪冠军，夺得了本届奥运会的第一块金牌。

中国体育代表团副团长陈先在许海峰获得金牌后对新华社记者发表谈话说，这对中国运动员是极大的鼓舞。这是中国在奥运会历史上得到的第一枚金牌，实现了"零"的突破，在中国体育史上具有深远的意义。他表示感谢运动员和教练作出的艰苦努力。

许海峰今年 27 岁，是安徽省供销社的职员。他在获得金牌后对新华社记者说，这还不是他最好的成绩，只不过是正常发挥技术。他最好的成绩是 583 环。他表示要不骄不躁，继续努力，争取今后取得更大成绩。

（新华社洛杉矶 1984 年 7 月 29 日电）

□　点评

背景　1984 年奥运会开幕式后，首先举行的比赛项目中，男子自选手枪比赛是上午 9 时开始的。中国的许海峰、王义夫等与来自 37 个国家和地区的 56 名运动员一起角逐冠军。首次参加奥运会射击比赛的中国运动员们并不被看好，现场采访的记者们大都"瞄准"曾经 4 次参加奥运会，并在 1972 年奥运会上夺魁的瑞典老将拉格纳·斯卡纳切尔。比赛进行一个多小时后，许海峰的成绩已经处于领先位置，于是敏感的记者们纷纷从瑞典选手身后，移到射击场的另一边 40 号靶位上的许海峰身后。射击场内开始骚动起来，各种语言发出不标准的"许——""许——"声，以至于裁判员不得不多次出示"安静"的牌子。比赛枪声一停，按照现场成绩，许海峰获得冠军！

特色　这条消息可以说是时效性强的典范。这篇体育快讯的发出比路透社快 5 分钟，比东道主美国快 20 分钟，中国不仅获得了奥运史上的第一块金牌，同时也夺得了这届奥运会体育报道的第一块金牌。写作上，记者紧紧抓住新闻事实的核心——"零的突破"，谋篇、布局、选材。导语一起笔使消息的核心事实"零的突破"的精确时间及其在中国体育史的重大意义突现出来。

还值得一提的是，文中"他在获得金牌后对新华社记者说，这还不是他最好的成绩，只不过是正常发挥技术。他的最好成绩是 583 环"，这既让人感到许海峰是位坦率而有个性的运动员，同时也引人联想，此次夺冠并非运气和偶然，而是运动员实力的展现。这也正是写作技巧上含蓄、巧妙的功力。

意义　"中国选手获得奥运会第一块金牌"的消息随着电波传遍了世界。洛杉矶奥运会首枚金牌的消息被新华社抢了一个第一，这也成为国际新闻界的一个新闻。

影响　此文是一篇体育快讯，是 1984 年全球各大通讯社最快播发的关于中国运动员夺得本届奥运会第一块金牌的电讯。具有强烈的时效性，是动态新闻的典范之作。这篇作品获得当年全国好新闻评选特等奖。

王新铭 ｜ 撤销成命　奖勤奖优　不搞照顾

□ 作者简介、综合素质（相关资料无可考）
□ 作品

厂长王泽普用好百分之一职工晋级权

撤销成命　奖勤奖优　不搞照顾

厂党委组织部长等人无突出贡献撤销晋级工资

工程师郑继洲等人贡献突出补晋工资

本报讯　11月16日，鞍钢无缝钢管厂厂长王泽普写出一份公告，决定撤销不符合按百分之一职工晋级的厂党委组织部长、厂劳动工资科长等3人所晋的工资；同时又决定，将空下来的名额给有特殊贡献的工程师郑继洲等有关人员晋升工资。公告一贴出，就在全厂职工中引起强烈反响，成为人们议论的中心。

今年7月，王泽普外出期间，厂领导按厂长每年有百分之一的职工晋级权，为厂组织部长、厂劳动工资科长和金工车间的一名党支部副书记晋升了工资。王泽普回厂了解到这一情况后，认为厂长每年握有百分之一的职工晋级权，只能是为有特殊贡献的职工晋级。组织部长等人工作没有突出贡献，这次晋级是纯属于照顾上来的，不应该在百分之一晋级的范围内，应该拿掉。王泽普顶住了来自多方的说情和压力，行使厂长职权，坚决纠正了这种偏向。

热轧二车间副主任、工程师郑继洲，是轧管方面的行家，进取心强，干劲大，车间在去年完成3万8千吨产量的基础上，今年计划5万5千吨，预计到年底可完成5万8千吨，为完成全厂任务和提高经济效益，作出了特殊贡献。这次厂长从撤销下来的名额中为郑继洲晋升了一级工资。热轧一车间乙班党支部书记马维家，结合经济改革，做深入的思想政治工作，连续几年被评为厂先进工作者，这次也为他晋升了工资。

职工们看到王泽普在为厂里百分之一职工晋级，是奖勤、奖优、不搞"关系"、不予"照顾"，有的人伸出双拇指称赞说："厂长能把一碗水端平，干事的不白干，往后更要铆劲干！"

也有人看王泽普拿下来的全是厂里要害部门头头脑脑的工资，认为是"太岁头上动土"，捏着一把汗说："王厂长这回可着实得罪人了。"

王泽普为什么要得罪这些人呢？他自有他自己的见解。他说："我这样做确实得罪了一些人。但是从另一方面说，却激励了更多的人奋发向上，何乐而不为！"

（原载 1984 年 11 月 27 日《辽宁日报》）

□　点评

背景　在高度集中的计划经济体制时代，企业开"大锅饭"，干多干少、干好干坏一个样，工资照升照拿，劳保福利照领，企业和职工个人的积极性调动不起来，企业经济效益差。对于这种长期以来普遍存在的状况，很多人习以为常，见怪不怪；而有识之士则痛心疾首，盼望早日改变。

党的十一届三中全会以来，党和政府也采取过不少相应的措施来治理这个"痼疾"，其中就包括实行经济责任制以及给企业厂长经理每年百分之一的职工晋级权，为有特殊贡献的职工晋级。辽宁鞍钢无缝钢管厂厂长王泽普"既往敢咎"，敢于顶住来自多方的说情和压力，正确行使厂长职权，坚决纠正了晋级不当的偏向，实属坚持改革、有胆有识之举。

特色　人物新闻应该着力于报道对象在正确的理论、原则和政策指引下所作的利国利民的实事，注意"少说空话"。这条消息的特色正在于此。消息对新闻事件的叙述条理清晰、简明扼要。被"拿掉"晋级工资的三位干部，必须写得有分寸，记者做到了。文末记述王泽普解释他这样做的原因："确实得罪了一些人"，"却激励了更多的人奋发向上，何乐而不为！"再次显示出他"精明强干的工业指挥员"形象，给人留下深刻印象。同时，在写事时，要有意识地写点人的精神风貌。这篇新闻生动有力地反映了王泽普的改革精神，反映了他正确行使厂长职权、赏罚严明的胆略和气魄。

意义　消息反映了厂长王泽普有胆识的改革，也反映了《辽宁日报》编辑部对改革的坚定支持。改革是一场革命，它的深刻程度是可想而知的，阻力重重，它需要广大群众的支持，而新闻报道的支持是获得广大群众支持的纽带和桥梁。正因为如此，这条消息发表后各地群众纷纷来信支持，其中齐齐哈尔的读者杨瑞英在来信中说："漫长的封建社会，给我们留下许多阻碍经济发展的桎梏，官官相护就是一大弊端。加之由此延伸的亲戚、朋友、同学、同事、亲爱者之间的相护，严重挫伤着广大群众建设'四化'的积极性、创造性。王厂长敢于'太岁头上动土'，给我们开了好头，怎能不为之叫好！"

影响　消息见报后，北京、广州、浙江、湖北、黑龙江等全国许多地方的厂长（经理）、学者、专家和工人，纷纷给《辽宁日报》和王泽普写信，高度赞扬王泽普"既往敢咎"、正确行使厂长职权、赏罚严明的胆略和气魄。作品获 1984 年度全国好新闻一等奖。

雷竞斌 | 中英将友好合作履行协议 "一国两制"构想树立榜样

□ 作者简介

雷竞斌（1954— ），广东台山人，五岁时随母亲移居香港。1979 年香港中文大学哲学系毕业后，进入《大公报》担任记者，1984 年被香港报业公会评为"全港最佳记者"。1992 年 12 月受聘出任《天天日报》副总编辑，后升任执行总编辑、总编辑。1999 年被香港东方报业集团聘为《东周刊》总监，次年《东周刊》易主，转往商界从事顾问工作。2004 年受聘任《大公报》执行总编辑，2012 年出任香港"亚洲电视"副总裁。

□ 综合素质

知识结构 雷竞斌小学、中学均在当时港英政府的官立学校就读，在基础知识及写作方面的基础比较扎实。在香港中文大学哲学系读书期间，他系统学习了哲学理论基础，训练了思辨逻辑及科学分析问题的能力。大学毕业后他进入人才鼎盛时期的《大公报》，受到费彝民、朱启平、梁羽生、陈凡等前辈及同寅的循循善诱，经验亲授。在这种环境氛围中，雷竞斌练就了扎实的采访、钻研功夫，尤其对香港政治、经济、民生新闻很有研究。

专业技能 雷竞斌是非常出色的记者，在 1985 年至 1986 年香港最佳记者的竞选中，他获得当选。他勤于实地采访，是一个善于挖掘信息价值和第一时间传播有价值信息的专业记者。1980 年采访美国副总统蒙代尔，经各处奔跑询问，最后发出了中美将洽谈航空协议这一消息。独家消息，轰动香港，被《参考消息》全文转载。雷竞斌称自己"长了个铁腿（腿勤善跑）、马眼（眼观六面）、神仙肚（能吃能饿）"。

职业精神 雷竞斌说："不问，新闻线索从何而来？不钻，何以得知重大新闻？还是要勇敢。当记者不敢闯不行。为了捕捉一条有价值的新闻，我是无所顾忌的。"勇敢加吃苦的精神使他能够采集到更多的独家新闻，能够获取很多有价值的第一手材料。他不追名逐利，奔波忙碌只为提供"新鲜的、有影响的信息"，"帮助读者增长知识"。他爱国，爱民族。港英年代，麦理浩、彭定康均曾欲延揽他到政府任职，但他不为所动。

创新能力 雷竞斌在新闻平面媒体任职期间，曾进行多项形式、体制上的大胆创新改革。20世纪80年代初，他在香港中文报章上强调照片对美化版面，增强新闻冲击力的重要性，并率先在《大公报》以六分之一的版面刊出单张彩色照片，开启了香港中文报刊中心相的潮流。90年代，他对《天天日报》的副刊进行大的改革，将流行通俗的风花雪月、言情小说副刊，改为提供消闲娱乐资讯的内容，彻底改变了香港副刊的模式。他在任职机构进行的精简架构、版面调整等工作，极之频密，难以一一罗列。

□ 作品

中英将友好合作履行协议 "一国两制"构想树立榜样
两国首脑昨在签字仪式上举香槟酒杯互相祝贺

本报特派记者雷竞斌北京19日专电 1984年12月19日下午5时30分——在这历史性的时刻，中国总理赵紫阳和英国首相戴卓尔夫人（撒切尔夫人）在北京代表两国政府正式签署了中英关于香港问题的联合声明，从此圆满地解决了中国恢复对香港行使主权的问题，成为中国现代史和世界现代史上一大事件。

签字仪式在人民大会堂西大厅举行，气氛庄严隆重。中国领导人邓小平、李先念等出席了仪式。中英两国代表团和100多名来自香港观礼的各界人士，也一起分享了中英两国在友好合作下共同解决历史问题的光荣成果。

赵紫阳及戴卓尔夫人在仪式上讲话时均指出，联合声明的达成，是中英两国共同努力的成果，它受到500万香港同胞的支持，也得到世界上许多国家的广泛赞扬和欢迎。

赵紫阳在讲话时指出："'一个国家、两种制度'的构想，是我们经过深思熟虑而提出的一项国策。根据这一构想，中国政府制定了对香港的基本方针政策。"

赵总理又表示："确保《联合声明》不受干扰地全面贯彻实施是中英两国的共同利益，也是我们双方共同的责任。中国政府愿继续本着友好合作的精神，同英国政府一道，力促这一目标的实现。"

英国首相称赞中国提出的"一国两制"构想，认为"它为香港的特殊历史环境提供了富有想象力的答案。这一构想树立了一个榜样，说明看来无法解决的问题如何才能解决以及应该如何解决。"

戴卓尔夫人又说："我们在这个庄严的国际协议里奠定了基础。我们通过成立中英联合联络小组为执行协议提供了合作的场所。今天，总理先生和我签署这项协议，显示出我们多么坚定地对协议承担了义务。"

两分钟后，签字完毕。在热烈的掌声中，赵紫阳、戴卓尔夫人起身交换红绒面文本，然后热烈握手。在赵紫阳5分钟的讲话和戴卓尔夫人8分钟的讲话之后，身着礼服的服务员纷纷端上香槟酒，把签字仪式的热烈气氛推向高潮。

邓小平举起香槟酒杯，首先和戴卓尔夫人碰杯，表示高度赞赏她的远见卓识和政治家风度。中英双方代表互相一一碰杯。在场观礼的101位香港各界人士，笑语欢声，杯盏交觥。在历时17分钟的签字仪式结束后，他们走到签字台前摄影留念。要永远记下这历史性的场面。

（原载1984年12月20日《大公报》）

□ 点评

背景　19世纪后半叶，英帝国主义用炮舰外交迫使清政府签订了《南京条约》《北京条约》和《展拓香港界址专条》三个不平等条约，逼迫清政府将香港岛、九龙半岛尖端割让给英国，并把九龙界限北至深圳河的大片土地以及附近200多个岛屿租借给英国，为期99年。

中英两国政府关于香港问题的谈判分为两个阶段：第一阶段从1982年9月撒切尔夫人访华至1983年6月，双方就有关香港主权的原则问题和一些程序问题进行了商谈；第二阶段从1983年7月到1984年9月，双方就具体问题进行了22轮谈判。整个谈判过程曲折，充满了激烈的交锋与较量。首先一个问题就是谈判的基础。中方要求英方放弃不平等条约，承认中国对整个香港地区的主权，以此作为基础，同英方磋商如何保持香港繁荣稳定及政权交接的技术性问题。但英方坚持"三个条约有效"论，后来又主张在英国放弃对香港名义主权的基础上，达成某种修改后的条约，以延续英国对香港的管治权。第一阶段谈判曾一度处于僵持状态，未取得任何进展。进入第二阶段谈判后，主要障碍则是英方一开始坚持"主权和治权分离"的立场，而中方则坚持主权和治权不可分割的立场。1983 年 12 月至 1984 年 4 月，中英双方又举行了 6 轮谈判，主要议题是 1997 年以后的安排以及过渡期的有关问题。5 月至 9 月，双方又接连举行 10 轮谈判，主要议题是讨论 1997 年前过渡期的安排和政权交接事宜，并商定最后文件内容。

经过中英双方激烈较量，历时两年之久的香港问题谈判终于达成了协议。1984 年 9 月 26 日，中英关于香港问题的联合声明草签。12 月 19 日，中英联合声明正式签字仪式在北京隆重举行。中英联合声明向全世界宣告：中国政府将于 1997 年 7 月 1 日对香港恢复行使主权，英国将在同日把香港交还中国。

特色　主题十分重大。报道对其主题意义的表现较多地体现在对事实选择的极强的针对性上，比如中英政府首脑对"一国两制"的盛赞，尤其是英首相的"这一构想树立了一个榜样，说明看来无法解决的问题如何才能解决以及应该如何解决"，都展现了新闻意义的深刻和说服力；另外，报道在标题的制作上，也很注意把新闻事实及其意义都突出出来，比如在突出"中英昨正式签署联合声明"这个最主要的新闻事实的同时，还特别把"宣告香港问题已圆满解决"同时作为双行主题之一，把"'一国两制'树榜样"做到副题里，这些都为突出新闻的意义起到了重要作用。

意义　香港问题的圆满解决，使百年来中国人民蒙受的历史耻辱得以雪洗，维护了祖国的统一，加强了人民的团结，增强了中国的国际威望，促进了世界和平。同时，它还有助于推动台湾问题的早日解决。因此，香港问题的圆满解决，对世界特别是亚洲局势的稳定都将产生积极而深远的影响。中英两国用和平谈判的方式解决国与国之间历史上遗留下来的问题，对全世界都具有示范作用。这篇消息不仅及时地向公众告知了这个重要信息，同时还巧妙地解读了事件的重大意义。

影响　中英《联合声明》正式签署的新闻发布后，受到了包括 500 多万香港同胞在内的全体中国人民和英国人民的普遍支持，也受到了世界上许多国家的广泛赞扬和欢迎。

佚名 | 205 家企业调查　半数的自主权不落实

□ 作者简介、综合素质（相关资料无可考）
□ 作品

落实简政放权　努力搞活企业

205 家企业调查　半数的自主权不落实

希望各级政府督促有关部门继续贯彻国务院和省府各项扩权决定，
以利于经济体制改革、搞活企业

本报讯　我省 55 位厂长、经理呼吁"松绑"放权一年多来，放权落实得怎么样了？最近，省经委对 205 家企业进行重点调查的结果表明，近半数左右企业没有完全落实国务院和省政府规定给的自主权。

在被调查的 205 家企业中，半数以上企业基本拥有生产经营权、产品自销权、内部机构设置和人员选配权、"五金"提留使用权、多渠道进货和择优供货权、租让多余或闲置的固定资产权。这些自主权的落实，增强了企业活力，对去年全省工业实现"二位数、三同步"增长、今年继续保持好势头，起了重要作用。但是，各地改革放权发展很不平衡，国务院和省府扩权规定在一些地方没有完全落实，即使搞得较好的地方和单位，也还有不少薄弱环节。被调查的 205 家企业中，近半数左右的企业自主权很不落实，其中：人事任免、招工用工权不落实的有 157 家，自选工资形式、奖励方式权不落实的有 145 家，产品自行定价权不落实的有 136 家，发展横向经济联合权不落实的有 106 家。

调查报告提出，当前在"松绑"放权上存在的主要问题是"三多一少"，即：各方面干预多，企业有权难用；任意摊派罚款多，企业合法权益无保障；条条块块规定变化多，企业自主权难落实；一少是各主管部门为基层企业服务帮助少。有的搞虚放实揽、明放暗收、放了又收；有的把缺乏经验而出现的某些失误和不正之风，归咎于"松绑"放权；有的公开提出："放权风头已经过去，现在还要按'老规矩办'"；有的说："如今强调抓宏观管理，就是要收，还谈什么自主权"；有的无视国务院、省府下达的扩权文件，说什么"管你红头不红头，反正我主管部门还没点头"；有的主管局竟动用组织手段，对企业自主参加横向联合进行粗暴干预，还说："你有你的自主权，我有我的管理权"，"不是干预多了，而是干预太少了"。

调查报告在分析产生上述问题时指出，根本原因是"左"的思想影响没有彻底清除。在某些地方，仍然把企业当作行政机构的附属物。有的主管部门没有适应企业扩权需要，加快自身的改革步伐，把工作重点转到为基层服务上，而是机构臃肿、人浮于事、会议多、文件多、报表多、检查验收多、企业穷于应付。有的行业只有6个厂，也成立一个行政公司，养一批人，公司经理、书记配了9个，大事定不了，小事又不管，截留企业自主权，每年还向企业收回2%的管理费。厂长、经理普遍认为："左"的影响要清除，上下改革要同步；扩权规定要落实，搞活企业才有保证。

（原载1985年8月2日《福建日报》）

□ 点评

背景 1984年3月24日，《福建日报》第一版头条发表题为《55名厂长、经理呼吁：请给我们"松绑"》的来信。信中诉说旧体制的条条框框捆住了他们的手脚，"企业没有动力，也谈不上活力"，要求省委省政府把企业内部的干部任免权、奖励基金支配使用权等5项权力下放给他们。呼吁信发表第二天，报纸即在第一版开辟"勇于改革 支持'松绑' 搞活企业——对55名厂长、经理呼吁的回声"专栏。两星期后，报纸又登载福州14个商业行业的35位经理提出的"松绑"的要求。

厂长、经理呼吁书发表1个月后，针对"松绑"放权中阻力重重、难以落实的情况，《福建日报》4月25日又发表省委第一书记项南写的题为《省委决定下月中旬召集55位厂长经理进行检查：还有哪些权没有拿到手 还有哪条绳索没有解开》的消息。报纸又在一版设"呼吁'松绑'的厂长回去之后"专栏，报道厂长、经理们回去后的落实情况及遇到的困难，报道省直部门支持改革的实际行动。正是在这样的背景下，1985 年 8 月 2 日，《福建日报》第一版刊载省经委工作人员的调查报告《205 家企业调查 半数的自主权不落实》。

特色 问答式导语，清晰明快。"我省 55 位厂长、经理呼吁'松绑'放权一年多来，放权落实得怎么样了？"把新闻中确定的思想内容，先用疑问句式鲜明地提出来。后面用事实加以回答："最近，省经委对 205 家企业进行重点调查的结果表明，近半数左右企业没有完全落实国务院和省政府规定给的自主权。"这样的导语，清晰明快，引人注目，发人深省，对读者具有强烈的吸引力。

层次分明，说理性强。这篇消息分 4 个自然段：一是导语；二是对 205 家企业调查的结果；三是"松绑"放权上存在的主要问题及表现；四是指出产生问题的根本原因和改进意见。四段一环扣一环，层层逐步推进。在围绕主题展开的叙述中，说理清楚有力。如文中归纳的"三多一少"和"虚放实揽、明放暗收、放了又收"，引用的"放权风头已经过去，现在还要按'老规矩办'""如今强调抓宏观管理，就是要收，还谈什么自主权""管你红头不红头，反正我主管部门还没点头""你有你的自主权，我有我的管理权""不是干预多了，而是干预太少了"；指出"根本原因是'左'的思想影响没有彻底清除"，等等，读来一清二楚，印象深刻。

这篇消息使用引语式结尾，如文中写的："厂长、经理普遍认为：'左'的影响要清除，上下改革要同步；扩权规定要落实，搞活企业才有保证。"这样的结尾，使消息的首尾相顾，主题深化，读者能从中受到更深刻的教育和得到启迪。

意义 以城市改革为内容的消息，从不同侧面揭示了城市经济体制改革的复杂性和艰巨性，特别是抓住了搞活企业的关键问题，即自主权问题；同时，把问题的核心又归到对"宏观控制、微观搞活"的片面理解上，使报道有了深度。

影响 经济体制改革是一场复杂的革命，新闻机构在排除阻力，支持改革，为改革开道方面作出了许多贡献，对 1985 年后继续给企业"松绑"起了促进作用。这篇消息被评为 1985 年全国好新闻消息一等奖。

谢怀基 ｜ 沈阳市防爆器械厂破产倒闭

□ 作者简介

　　谢怀基（1934 —　），广东梅县人，中共党员，高级记者。1956年调到辽宁日报社。曾任《辽宁日报》副总编辑、辽宁省政协委员、辽宁省记协常委、辽宁省企业家协会常委、辽宁省信息协会副会长等职。曾先后获得全国优秀新闻工作者、辽宁省有突出贡献的优秀专家、辽宁省劳动模范、国家级有突出贡献专家、中国首届韬奋新闻奖提名等荣誉称号，享受国务院颁发的特殊津贴。主编出版有《时代的色彩》《辽宁通讯特写选》《银色的纽带》《知名企业家的探索与追求》以及辽宁日报40年丛书等文集。

□ 综合素质

　　知识结构　谢怀基在大连贸易技术学校读书期间，学习了经济基础理论，毕业后在沈阳财贸系统任秘书，参与了一些具体的经济工作，对我国当时的经济状况及其发展有一定的了解。从事新闻工作后，谢怀基努力使每一次采访写作都成为自己进步的阶梯，积极积累工作经验。他注重读书，乐于学习新知识，努力领悟好党的方针政策。他是一个有经济学专业知识和丰富的新闻工作经验的优秀记者。

　　专业技能　谢怀基在新闻采写方面能力突出，佳作不断。他的作品文笔流畅、角度新颖、颇有深度，在工业经济报道上更加突出。他的《木器五厂得救了！》《一个万人大厂搞活致富之路》《党对干部要严格要求严密监督》《是经营商品，还是贩卖权利》等6篇作品（含合写）获得全国好新闻奖（中国新闻奖的前身），此外，还有两篇报告文学和1篇通讯获全国征文特等奖，并有21篇作品在省内外报刊获奖。在新闻理论方面，他在各类新闻刊物上发表了近30篇研究新闻改革的论文。

职业道德 谢怀基30多年的记者生涯，始终勤奋刻苦、执著追求。他认为要"刻苦学习，刻苦实践，刻苦磨炼。记者一天不学习就跟不上形势，一天不深入第一线，就抓不到活蹦乱跳的新闻。"他心怀国家、心系普通老百姓，只要报道有助于社会的进步，他就敢于碰硬，敢于把人们的议论拿到报纸上，以促进问题的解决。谢怀基为人和善，没有一点架子，能和各种人打成一片，善于倾听，他的很多优秀作品都是从与基层群众的聊天中得来的。

创新能力 谢怀基的新闻作品不论内容还是形式都力求创新。在内容上，他敢于在时代的风口浪尖上去捕捉闪烁着时代火花的最新信息；在报道形式上，追求新闻、传记、电影、戏剧多种表现手法于一炉，真切传神地报道新闻。而且他还撰写了多篇关于新闻改革方面的理论文章，探讨如何从体制上——报社的内部机制，人员构成，奖惩制度等方面进行改革，如何增加新闻的透明度，办好开放型报纸，使我国的新闻事业更加的符合社会的发展和进步。

□ 作品

负债累累 资不抵债 虽经拯救 复苏无望
沈阳市防爆器械厂破产倒闭
仅有的五万元固定资产用以偿还外债；厂里职工作待业处理；
待业期间，由政府发给生活救济金

本报讯 这是一个令人深思的时刻：8月3日上午9时整，在沈阳迎宾馆的一间会议室里，沈阳市防爆器械厂厂长王刚神情沮丧地把该厂的营业执照交还给工商管理部门。至此，这家连续亏损、常年靠借债为生的市属集体企业，正式破产倒闭了。

此时此刻，该厂的这位最后一任厂长心情十分沉重，他说：这是很不光彩的事情，但愿人们从我们的破产倒闭中汲取教益。

沈阳市防爆器械厂是中华人民共和国成立以来第一个破产倒闭的企业。沈阳市政府负责人在新闻发布会上宣布：企业破产倒闭后，全厂仅有的5万元固定资产，用以偿还外债；厂里职工，作待业处理；待业期间，由政府发给生活救济金。

记者于当天上午来到防爆器械厂。只见大门紧闭，车间上锁，账目封存，一切财产等待处理。在厂供销办公室，记者见到当年创办该厂的老工人宋玉珠，她不无忧伤地说："想不到我们一把水一把泥建起来的这个厂子，被'大锅饭'折腾到这步田地。"这位老工人满含热泪地告诉记者：这个厂子是 1965 年办起来的。当时，几十名家庭妇女全凭劳动吃饭，没有"大锅饭"可端，大家越干越红火，厂里年年有积累。可是到了 1978 年，厂子上收到市里后，人人都端上了"铁饭碗"，干部得捞就捞，工人能少干就少干，慢慢地，企业由盈转亏，由亏损到借债，借遍了全国，债主多到 240 家，欠债 50 多万元，等于全厂家底的 10 倍。

破产倒闭，给那些长期只包盈不包亏的"不倒翁"企业，敲响了警钟。对此，人们议论纷纷，归纳起来就是 8 个字："令人震惊，发人深省"。去年和防爆器械厂一起被"黄牌"警告的沈阳市五金铸造厂厂长周桂英说："以前，没想到企业会倒闭，工人会失业，现在，这些都成了现实。这说明，改革到了今天，是动真格的了。"

（原载 1986 年 8 月 4 日《辽宁日报》，发表时署名"本报记者"）

□ 点评

背景 1986 年 6 月，听说沈阳市政府不久要宣布，沈阳防爆器械厂破产倒闭。这是新中国成立以来的第一个破产企业，无疑是一件"爆炸性"新闻。不仅在国内将引起震动，而且在国外也会产生很大影响。谢怀基和一同采访的侯恩贵、杨集才当时分析：宣布破产倒闭那一天，除了辽宁省和沈阳市的新闻记者纷纷报道外，中央所有新闻单位都将派记者前来采访。几十家报纸、电台同时采写同一内容的消息，竞争是非常激烈的。因此，他们事先到该厂进行了多次深入的采访。宣布那一天，他们做了分工，有的到会场采访，有的到厂里收集反映。在他们看来，这篇报道成功与否，很大程度上取决于主题的挖掘。他们估计，同行们在报道中一定会注意分析这个厂破产倒闭的种种原因。但他们觉得，仅仅从该厂找原因还不够，因为在会前采访时，工厂的不少工人就一再指出破产倒闭的社会原因。

因此，他们在消息中分析了工厂的主观原因之后写道："可是到了 1978 年，厂子上收到市里后，人人都端上了'铁饭碗'，干部得捞就捞，工人能少干就少干，慢慢地，企业由盈转亏，由亏损到借债，借遍了全国……"消息中他们还引用了和防爆器械厂一起被"黄牌"警告的沈阳市五金铸造厂厂长周桂英的话："以前，没想到企业会倒闭，工人会失业，现在，这些都成了现实。这说明，改革到了今天，是动真格的了。"这样写的目的，是让经济工作的主管部门也来想想自己的责任，还要让那些濒临倒闭的企业也出一身冷汗，让这篇报道起到"杀一儆百"的作用。

特色　这起我国第一家企业被宣布破产的事件，多家有影响的新闻单位作了报道，把这些稿件拿来比较，在对事件本身的叙述和意义的阐释等方面难分高下，差别主要在写作的视角上。该报道的特点在于：记者既报道了宣布该厂破产的新闻发布会情况，又离开会场来到防爆器械厂内，描写了破产后厂内破败惨淡景象；不仅叙述了该厂所以破产的原委，而且写了这个破产企业的人，从"末代厂长"王刚到经历了该厂创办至破产 21 年全过程的老工人宋玉珠，写出了他们此时此刻的心情和反省；不仅写了厂内的人，还写到了厂外人们对此事的"议论纷纷"，比如去年也被"黄牌"警告的周桂英厂长受到的震惊。这样，与别的稿件相比，它多了一些现场感，多了一些人情味，多了一些信息量，因而也就多了一些新闻的感染力。同时此文只有 720 字，比别的稿子还短些。

另外，这篇消息把"交还营业执照"这一镜头特别推出，气氛庄重，可谓手法高明，不落俗套。

意义　实行企业破产倒闭，这是我国城市经济体制改革深化过程中出现的又一新事物，它为"大锅饭"敲响了丧钟。因而，在社会上引起了极大震动。记者以目击式笔法，写出了倒闭厂厂长沮丧的神情和工厂冷落的景象；并通过一名老工人的忧伤叙述，道出工厂的历史及破产的缘故，点出了事情的前因后果。在"令人震惊，发人深省"之余，人们深深感到"改革到了今天，是动真格的了"。

影响　本篇消息被评为 1986 年全国好新闻消息一等奖。

王艾生 ｜ 人大代表张银莲敢说真话

☐ 作者简介

　　王艾生（1933—　），山西平定人。1952 年进入山西青年报社任记者。1957 年错划"右派"，1978 年平反后任《中国青年报》经济部负责人。1981 年调任《人民日报》驻山西记者站记者、首席记者、站长。1984 年被评为全国优秀新闻工作者。曾任山西省记协副主席，山西省第六、七届政协委员。享受国务院颁发政府特殊津贴。主要作品有《人民代表张银莲敢说真话》《五台山见闻》《花花太岁逃不脱人民法网》《杨敏谦沉浮录》等。撰著《王艾生通讯特写集》《春天的气息》；主编《中国当代名记者小传》等。

☐ 综合素质

　　知识结构　王艾生 1950 年山西平定师范学校毕业，先后担任了 7 年的记者。1957 年，他被错划成"右派"，后被下放到陕西、山东、京郊、黑龙江等地劳动 20 年，种地、拉车、放马、喂牛……几乎当地所有繁重的农活都干过。这 20 年，他在新闻写作方面是空白，但他认识了人生，认识了社会，更加体会到普通劳动人民的喜怒哀乐，更加体会到基层工作中的利弊得失。这 20 年，他阅读大量哲学、政治经济学、文学名著，知识大大丰富了。

　　专业技能　王艾生在实际从事新闻工作的 20 余年里，下厂下乡，调查采访，发表新闻作品 700 多篇，仅发表在《人民日报》一版头条的重要新闻就达 36 篇，内参 150 多篇。他从不凭一面之词命笔，总是竭尽全力调查，弄清来龙去脉，按照事情的本来面目报道，决不饰词矫言。对于新闻写作，特别是批评稿件的写作，他认为准确尤为重要，不夸张，不添加想象成分，而是运用事实，挖出内涵，使人信服。他还发表过大量报告文学、评论等文学和新闻作品。代表作有《五台山见闻》《青工尚富杰挺身而出斗邪气》《忠于职守女会计赵凡》《背着债务坐"皇冠"》等，著有论文《批评报道的甘苦及其社会效果》《道是无情却有情》。

职业道德 王艾生对不正之风，深恶痛绝，毫不妥协。他一直履行一个记者的职责，为贯彻党的方针政策鼓与呼，为人民的疾苦鼓与呼。他认为，搞批评报道，是一种记者必备的职业道德，只有本着一种对人民对社会高度的责任感，才能对社会中的弊端和不尽如人意的地方，有一种警觉和制止纠正的愿望，而绝非狭隘地泄私愤。王艾生敢于批评和揭露不正之风，敢于揭露鞭挞腐败现象。他先后作了《花花太岁逃不脱人民法网》《山西省直机关私分公物必须制止》《绝不允许敲国家竹杠》等批评性报道。他曾因此多次遭人谩骂、诬陷、恐吓，孩子被打等，但他从未放弃记者的责任感。

创新能力 写批评性、揭露性报道是王艾生新闻写作中的一个特点。他在做这类报道时有几点体会：一是依靠党委。他写的批评报道几乎都事先同有关领导打过招呼，征求过意见；二是批评稿先做内部材料，观察一段，再公开报道，避免草率从事；三是反复调查、核对成稿后拿给被批评者看；四是批评留有余地，以促进解决问题为目的。

□ **作品**

安泽县领导搞浮夸群众受害
人大代表张银莲敢说真话
写信向省长如实反映本县农民收入情况受赞扬

本报讯（记者王艾生报道）山西省安泽县唐镇村农民、养猪专业户张银莲，从当选为省人大代表那天起，就说："我当代表，不能人家说啥我说啥，要自己想，自己看，要为人民说真话。要不，我宁可不当。"她这么说，也这么干。

安泽地处太岳山区，是革命老根据地。这些年，托党的富民政策的福，有了很大变化。吃的、穿的、用的、住的，都比过去好了，农民脸上常常挂着笑容。但是，这里的穷困面貌还没有彻底改变过来，农民的日子还艰难，修盖新房的还不多。可是，张银莲听说，1983 年县里上报全县人均收入 316 元，1984 年上报全县人均收入 403 元。一个 5 口之家，一年收入可就有 2000 多元。张银莲不信，她知道，2000 多元钱来之不易，她和丈夫拼命干，也没有收入那么多，算来算去只收入一千挂零。她也知道，附近农村不如她家收入的有的是。

张银莲要探个究竟。她向县人大常委会建议，人大代表视察时要好好看看农民的人均收入。

1985 年 3 月 19 日，张银莲到石槽乡调查，乡党委书记向她谈了全乡这几年人均收入情况，说 1984 年人均收入 417 元，比 1983 年增加 117 元。

张银莲问："像你们乡这么富裕，肯定都归还了银行的贷款？"

党委书记答："没有，没有。"

张银莲："像你们乡这么富裕，农民一定有很多钱存入银行？"

党委书记："没有，没有。"

"像你们乡这么富裕，家家户户肯定都买回高档家具，盖上新房？"张银莲又问。

党委书记："没有，没有。"

张银莲"那准是你们这里的人把钱都买肉吃了，一天三顿肉，顿顿有好饭？"

党委书记还是说："没有，没有。"

事情很清楚，再问下去就要露馅了。

张银莲了解到，石槽乡 1984 年底农民共欠银行、信用社贷款 442000 多元，全乡人均欠贷款 129 元。中午，张银莲走访几户农民，一户吃白面馒头，一户吃"红薯焖饭"，一户吃玉米面疙瘩。

随后，张银莲又调查了全县收入最高的、中等的、最低的三类乡村，上报的数字与实际情况出入都很大。

1986 年 5 月，张银莲拿着一叠厚厚的材料，来太原参加省四次人代会。她写信给王森浩省长，要求当面报告安泽县浮夸假报坑害群众的事。很快，王省长就约见了张银莲，听了她反映的情况。隔了一天，郭裕怀副省长和有关厅局的负责人，来到张银莲住处，再次听取张银莲反映安泽县浮夸的具体情况，以及她提出的意见。郭裕怀副省长说：省、地要派出调查组，彻底查清安泽县的问题，总结经验，吸取教训。

山西省和临汾地委派出的调查组查明：安泽县 1983 年上报全县人均收入

316 元，统计局抽样调查为 207 元，多报 109 元；1984 年上报人均收入 403 元，统计局抽样调查为 315 元，多报 88 元。调查报告说："安泽县是一个以粮食为主要收入来源的农业县，农民收入水平主要决定于产量的高低。人均收入水平大大超过了粮食产量增长的幅度，反映了人均收入计算偏高"。

临汾地委领导同志赞扬张银莲敢于为人民说真话的可贵品质。安泽县县长郑泽生也登门拜访张银莲，说："你做得对，为安泽人民办了好事。"张银莲说："人民选我当代表，我当代表为人民。把真情实话反映上去，是我的本分。"

（原载 1986 年 11 月 26 日《人民日报》）

□ 点评

背景　1986 年，记者在山西临汾地区采访时听说，三任县委主要领导人都有浮夸作风，而且都升了官。记者当即去安泽县采访，从县农业银行、县粮食局以及人大代表张银莲提供的材料表明，浮夸风确实严重。于是采写了《人大代表张银莲敢说真话》的新闻，《人民日报》于 11 月 26 日头版头条刊登，并配有评论《真话值千金》。

特色　消息开篇先摆出人大代表的怀疑点——两个上报数字：1983 年和 1984 年全县人均收入数。接着，张银莲深入一个乡查访，面对弄虚作假者提出四个问题，按他们上报的人均收入，对这"四问"，理所当然应给予肯定的回答。但乡党委书记却一连用了几个否定词——"没有"。接下来是张银莲走家串户察看农民午饭吃些什么，银行、信用社账面的存、贷款有多少，最后端出省、地调查组抽样统计数字。文章就像剥竹笋，层层扒皮，直至赤裸裸暴露无遗。

从写法上看，这篇报道虽然采用的是消息形式，却充满了通讯的韵味。张银莲与乡党委书记的一问一答，严峻生动，蕴含深意。问者步步紧逼，掷地有声；答者张口结舌。两人的风貌、形象，跃然纸上。把新闻的导语和结尾处主人公张银莲的话连贯起来看，一个来自群众、敢于替群众说话的人大代表的形象，便活生生地屹立在读者面前。

意义　记者通过表扬张银莲敢说真话，批评安泽县的领导因搞浮夸使群众大受其害，揭示了一个重大主题 党风亟待转变，人大代表要敢于为人民群众说真话。

影响　《人大代表张银莲敢说真话》获 1986 年度全国好新闻一等奖。

杨宏武 ┃ 平民百姓赢了政府机关

□ 作者简介

　　杨宏武（1947—　　），苗族。出生于湘西土家族苗族自治州泸溪县一个深山苗寨，他年少时，勤奋好学，是本宗族的第一位大学生。大学毕业后，来到湖南省株洲市株洲日报社。在报社工作期间，先后任记者、主任记者、部主任、编委等职。并任株洲市政协常委、株洲市少数民族联谊会常务理事。

□ 综合素质

　　知识结构　杨宏武从小酷爱文学。小学、初中时就阅读了大量文学名著。在湖南第一师范及后来在大学中文系学习期间，更是如饥似渴地饱览世界文学巨匠的作品。他系统地学习了中外文学史、文学概论，为从事文字工作储备了深厚的知识，打下了坚实的根基。

　　专业技能　杨洪武从湖南第一师范毕业后回到家乡工作，多次在州《团结报》上发表通讯、消息、散文。文章短小精悍、语言朴实、主题鲜明。泸溪县一些大的文字工程，常抽调他去捉笔。在新闻单位耕耘近30年，他扎根基层、深入生活，所采写的消息、通讯，主题新颖、文笔简洁、生动流畅。其作品经常被省、中央的媒体采用。作品中的主人公，许多已成为市、省及全国的先进工作者、劳动模范。作品《平民百姓赢了政府机关》获1987年度全国好新闻一等奖，还有《研究生陈忠平不恋城市回乡施展抱负》《浦口镇农民跨省扶贫》等数十篇作品获省、全国好新闻奖。

　　职业道德　作为一名党报记者，杨洪武不畏困难与挫折。一年隆冬，为了采访井冈山上"活愚公"郭德胜，他在冰天雪地里攀爬数十里，不慎滑入深渊，幸好被悬崖上的树枝卡住，才幸免于难。他敢于坚持原则说真话，在采访一超生对象时，对方先对他重金贿赂不成后用匕首威胁，都未能使他妥协。

创新能力 杨宏武采写的通讯、消息，大多为昨日新闻，时效性很强。而且多为重大、鲜为发生的事件。如作品《农民贷款给市政府发展生态农业》，注重写作技巧，抓住新闻细节着墨，反映主题。

□ **作品**

株洲市中级人民法院明镜高悬

平民百姓赢了政府机关

醴陵市政府扣压个体户王淑芹车辆吃官司，赔偿损失 8 万元

本报讯（记者杨宏武）一场民与官相较量的马拉松官司近日得到裁决：原告——个体户王淑芹，得到被告——醴陵市政府 8 万元的赔偿损失费。昨天，王淑芹把一块书有"明镜高悬"的大镜框，送到株洲市中级人民法院，感谢人民法官维护了法律的尊严。

1985 年 9 月，醴陵市中心贸易商场与已经解体的吉林省四平市兴中贸易信托公司签订了一份"买卖瓷器"的合同。醴陵发货 7 万元，合同逾期，对方分文未付。年底，四平市个体运输专业户王淑芹受雇并得到兴中贸易信托公司担保，开了 3 辆汽车来醴陵运鞭炮。醴陵市政府以维护经济合同的严肃性和挽回损失为由，决定由市工商局扣留了王的汽车。

一场马拉松式的官司拉开了序幕。

王淑芹不信邪，决定一级级地告状。"个体户同政府打官司，那不是鸡蛋碰石头！？"有人这样预料。好心的人为车主捏了一把汗："你再有理，外地人也搞不本地人不赢的。"

醴陵市政府也在做准备，他们召集有关部门同志，统一"扣车有理"的认识。一位副市长说："你们要放车，那货款怎么追得回？这事没错，要坐牢我去！"

直到去年 11 月，中央、省、株洲市以及新闻部门干预此事后，醴陵市政府才表态放车。这时，车已扣留了 309 天。放车后，株洲市中级人民法院接到

车主要求醴陵市政府赔偿损失的起诉。法院调查后认为，王淑芹与兴中贸易信托公司以前没有经济往来，与"瓷器合同"没有瓜葛，购运花炮也非合伙同谋，他们只是单纯的担保关系。王淑芹对这3辆汽车拥有所有权、管理权、使用权。醴陵市政府只考虑本市利益，强行扣留车辆，应该赔偿经济损失。

（原载 1987 年 10 月 30 日《株洲日报》）

□ 点评

背景　"文革"中，本文的主人公王淑芹目睹了一名成绩优良的小学生，只因家庭成分是地主，便有人从他的作文本中拼凑出一条"打到×××"的反动标语，将其抓进牢房迫害致死。十年的"文革"，从中央领导到一般老百姓所遭受到的国难、家难，让王淑芹感到非常彷徨、困惑。为什么会出现这场史无前例的动乱？认真反思，主要是人治代替了法治。拨乱反正后，加强、健全了法制建设，一场声势浩大的普法活动，在全国城乡轰轰烈烈地开展起来。

《平民百姓赢了政府机关》，反映了当时普法教育的成果和法制建设的进程，也是对政府的批评和鞭挞。一个外省个体户王淑芹，与当地政府打官司，竟然打赢了。这在当时的确是件稀罕事儿。尽管官方对此事严加封锁，杨宏武还是找到了消息源。当市领导给他"忠告"时，他的内心几经搏斗，最终记者的责任感战胜了怯懦，使他站在历史的新起跑线上，敢于"家丑外扬"。

特色　一场长达两年的"马拉松"官司，跌宕起伏，纷繁复杂。作者紧扣"法治战胜、替代人治"这一主题，惜墨如金，仅用 600 余字，就把它表现得淋漓尽致。行文简洁、明快，可读性强。报道抓住送"明镜高悬"匾的新闻由头，由此着笔，立即使之变成了鲜活的昨日新闻。

意义　事实本身具有极大的新闻价值，体现了普法教育的成果和法制建设的进程。同时在"父母官"不愿"家丑外扬"时，记者把它"捅"了出来，可见这位记者和报社编辑部对这起讼案的鲜明立场和身为媒体人的担当。

影响　此消息一经刊出，立即在社会上引起了轰动。省内外一些新闻媒体纷纷转载、播发。领导干部普法班专门花时间进行讨论。全国一些高校的新闻专业把它选入教材，在课堂上讲评。

叶兆平 | 首次土地公开拍卖在深圳举行

□ 作者简介

叶兆平（1947— ），女，祖籍浙江定海，出生于上海。主任记者。1964 年 6 月从上海支边新疆生产建设兵团，在农一师十二团先后任文教、教师、团司令部保密员、团政治部新闻干事。1976 年 8 月调新疆人民广播电台任新闻记者。1982 年 12 月调深圳特区报社，先后任工业部记者、编辑，沿海新闻部副主任、经济部副主任，广告中心总经理。先后被评为广东省报业先进工作者、深圳市优秀共产党员，获得"中国报业广告 30 年历史贡献奖"。

□ 综合素质

知识结构　在支边新疆的近 20 年里，叶兆平积累了新闻实践经验，培养了新闻敏感性。调往深圳后，她主要从事经济新闻报道，在不断的实践中，很好地锻炼了业务能力。叶兆平在理论上也有系统学习。1987 年至 1988 年，她边工作边读书，系统地学习了中国新闻史、新闻学概论、新闻采访、新闻写作、报纸编辑与评论、国外新闻业概况等新闻方面的理论和方法，也学习了哲学、逻辑学、古代汉语、古代文学、现代汉语、语法与修辞、中国革命史等课程，拿到了暨南大学新闻专业的毕业文凭。

专业技能　叶兆平有着长期新闻工作的经验，是一个能够撰写各种题材的新闻战士。采访前她会做好充分的准备工作，她认为那是驾驭重大新闻事件采访的必做功课。1993 年，贯穿我国南北的京九铁路建设拉开序幕。叶兆平担任队长的《深圳特区报》一支 10 人采访队出色地完成了"千里走京九"采访任务，在国内新闻界引起了很大的反响。这次报道的成功有赖于她提前拜访主持建设工作的领导，反复推敲采访提纲。凭着多年养成的新闻敏感性，她敏锐地关注到了深圳特区改革中的主线——土地制度和住宅分配制度中的每一个新闻事件，以大量的事实、生动的笔触、精辟的阐述、独到的见解，写出了一批对全国房地产改革有指导意义的新闻，记录了深圳热火朝天的改革大潮。她的作品曾被评为全国好新闻一等奖、广东省、深圳市的好新闻奖。

职业道德　叶兆平是个具有新闻责任感的优秀记者，年轻时支边新疆，认真工作、积累经验。调回《深圳特区报》后，她将及时准确地把深圳的改革、建设成就见诸报端视为己任。她深入第一线，足迹遍及各个重大建设项目，为了拿到生动的第一手的新闻素材，她与建设战线的干部、工人交朋友，到图书馆翻阅历史资料，写出了例如生动反映深圳速度的"三天一层楼"的深圳国贸大厦建设篇章等的大量作品。

创新能力　多年从事经济新闻报道，使叶兆平对深圳的工业、经济方面有着深入的了解。能够在众多的相关经济的信息中，找到具有新闻价值的事实，并能够很巧妙地将其见诸报端。她的经济新闻涉及面广、探究深入，既有经济改革与创新的新闻，也有发展速度与质量的报道。她善于使用专业人士、新闻人物的原话，来丰富信息，增强作品的说服力。

□ 作品

突破国有土地传统管理方式

首次土地公开拍卖在深圳举行

本报讯（记者叶兆平、钟闻一）昨天下午，深圳市人民政府以公开拍卖的方式做成了一笔土地交易。

一位来自香港的专业人士称赞这次拍卖活动非常成功。他说："这次历史性的第一次土地拍卖，标志着从今天起，内地的土地使用正式进入了市场经济轨道。"

44家在深圳有法人资格的企业参加了这场拍卖土地的角逐。深圳经济特区房地产公司以525万元的最高价得到了这块面积为8588平方米的地块50年的使用权。

主持这次拍卖的政府官员刘佳胜认为："这个地价比政府的期望价要高得多"。

自 7 月 1 日市政府土地管理改革方案出台以来，包括昨日公开拍卖在内，已用 3 种不同形式有偿转让了 3 块土地，得到了 2336.88 万元的土地费。而 1985、1986 两年全特区收取的土地使用费不过是 2300 多万元。

拍卖结束后，几十名来自内地和香港的记者围住了特区房地产公司经理骆锦星。骆锦星说："尽管地价比较高，但还是有利可图。我们要精打细算，使土地发挥更大的经济效益。"

香港测量师学会会长、英国特许资深产业测量师刘绍钧先生一行 28 人专程前来观看这次土地拍卖。刘绍钧认为："这次拍卖的程序、规则，完全符合国际惯例。"

竞争是从拍卖主持人开出 200 万元的底价拉开战幕的。每当拍卖官喊出一口价时，总有几十个竞争者举起应价牌应价，有的则迫不及待地边举牌边喊价。在地价喊到 400 万以后，参加竞争的只剩特区房地产公司、市工商银行房地产公司和深华工程开发公司。经过激烈的角逐，拍卖官一锤击下，特区房地产公司最终以 525 万元的最高价成了这块土地的使用者。

拍卖是从下午 4 时半开始的。整个拍卖进行了 17 分钟。

中共中央政治局委员、国家体制改革委员会主任李铁映、国务院外资领导小组副组长周建南、中国人民银行副行长刘鸿儒、广东省政府副秘书长兼省特区办主任丁励松以及深圳市政府领导李灏、李传芳、朱悦宁观看了这次土地的公开拍卖。

正在深圳参加现代化城市管理研讨会的 17 个城市市长也观看了这次拍卖活动。

（原载 1987 年 12 月 2 日《深圳特区报》）

□ 点评

背景　我国宪法明确"土地从来不是商品"，国家土地的使用模式只能是行政划拨、无偿无期使用。这种模式使得政府、财政开发土地建设城市的成本不能回笼，开发越多，财政压力越大，各种弊端制约了城市的发展。改革是深圳成功的核心。在国家发改委的支持下，深圳考察了香港土地使用管理的做法，决定以改革的精神对深圳土地使用制度来一场颠覆性的创举，迈出了历史性的一大步。

特色　由于作者长期负责深圳基础建设的报道，在相关部门和单位有较深较广泛的人脉，因此深知此事件的各种背景和重大意义。在跟踪这个新闻事件的半年多的时间里，她关注事件的每一步进程，并且对相关的人员提前做了采访，包括采访香港测量师学会会长刘绍钧、拍卖师刘家胜、廖永鉴等近 10 人，所以得以及时地写出了思路清晰、层次分明、言简意赅的好新闻。

意义　消息记录的新闻事件以公开拍卖方式出让土地使用权是最为市场化的模式。它的成功，直接推动了土地有偿使用，使房地产成为了深圳发展的重要支柱产业，促进了深圳城市建设发展。这个新闻事件还直接推动了国家根本大法的修改，1988 年在国家宪法修改中，"土地使用权可以依照法律的规定转让"的条文，正式载入宪法，中国房地产从此真正迈入跨越式发展的新时代。

影响　新闻见报后，新华社以及各省市新闻媒体都以重要位置和篇幅，或进行转载，或作出评论。同时，这条新闻涉及的事件在国际上也引起了极大的反响，相继有 20 多个国家的新闻通讯社对此进行了转载和评论。

刘晓军 ┃ 我国大陆第一个试管婴儿诞生

□ 作者简介

刘晓军（1948— ），又名刘小军，河北省安平县人。中共党员。中央电视台高级记者。1966 年北京人大附中高中毕业，1968 年被分配到青海西宁红卫机床二厂当工人。1969 年 1 月参军，在中国人民解放军青海独立师、陕西独立师任战士。1973 年 3 月进入中央电视台，历任记者、主任记者、高级记者。曾任中国红十字总会理事、中国卫生协会副秘书长、中国癌症研究基金会副秘书长、卫生部艾滋病专家组顾问、中国防治性病艾滋病基金会理事、中国地方病防治协会理事等。现任中国健康教育中心（卫生部新闻宣传中心）高级顾问。

□ 综合素质

知识结构 刘晓军在实践中始终努力钻研电视新闻业务和医疗卫生领域专业知识。医疗卫生报道专业性强，他多年来采取平时广泛学习、重点选题深入学习、紧跟国内外先进不断学习的方式，坚持学习卫生专业知识，他不仅能把专业的卫生新闻转化成大众通俗易懂、喜闻乐见的新闻消息，而且还参与了一些国家重点卫生科研课题的策划，是一名专家型记者。

专业技能 刘晓军担任记者工作以来，经历了电视新闻从电影胶片摄影报道，到电子设备摄像编辑报道等多次的技术升级。他始终紧跟电视新闻的发展潮流，一直活跃在新闻工作第一线，始终坚持自己采访、拍摄、写稿、编辑，并在现场直播中能担任导演、切换、撰稿、摄像各种角色，是全能型记者，屡次获得国家级新闻大奖。他的《北京科协组织青少年到雁北地区考察》（电影胶片摄制）获得全国首届优秀电视新闻一等奖（1981 年）；《鄂伦春族小姑娘在京治病处处遇亲人》获全国好新闻一等奖（1982年）；文字新闻《我国采用异基因骨髓移植治疗白血病》是全国好新闻评选中获奖的首篇卫生题材作品。

职业道德　刘晓军把电视新闻事业作为自己毕生的追求，他常说，"我有幸选择了自己喜爱的电视新闻事业，就踏踏实实地当好一辈子电视新闻记者。"他始终坚持新闻真实性的原则，对摄影编辑技艺精益求精。刘晓军曾获全国优秀新闻工作者称号；曾被中宣部、中国记协评为全国新闻界抗击"非典"新闻宣传优秀记者；曾获得卫生部和全国计划生育委员会全国年度先进个人9次。世界卫生组织为了表彰他为促进卫生事业发展作出的贡献，1998年授予了他"积极合作伙伴奖"。

创新能力　刘晓军坚持电视新闻改革，其作品《崔月犁、白介夫检查学生宿舍卫生》成为中央电视台播出的首条批评性新闻、第一篇舆论监督性新闻。他采访制作的《我国大陆首次在性病患者中发现艾滋病病毒感染者》，是我国新闻界对国内艾滋病进行的第一篇报道，并率先进行了电视新闻中新闻事件与科普知识相结合报道的尝试。刘晓军是第一个揭露福建晋江假药案的记者，他的报道引起了中央领导重视，从而开始了对建国以来大规模制售假药案的全面揭发和查处。刘晓军坚持开创新闻报道新形式，在2003年抗击"非典"中，他首创疫情报告直播，并担任了《非典型肺炎疫情每日通报直播》的总导演和总撰稿。60天的直播，创造了中央电视台对单一新闻事件连续直播时间最长的节目纪录。

□ 作品

我国大陆第一个试管婴儿诞生

（解说词）

今天上午8点56分，我国大陆第一个试管婴儿在北京医科大学第三医院诞生。

这是记者现场拍摄的剖腹产镜头。

试管婴儿是指体外受精和胚胎移植的新技术。它的出现是人类生殖医学发展史上的重大突破。

1978年，世界上第一个试管婴儿在英国出生。北京医科大学张丽珠教授、刘斌副教授等人从 1984 年 12 月开始了试管婴儿的研究。

这个试管婴儿的母亲叫郑桂珍，今年 39 岁，因双侧输卵管阻塞，结婚 20 年未能怀孕。经北医三院检查，她有排卵能力，她的丈夫的精液也正常。医务人员为她进行了手术取卵，体外受精成功。两天后，培养成活的 4 个胚胎被移植到她的子官，其中一个成活。整个妊娠过程顺利。

上午 8 点 56 分，我国大陆第一个试管婴儿诞生了。这是个身长 52 厘米，体重 3900 克的健康女婴。

（记者采访孕妇）问：恭喜您得了一个女孩，您准备给这个孩子起什么名字呢？

答：按照我们当地风俗，名字起两个，乳名叫雍龙，学名叫郑萌珠。

记者采访了张丽珠教授。

问：我国为什么要进行试管婴儿的研究？

答：试管婴儿的工作并不是只是多生几个孩子的问题，它有深远的科学意义，而且它代表一个国家或者某一个地区的科学技术水平。我们这个试管婴儿的成功，它可以带动很多的研究。比如说，我们对于生殖医学、生殖过程有更深入的了解，而且对于遗传学、免疫学，还有早期胚胎学都可以带动起来。这样的话，我们可以进一步为计划生育和优生学服务，所以它的意义是很大的。当然对不孕症的妇女来说，这也是一个治疗的措施。

（中央电视台 1988 年 3 月 10 日播出，记者刘晓军、通讯员杨柯）

□ 点评

背景　1978 年 7 月 25 日，世界第一例试管婴儿在英国诞生。美国、澳大利亚等发达国家也陆续开展了试管婴儿技术的研究，能否成功地应用试管婴儿技术，标志着一个国家生殖医学的发展水平。北京医科大学第三医院（现北京大学第三医院）1984 年 12 月开始进行试管婴儿技术研究，他们克服了没有专家指导、没有设备等种种困难，从取卵、卵子体外受精、胚胎移植等一步步摸索，经历 3 年多时间、12 次胚胎移植的失败，终于在 1988 年 3 月 10 日迎来了中国大陆第一个试管婴儿的诞生。

特色　记者从我国正在进行的大量重点医学科研项目中进行筛选，确定了以试管婴儿科研项目为重点报道选题，在为期两年的时间里，对 3 个医疗科研单位同时进行跟踪采访，不断了解每个科研阶段的成败，终于在首家试管婴儿技术获得成功的北京医科大学第三医院，拍摄报道了中国大陆第一个试管婴儿诞生的全过程。这则消息不仅言简意赅地介绍了中外试管婴儿研究的发展历程，还从一位普通母亲的角度，展示了试管婴儿技术给不孕不育妇女带来的意外惊喜，信息量大，说服力强。婴儿诞生的镜头、啼哭的现场声、专家的同期声采访，都充分体现了直观、生动、感人的电视新闻的特点。该作品是运用同期声增强新闻真实性的一例，这种以好的创作经营好题材的做法，是很值得借鉴的。

意义 中国大陆第一个试管婴儿诞生，宣告中国医务科技人员完全依靠自己的力量掌握了试管婴儿技术，对人类生殖认识有了突破性进展，这是中国生殖医学发展的里程碑。国家开展试管婴儿技术研究并取得成功，给患有不孕不育症的育龄夫妻带来关怀，给了他们拥有一个自己孩子的希望。这篇消息既传播了试管婴儿诞生的信息，又传播了有关试管婴儿的知识，是电视新闻与科普的完美的结合，也给广大患有不孕不育症的观众带去了福音。

影响 新闻播出后，被多家中外媒体选用，在社会上引起很大反响。中国大陆第一例试管婴儿诞生地北京大学第三医院生殖医学中心已发展成世界最大、诊疗技术最全面的不孕不育治疗基地，到 2012 年 6 月底，已有近两万名试管婴儿在这里诞生。

杜平 ｜ 欧共体决定立即恢复同中国的关系

□ 作者简介

　　杜平（1962—　），安徽省安庆人。1986年上海外国语大学毕业后进入中国国际广播电台，曾任记者、驻欧盟和北约首席记者、时政部主任及首席外交记者、曾获首届中国新闻奖一等奖、首届中国广播奖特等奖、首届"全国百佳新闻工作者"称号、广电部首届"十大杰出青年"称号。1995年起供职于新加坡《联合早报》。2010年加盟凤凰卫视。兼任郑州大学客座教授、香港天大研究院特约研究员、香港百家战略智库理事、北京《中国企业名录》编委。

□ 综合素质

　　知识结构　1980年，杜平考入以培养中国第一批驻外记者为目标的上海外国语大学新闻专业，经过6年的努力学习，他通晓英语且打下扎实的新闻专业知识。在中国国际广播电台工作两年后，被派往欧洲。他见证了东欧剧变、南斯拉夫走向分裂、欧洲加大经济和政治联合进程等重大事件。他对国际局势、国际关系有了深刻的了解，也积累了丰富的新闻实践经验。杜平对自己的要求非常严格，他不断地学习以丰富和完善自己的学养。

　　专业技能　杜平在20多年的新闻工作中，接触过电台、报纸、电视等现代大众传媒，培养了很好的新闻敏感和新闻专业技能。1990年，他采写的新闻《欧共体决定立即恢复同中国的关系》曾轰动一时。进入新加坡《联合早报》后，杜平以别具一格的观察角度，对国际政治涉及面之广，切入视角之深，以及娴熟且有功力的笔触，赢得了读者的欢迎和同行的赞誉。他的评论见微知著，由表及里，寻找其中变化的推力，梳理内外原因，指明未来大势。他善于用最通俗的方式讲述繁杂而多变的国际新闻,观点尖锐、态度温和、理性。

职业道德 杜平具有强烈的新闻责任感,他认为作为一个媒体人,需要对读者负责,作品中的观点要经得起时间的考验。他的政论文章既渗透理性思考,又笔端常带感情,讴歌赞颂进步和光明,讽刺揭露丑恶和阴暗,蕴含着一种善恶分明、崇尚正气的力量。

创新能力 在新闻实践中,杜平不断地提升自己,不断地使自己的思想走向一种相对平衡的思维模式。从驻外记者到纸媒评论员,再到电视评论员,他都能及时地适应新的变化,及时地做出调整,使自己很快进入角色。杜平对国际问题和国际关系,有着非常深刻的理解,他的评论多是理论和实际结合,历史与现实结合,言过去所未言,视他人所未视,既能由中国大陆而及台海、东南亚、欧美,又能反其道而行之。

□ 作品

欧共体决定立即恢复同中国的关系

中国国际广播电台驻布鲁塞尔记者杜平从卢森堡报道:欧洲共同体 12 国外交部长 22 日在卢森堡举行的会议上决定,欧洲共同体 12 国将立即恢复同中国的正常关系。

欧洲共同体外长理事会主席、意大利外交部长德米凯利斯在会后举行的记者招待会上宣布说,欧洲共同体 12 国一致同意立即取消去年 6 月欧共体马德里首脑会议所作的限制欧共体与中国关系的相关措施。

德米凯利斯说,关于欧共体同中国的军事合作问题,欧共体各国外长决定暂不取消限制向中国出售武器的措施。

在欧共体外长会议作出恢复与中国关系的决定之后,英国外交大臣赫德对记者说,目前是欧共体应该作出这一决定的时候。

他说,欧共体限制中国同欧共体国家的交往,对中国人民并没有帮助作用,这些限制措施如果继续下去,对哪一方都没有好处,因此,现在应该取消这些措施。

(中国国际广播电台 1990 年 10 月 23 日播出)

□ 点评

背景　20 世纪 80 年代末 90 年代初，国际形势发生了翻天覆地的变化。东欧剧变、苏联解体、柏林墙倒塌、德国统一。在苏联和原东欧社会主义国家的社会制度发生变革之后，美国和欧共体利用共产主义运动处于低潮之机，将和平演变的下一个重点放了中国。1989 年春夏之交北京政治风波发生后，美国和欧共体立即抓住"机遇"，借中国侵犯人权、反对民主，对我国施加压力，妄图使我国放弃走社会主义道路。从 1989 年 6 月开始，美国、欧盟、日本等几乎所有的西方发达国家都参与对华制裁，企图在政治上、外交上孤立中国，通过延缓贷款、撤走技术人员、恶化贸易等方式加重中国的经济困难，中止高技术和军事方面的合作，在军事上威胁中国，达到以压促变的政治目的。

针对欧共体和西方其他国家的制裁，中国临危不乱，提出了冷静观察、沉着应付、稳住阵脚、韬光养晦、有所作为的应对方针，强调从战略利益出发处理国家间关系，提出"坚持原则、利用矛盾、广交朋友、多做工作、打破制裁、避免孤立"的对策。中国一方面对西方国家干涉我国内政进行坚决的斗争，一方面继续坚持对外改革开放，增强自身的实力。

中国在各个方面的成就让欧共体成员国感到，制裁中国是无法达到目的的。相反，制裁中国只能使自己的在华利益受到损害。1990 年 10 月的欧共体外长会议决定取消对华限制措施，恢复同中国在政治、经济和文化领域的正常关系。

特色　这是一条内容重要、捕捉及时、报道准确丰满、写作简练的好新闻。一、内容重要。欧共体决定立即恢复同中国的关系，是我国外交战线在 1990 年所取得的丰硕成果之一。这一消息清楚地表明，西方国家对中国施行的所谓"制裁"已给自身带来损害而不得不宣告失败；同时，它也说明，中国在政治风波之后，政治、经济日益稳定，国际影响日益扩大，中国深刻地影响着世界，世界离不开中国。二、捕捉及时。欧共体这一决定，是许多人始料未及的。当时，布鲁塞尔的某些观察家事先估计，这次在卢森堡举行的例行外长会议虽然有可能谈及欧共体和中国的关系，但不可能马上作出决定。因为，制裁的决定是首脑会议作出的，因此，要取消制裁也必然要由下次首脑会议决定。但记者有敏锐的新闻嗅觉，胸怀全局，对局势变化作出准确的判断，及时地从布鲁塞尔专程赶到卢森堡捕捉到这一新闻，中国国际广播电台率先作了报道，比国内报纸的报道整整提前了一昼夜。三、报道准确丰满。记者了解到"取消制裁"的信息后，没有马上作出报道，又等待理事会主席、意大利外长的记者招待会。他在会上宣布时，把"制裁"换成"限制措施"。这样，记者的报道就摆脱了西方记者的惯用语言，使用了对方较为婉转的说法。这不仅准确符合事实，也反映了欧共体对中国的态度。同时，记者在报道中强调了"立即"恢复正常关系迫切性的一面，还报道了"暂不取消限制出售武器"的一面。此外，在报道中还写进了英国外交大臣对欧共体这一决定的评论，这样使报道既全面又丰满。四、简练。这条新闻用了300多字，报道了会议决定，会议主席的宣布和英国代表的评论，完全用事实说话，写作简练、符合广播新闻的要求。

意义 这是一条内容重要、捕捉及时、播发迅速的稿件。记者由于新闻敏感性强，预见到可能发生这一事件，作了扎实的准备工作。新闻一经宣布，记者核对准确后，迅速发到中国国际广播电台，并且引起了外交部的高度重视，外交部对此迅速作出了适当的反应。

影响 1990年10月23日晨，中央人民广播电台在《新闻和报纸摘要》节目里播出了《欧共体决定立即恢复同中国的关系》的消息之后，我外交部对此予以高度重视并作出迅速反应。同时在国内外产生重大影响。这条新闻获得中国广播奖一等奖和首届中国新闻奖一等奖。

陈光明 ｜ 宫峰学成博士乐当"炉前工"

□ 作者简介

　　陈光明（1955 —　），辽宁丹东市人。中共党员。1974 年起做新闻报道员，1977 年恢复高考后考入大学，1982 年毕业后在丹东日报社做编辑、记者，后又曾在市教育局、市委组织部、市委宣传部工作并任职。1988 年调入新华社辽宁分社，先后任鞍山记者站站长、辽宁分社编委，1998 年被评为新华社高级记者。作品获得首届中国新闻奖一等奖，被授予辽宁省首届十佳记者等称号。代表作品有《"雷锋传人"郭明义播撒爱心助人解难感动钢城》《青年女工程师白雪洁刀下救人》《教育改革：变分数制为等级制》《农村防非典漏洞多》《宫峰学成博士乐当"炉前工"》《合作造林招商涉嫌非法集资》等。

□ 综合素质

　　知识结构　陈光明从 1972 年上山下乡到知青点至 1974 年抽工到丹东玻璃制品厂翻砂车间期间，他常常白天劳动，晚上夜读，自学了马克思、列宁、毛泽东等领袖人物关于新闻工作的论述，通读了《新闻学》《新闻讲义》《新闻概论》《新闻采访与写作》等多本新闻专著，也广泛收集学习了许多国内外新闻作品集和优秀作品选。1977 年高考制度恢复，他考入辽宁师范大学中文系，打下了扎实的文学基础。

　　专业技能　陈光明在 40 年的新闻学习与实践中，一直坚持在基层一线做记者，走基层是他采访的主要形式。在新闻写作中，他追求将新闻的"真"与散文的"美"融为一体，既准确传递信息，又给人以生动活泼、清新明快之感，在情景交融中，受到感染，拨动心弦。他擅长用多种文学笔法，将真善美展示出来，引导社会从善如流，启迪人们追求美好。

职业道德　陈光明将"社会的良心，人民的心声"，作为从事新闻工作的宗旨，笃信新闻稿就是"时代的日记"，今天的新闻将是明天的历史，一定要经得住历史的验证。他认为，记者只有深入实际，才会捕捉到鲜活的新闻。记者只有对生活充满热爱，将所见、所闻、所感倾注笔端，活脱脱的新闻才会跃然纸上。

创新能力　为了使人物报道更加简洁明快、生动活泼、贴近群众、通俗可读，陈光明努力变革人物必用通讯报道的模式，力争用消息来写人物，同时用生动简朴的人物对话来刻画人的心灵，用现场环境的描写来烘托新闻丰富的内涵。他还尝试用散文笔法写人物新闻，写目击式视觉新闻，写实录性现场新闻，这些探索出的新形式摈弃了八股文式沉闷呆板的新闻模式，使新闻作品有了新鲜活泼的、令人兴奋的思想。

□ 作品

宫峰学成博士乐当"炉前工"
在炼铁实践中已解决多项难题　撰写的论文引起各国专家关注

本报讯　我国屈指可数的冶炼工科博士宫峰，自愿到鞍山钢铁公司炼铁厂做"炉前工"，和工人一起把汗水和智慧融进钢花飞舞的铁流中。10月27日，到鞍钢视察工作的中共中央总书记江泽民亲切接见了身着工作服、头戴安全帽的宫峰博士，勉励他走理论联系实际，同工农相结合的道路，为"四化"建设做出更大贡献。

今年34岁的宫峰15年前考入鞍山钢铁学院冶炼系。1985年，再度考取东北工学院攻读博士。去年11月他终以14万字颇有建树的《高炉矿焦混装空气动力学技术研究》论文通过了博士学位答辩，并荣获冶金部"科技进步二等奖"。不少科研院所和高校慕名向他伸出热情的双手，甚至以优厚的生活待遇吸引他去，宫峰却出人意料地选择了鞍钢炼铁厂炉前工。从此，历经沧桑的10号高炉有了位博士副炉长。

宫峰的选择令很多人不理解。面对各种疑问，宫峰坦然地说："我是在为自己补课呢。一补对工人阶级的认识课，二补社会实践课。我从未参加过炼铁实践，研究冶炼的不知怎样炼铁，理论如同建筑在沙滩上的高楼。在实践中发现问题去研究，效果会更好。"

与工人朝夕相处，官峰时时受到工人阶级无私奉献精神的感染，思想感情发生极大变化。高温季节，他每天都要冰上一箱汽水，逐一送到工人手中。他主动向工人学习，脏活累活抢着干，不讲报酬。每当处理渣铁分离，需要人工制作沙口时，他总是跟班大干。工人师傅常拍着他的肩膀："官博士，好样的！"

官峰以解决生产难题为己任。他看到操作工由于缺乏理论知识，操作不准确，影响生产，便随时随地给工人讲如何布料，矿石比重大小对煤气流分布的影响等问题，提高了大家的操作水平，对炉况能准确判断并及时调剂，提高了铁水质量。官峰在实践中发现，多年来我国高炉冶炼采用的层装布料，在一定程度上限制了高炉的强化，造成煤气分布及炉料运动的不合理，影响降低焦比和生产率的提高。因而，他致力于矿焦混装研究这一目前国内炼铁界重要课题。他撰写的论文在美国波士顿国际冶炼学术会上发表，引起各国专家关注。现在，他正全力把这项重大科研成果往大型高炉上推广应用，已收到较好的节能增产提质效果。

（原载 1990 年 11 月 7 日《工人日报》，通讯员臧红、记者光明）

□ 点评

背景 1977 年高考制度恢复后，人民群众对上大学无限追求和向往，一时间全社会形成一股文凭热、学历热。这对于改变知识结构，提高全社会文化水平固然重要，但很多地方都是实行了"一刀切"政策，唯学历文凭至上，不看能力，不管水平。这导致了一些人片面追求学历，追求文凭，从高中校门到大学校门乃至读研考博，学习了十几年的书本知识，却没有参加过社会实践和劳动实践。知识分子如何深入实际，到工农生产第一线增长实践知识和才干？新毕业的大学生如何走同工农群众相结合的道路，从感情上和工农融通，从思想上和群众打成一片？在高校殿堂中学习多年书本知识的莘莘学子，如何补上实践这一课，如何使自己孜孜以求苦学得到的理论，有坚实的现实基础？所有这些问题，迫切需要用事实来回答。

特色 这篇消息是探索增加新闻可读性的大胆尝试。此文删去了沉闷的叙述和繁冗的铺陈，采用清新活泼的语言和较为松散、自由的结构，并尽可能使文章短下来。用眼睛写新闻，是此篇散文式消息的突出特征。作者摘取最重要的事实，更多地调动描写的手法，使新闻更加可亲、可信、可读。

意义　宣传知识分子走与工农相结合的道路，是个老主题，但在新时期文凭热的大潮下，作者根据自己对社会生活的认识，从一位博士生的身上提炼出一个具有现实意义的主题——理论联系实际，与工农相结合，仍然是知识分子的成才之路。

影响　宫峰作为当时我国屈指可数的冶炼工科博士自愿到炼铁厂当炉前工的事迹经媒体宣传后，立即引起了巨大反响。许多从高中校门走向大学校门的高材生纷纷表示向宫博士学习，主动补上生产实践课。一时间，宫峰收到了来自国内外的许多大学生和研究生的来信，有同他交流体会的，有征求他意见的，有向他求教的，都表示要像他那样，走进工农群众中，走入生产实践中，拜群众为师，向实践求教。特别是一些在海外留学读博士的同学也要在完成学业后，回国投身现代化建设实践，宫峰成为了当代青年知识分子学习的榜样。有力推动了新时期知识分子重新走与工农群众相结合，知识与实践相结合的道路，引导了历史新潮流。国外一些专家也纷纷竖起大拇指夸赞宫峰，对于他发表的多篇论文也极力推崇，认为这是理论与实践，知识与实际相结合的成果。

赵玉庆 ｜ "东北现象"引起各方关注

□ 作者简介、综合素质（相关资料无可考）
□ 作品

东三省近年工业步履维艰　经济效益居全国落后地位
"东北现象"引起各方关注

新华社北京 3 月 20 日电　经济发展曾经居全国前列的东北三省近年来工业生产步履维艰。去年黑龙江、辽宁和吉林工业增长率分别倒数全国第二、第四和第五位，经济效益也处于落后地位。这一异常情况正在引起各方关注，称之为"东北现象"。

据统计资料表明，1990 年东北三省工业总产值仅比上年增长 0.6%，与全国平均增长 7% 的水平相差甚远；预算内企业实现利税下跌 25% 至 45%，明显大于全国平均 18.5% 的降幅。

东北是我国的"工业巨人"。论实力，东北三省拥有大庆、鞍钢、一汽等 1700 多家国营大中型企业，占全国总数的七分之一强，机械、冶金、石油、煤炭、化工、建材等行业在全国占有举足轻重的地位。论条件，东北三省资源丰富，交通发达，科技力量雄厚，发展经济可谓得天独厚。

"工业巨人"步履蹒跚、行动迟滞的反常表现，催人深思：

——东北工业结构"一头沉"，重工业产值占三分之二，产品多为大型机械装备和基础原材料。当国家压缩基建规模，实行经济调整时，便显得船"沉"难掉头，适应不了市场的急剧变化。

——大中型企业比重大，国家指令性计划任务重，经营机制缺乏活力。产品平价调出多，原材料则议价购进多，去年仅辽宁省因"高进低出"就多支出了 30 亿元。

——骨干企业大多建于"一五"时期，为国家建设奉献了"大半辈子"，而今已"青春"耗尽，设备陈旧，工艺落后。由于无力进行大规模技术改造，三分之二的设备落后于全国先进水平。

有人形容东北是一个"被链子锁住的巨人"，锁住了手脚，也锁住了思想。在商品经济的舞台上，东北明显没有南方沿海开放地区活跃。去年东北三省为启动市场举办的一些展销会，唱"主角"的多是外地企业，本地企业反倒只是"跑跑龙套"。同样在东北，吉林化学工业公司、沈阳电缆厂、哈尔滨锅炉厂等一批先进企业锐意改革，脱颖而出，但有些企业还没有摆脱传统的产品经济模式，迈不开搞活的步子。

"东北现象"已开始唤起 9900 万东北人的忧患意识，特别是在经济领导部门和经济理论界引起很大震动。他们普遍认为，重振"工业巨人"雄风的根本途径是深化改革，调整经济结构，扎扎实实地搞活大中型企业。为此，黑龙江省已经制定了搞活大中型企业的八条措施，吉林省也开始实施企业组织结构和产品结构调整的"大动作"，辽宁省正在组织经济界、企业界人士探讨"东北现象"，进一步解放思想。

（原载 1991 年 3 月 21 日《吉林日报》，发表时未署名）

□ 点评

背景　从 20 世纪八九十年代开始，伴随着改革开放的进程，中国社会步入了复杂多变的"转型期"。在向市场经济转轨的初期，国家投资体制从直接拨款变成实行"拨改贷"，导致东北老工业基地产业技术升级改造的步伐缓慢。同时，随着国家各项改革政策的出台，尤其是价格体制改革和对沿海政策的倾斜，使得东北老工业地区承担了相当部分的改革成本。在结构方面，从产业结构看，高新技术产业与传统产业整合程度较低，从所有制结构看，国有经济比重过大造成产业升级改造面临较大障碍，从市场结构看，社会分工不发达，资源不能根据市场调节自由地流出流入。在政策方面，自改革开放以来，国家的政策更多地向东部沿海地区倾斜，给予东北地区的特殊援助政策极其有限，许多重大项目都放在了东部沿海和西部地区，使东北老工业基地结构转换的承重超过了其自身能力的范围。在思想观念方面，长期以来，东北地区以计划体制为主，在计划经济条件下形成了思想观念的束缚，缺乏市场经济所必需的自立创业精神和参与竞争的进取精神。

1990年，曾经实力雄厚、资源丰富、交通发达、科技力量强的东北"工业巨人"出现效益下滑、工业生产步履维艰的事实。1990年东北三省工业总产值仅比上年增长0.6%，与全国平均增长7%的水平相差甚远；预算内企业实现利税下跌25%至45%，明显大于全国平均18.5%的降幅。述评消息以两组大反差的数字对比，把这一异常情况鲜明地摆在读者面前。

特色　这篇获奖述评消息在写作上有两点值得称道：第一，坚持以叙事为主，又精心评议。这篇评述选取的事例和数据比较典型充分，并在行文中多处巧妙地运用数字和事实的多种对比，辅之以恰到好处的就实论虚，"东北现象"的含义及其形成的原因，被揭示得更加鲜明、具体，增强了消息的针对性。第二，在广泛调查研究中，掌握了大量的数据、事例，并对此进行了科学的归纳，按照一定的逻辑顺序来安排事实材料。这篇述评消息与一般的消息写作不同，不大讲究按事实的重要性顺序来安排结构，也不讲究用现场描写或悬念来吸引读者，但讲究严密的逻辑性，以逐层深入，环环相扣的分析、推理，力求得出科学的、有说服力的结论。

意义　"东北现象"概念的提出，在中国地域社会研究进程中具有重要意义，它标志着人们开始循着"地方性"的思路，致力于解开制约地方经济社会发展的迷局。这是一篇针对性强，分析透辟，切中要害的述评消息。这篇述评报道了实力雄厚、资源丰富、交通发达、科技力量强的东北"工业巨人"，1990年却陷入生产步履维艰，经济效益在全国处于落后地位的反常表现。揭示了我国老工业基地和国有大中型企业面临的共同性问题，从而催人深思地去探讨这种"东北现象"的深层根源，使读者深刻认识到国有大中型企业的经济体制改革、企业组织结构和产品结构的调整的紧迫性与重要性。

影响　反映"东北现象"的稿件播发后，立即在社会上引起极大反响，对实践产生了指导性作用。东北三省的主流媒体纷纷在头版头条和重要时段刊播了消息。吉林省还召开了全省范围内的"东北现象"研讨会，东北三省的领导也认为报道分析中肯、客观，当时的黑龙江省省长还结合实际情况要求当地工业企业加快改革，调整结构，适应市场需求。理论界、经济界人士纷纷展开对"东北现象"的讨论，进一步激发了东北企业界人士的紧迫感和责任感。1992 年"两会"期间，"东北现象"成了热门话题之一。黑龙江省的人大代表在全国人代会期间就"东北现象"展开了专题讨论，企业界代表踊跃发言讨论，献计献策。

何海燕 ｜ 欠债还房第一宗

□ **作者简介、综合素质**（相关资料无可考）
□ **作品**

欠债还房第一宗
——国内贷款抵押房产公开拍卖现场见闻

花开依旧，人去楼空。5月11日下午，美丽如画的深圳怡景花园内，往日清静的寿景道，此时车成队，人成群，热闹非常。国内首宗抵押贷款房产公开拍卖，就要在这条道上的6号别墅旁边举行。

别墅主人麦峰，于1989年6月8日以此幢二层楼的花园别墅作为抵押物，为深圳市环球实业发展公司向市建设银行申请抵押贷款200万元，并办理了抵押公证和登记手续。4个月后贷款到期，环球公司以种种理由拖欠不还，迄今逾期1年零7个月，仅利息就达40多万元。为此，市建行于今年初向市政府指定的拍卖机构申请，对该抵押房产公开拍卖，以偿还这笔贷款和利息。

下午4点42分，拍卖正式开始。主持这次拍卖的深圳市房屋交易所所长李维章宣布：以180万元人民币底价开始竞投。竞投者纷纷举牌应价，场内气氛顿时活跃。登记参加今日竞投的有22家企业和个人，实际参加的有11家，其中香港6家，深圳5家。

报价首先以一次5万元递增。竞争至210万元，场内只剩下3家对手，主持人遂改为一次2万元递增。升至214万元后，由于中间出现片刻停顿，故报价再次上升时，场上响起热烈的掌声。随后，报价每上升一次，便响起一阵掌声。报价至229万元时，场内仅剩下5号、6号角逐。报价又以一次以一万元交替上升。烈日下，在场记者纷纷举起摄像机、照相机、录音机，紧紧包围着这两位对手，汗淋淋地等待着最终时刻的到来。

"241万，241万有人加吗？"主持人重复了3次，依旧无人出来应答。于是，李维章一锤定音：5号竞投者——香港礼才实业有限公司深圳办事处崔先生成为6号别墅的新主人。

谁料到，市建行副行长赖璞光会成为拍卖会后的"新闻人物"。他站在记者包围圈中兴奋地说：这次国内首宗抵押贷款房产公开拍卖，是我国经济体制改革的新尝试，也是今天我国改革正在深化的一个标志。他告诉记者，深圳每年以抵押形式向该行贷款的约占总笔数的80%，其中逾期不还的约占25%，由此较大影响了银行效益。他认为，这次拍卖将会使贷款到期不还的现象减少。

（原载1991年5月16日《经济日报》）

□ 点评

背景　深圳是中国改革开放的试验地，是一片充满生机与希望的土壤。在中央提出加大改革分量、增强改革力度的1991年上半年，这里每推出一项改革，都会引起海内外的关注，常常具有"国际级"的影响。作为常驻深圳特区的经济日报记者，更为重视捕捉和分析有关改革信息，以便抓住时机，及时、准确、较有深度地搞好报道，为推进改革尽力。5月上旬，记者接到了国内首宗抵押贷款房产现场拍卖的通知。像每次准备重大采访一样，记者做好了资料准备和采访时的"双保险"——笔记本和录音设备，准备在做笔记的同时录好音，防止到时出现疏漏。

特色　这则消息给人深刻的印象就是现场感强。记者以目击者亲历的眼光将6号别墅拍卖的全过程，从始至终展现在公众眼前，其报道手法犹如摄影，将事件的全过程聚焦在自己的镜头之下，客观真实地加以展示。记者按照"发生——发展——高潮——结局"的线性模式予以报道，由于是以现场目击者的视角与感觉来表现，公众在阅读过程中，犹如置身于现场，随着事件发展跌宕起伏而期待，而兴奋，而如释重负。这则消息篇幅短小，全文只有800字，但有过程，有完整的事件，有背景材料的交代，有事件本身的实践意义与理论意义。消息虽短，但言简意赅，全方位地传达了事件的信息。

意义　这篇报道向读者提供了一个重要新闻事实——在中国的改革开放"窗口城市"深圳，出现了全国第一桩贷款抵押房产公开拍卖事件。这件事的深层含义是，中国的经济体制改革正在深入进行，在循着客观经济规律和经济法规的程序向深度和广度发展，从这个意义上讲，事件的含义比事件本身更重要、更深刻，从而更引人思索和回味。

　　影响　该稿快速推出后，收到了比预期更好的效果；获得了第二届全国现场短新闻一等奖。

王晓晖 ｜ 五亿农民初尝民主直选

□ 作者简介

王晓晖（1963— ），女，中共党员，高级记者。1985 年南开大学中文系毕业后进入中国新闻社。2000 年任中新社政文部主任。2001 年任总编室主任。2003 年任中新社副总编辑。2009 年，兼任《中国新闻周刊》中文版常务副社长。2010 年底，赴任中新社美国分社社长，兼任《中国新闻周刊》英文版总编辑。主要新闻作品有《橡皮图章变硬了》《中国最高权力机构的红椅子》《万里退休不发愁》《朱镕基老了吗？》《中国脑库与中南海》。

□ 综合素质

知识结构　王晓晖受家庭影响，少时习字读书，常流连于文章辞赋，醉心于汉文字的魅力；就读南开大学中文系时，师从郝世峰、陈洪等名师，系统地接受汉语言文学教育，对中国古典文学尤其喜欢。工作后十几年的时政、文化记者生涯，她参与过多项政治外事报道，采访过不少文化名流，既积累了丰富的报道经验，又培养了很好的文化素养。

专业技能　身为记者，王晓晖拥有非常丰富的新闻实践经验，报道重大政治事件，跟随国家领导人出访各国，采访学者、专家，都不在话下。她的新闻作品得到了读者和同行的赞赏，曾两度获得中国新闻奖，而她自己被评为首届全国百佳新闻工作者。作为新闻机构领导，她曾参与组织策划中新社"两会"报道、中共十七大报道、汶川地震报道、改革开放 30 年报道、建国 60 年报道等。不但完成任务，而且反响热烈。不论是她亲自捉刀的还是她策划组织的新闻作品，都有情理之中出人意料的表现。

职业道德 王晓晖认为，好记者各有高招，必需的一点是认真。为了使关于人大的采访报道更充分，她通常在常委会会期里天天泡在人民大会堂，中午吃食堂，困了就在常委会议事厅的椅子上歇一会儿。为了写彭真委员长的稿子，她把四卷本的《彭真文选》通读了一遍。在随中国领导人出访几十个国家的采访中，她不吃饭、不睡觉忙发稿是经常的事。

创新能力 1985年王晓晖到中国新闻社时，正值中新社发展的黄金期，该社所倡导的国际视角与亲和力的报道方式，形成了当时令人耳目一新的"中新风格"。王晓晖在这种业务氛围中汲取养分，又把自己的积累与发现用非刻板的、自然人性的表述形式书写出来，使新闻作品可读好看。

□ 作品

五亿农民初尝民主直选

在许多人为中国的民主争论不休的时候，中国的农民正以前所未有的规模尝试着民主。据一项最新统计，已有5亿村民参加了村民委员会的直接选举。

记者从国家民政部了解到，我国100万个村庄里有一半实现了村民对村干部的民主选举。到1990年为止，400多万名村民委员会成员，一半以上是经过村民直接选举产生的。

七十年代末，家庭联产承包责任制的实行赋予农民以户为单位的经济自治能力。这种经济自治格局呼唤着我国农村政治和社会的自治。

官方意识到，只有尊重农民的意愿，考虑农民的意见和要求，受到农民经济性监督，才能具有领导农民的资格。所以，民主选举便成了中国广大农村轰轰烈烈进行的村民自治的第一个重要环节。

据介绍，遍及中国的形形色色民主选举方式，归纳起来可分三种，即差额选举、等额选举和竞选。

民政部基层政权建设司司长李学举告诉记者，在选举前，曾有人担心，农民的直接选举会造成一发不可收的混乱局面。但选举结果表明，民主选举形成5%至10%的淘汰率，被淘汰者绝大多数是能力庸常、受贿腐败的人。

据河北4个县的统计，到目前为止，尚没有一个村干部因执行国家任务得罪人而落选下台。在村委会干部的选举中，参选率达到 80% 至 90%。

民主选举使我国最基层决策者的思想和命运发生重大转变，向选民负责的意识导致他们的工作方法由行政命令向服务型转化。由村民直选产生的 230 多万村干部唯一的选择是，真正为老百姓办实事。

于是，一个始料未及的动人场景在广大农村展开。干部为村民办实事温暖着村民曾受冷落的心。村民气顺了，又对村里各项工作表现出前所未有的热情和支持，民主直选给农村带来一种全新的政治局面。

据知，"健全村民自治制度，提高公民参政议政意识"已被列入我国的"八五"计划和十年规划纲要中。

李学举透露，随着村民自治制度的逐步建立，我国农民的直接选举可望在本世纪最后 10 年里得到普及、巩固和完善。其间，绝大部分村委会将经历 3 次换届选举，近 9 亿中国农民将由此受到初步的民主政治训练。

（1991 年 11 月 28 日中新社发）

□ 点评

背景　从 20 世纪 90 年代以来，"基层民主"这个词开始在中国流行起来。中国政府开始推动以基层选举为代表的基层民主的发展，中国官方的媒体和政府的官方文件都对基层民主的发展大加赞扬并且加以推动。从此，中国基层民主开始吸引了许多学者和专家的关注，也包括国际学者在内。但是，国际大环境有很多对中国的质疑与误读，许多中国的发展和进步因此被国际舆论严重遮蔽。王晓晖当时负责联系采访民政部，她在非会议非采访的过程中了解到，中国基层民主已经进行着大规模的尝试。她就是在这种情况下采写了这篇消息。

特色　虽然此消息主题具有宏大的政治意义，但读起来不是那么意识形态化，只是用新闻的语言直接简单表达，不铺陈，不夸张，有点有面，有回顾有前瞻。篇幅不长，清晰勾勒。直选是西方社会熟悉的语言，用这种语言去进行中国的对外宣传，人家听得明白，效果也才好。

意义　文章对于我国基层民主的发展做了非常充分和生动的传播，使更多的人，尤其是一直对中国有误解的西方社会，了解中国这一具有重大意义的尝试。文章发表后，很多外国人到河北、吉林一些村庄考察后大吃一惊，为中国农村朴素、真实的民主实践动容。同时，也表现出了记者的新闻敏感、勤奋努力。无意中了解到的信息，使记者挖到了这个正轰轰烈烈发生于中国大地，但还不为媒体注意更没有被世界注意的新闻点。

  影响 该新闻被海外数十家媒体采用，后获中国新闻奖。

时赛珠 │ 上海证券交易与国际市场接轨

□ 作者简介

时赛珠（1953— ），女，上海人。主任记者。自
1985年起，专门从事银行、证券、保险等金融领域的报道，
亲历了上海在这一领域发生的几乎所有重大事件。特别是
90年代初开始，一直跟踪新中国证券市场从黑板报价的柜
台交易到成立证券交易所的无形席位、无纸化交易的过程，
是证券市场发展的见证人之一。其经济报道多次在上海市
和全国获奖，并被海外媒体转载。著有《中国B股投资指南》
（与人合作）、《金融先生谈生财之道》等书。

□ 综合素质

知识结构 时赛珠秉承家风，从小热爱学习，是品学兼优的好学生。即使是
在"文革"或下放农村期间，她还是利用一切时间阅读了大量的中外名著，为她
打下了写作基础。自从事金融报道后，她更是采取课程旁听，阅读经济名著，浏
览金融历史的方法，补充经济专业知识，提高分析判断宏观经济和微观经济的能
力。考虑到记者需要具备综合知识结构，她还专门去学习经济法课程，并参加了
首次全国兼职律师资格考试，取得了兼职律师的证书。

专业技能 时赛珠在多年的经济报道实践中，十分注意培养自己的宏观经济
意识，培养具有历史眼光的洞察力，从不就事论事地报道金融消息，故其报道在
同行中经常能独树一帜，别有亮点。1992年，各家媒体都报道了在上海的首场
B股交易。但是她的《上海证券交易与国际市场接轨》一文，不仅通过采访中外
人士，细腻地描写了在交易所发生的一切，颇具现场感，更重要的是她根据当时
在政治层面对开放股票交易存有疑义的背景，敏锐地点出了"1992年2月21日

上午 9 点 30 分，应该记入中国金融改革开放的史册"这个关键点，从而在这篇千字短文中，读者可以感受到鲜活的时代感和沉甸甸的历史感。

职业道德　时赛珠具有新闻工作者的新闻敏感性和责任感，在工作中努力忠实于新闻事业，忠实于记者的天职和良心。由于记者是分行业报道的，时间一长，难免就会成为被采访行业的代言人。但是她不畏权贵，不计个人得失，敢于直面金融界的各种不足，数次以见闻的形式予以披露，当时在媒体同行和广大读者中引起较大的反响。

创新能力　20 世纪 80 年代中后期，我国的经济新闻报道枯燥乏味，为避免金融报道"读者看不懂，内行不愿看"的窘况，时赛珠首先提高自己的金融学识，深刻理解所发生事件的内涵，同时特别地与上海金融界的老师们，包括解放以前的从业人员广交朋友，掌握了很多历史知识和典故，并运用在金融报道中，以"软"化"硬"，通俗易懂。《上海形成全国证券交易中心》就是这样一则"软"化了的"硬"新闻，曾在华东九报头条新闻竞赛中获奖。

□ 作品

1992 年 2 月 21 日 9 点 30 分——这一时刻应记入中国金融改革开放史册

上海证券交易与国际市场接轨

电真空 B 种股票昨天首场交易一派兴旺

本报讯　上海证券交易首次与国际证券市场接轨。昨天上午 9 点 30 分，"嘡！"随着一声洪亮的铜锣声，我国唯一的拥有全世界 24 个国家和地区 230 名"股东老板"的电真空 B 种股票，在上海证券交易所开始首场交易。

在交易大厅内，闪烁着红绿灯光的电子行情显示屏，清晰地显示出发行价每股 70.8717 美元的电真空 B 种股票、开盘价每股为 71 美元。开市 1 分 40 秒，显示屏就开始频繁地出现海外客户要求买入 B 股的申报价：71.60 美元、72.8 美元、73.2 美元、74 美元、75.4 美元……由于 B 股的交易完全按照国际证券市场的做法，价格视市场供求随行就市，所以昨天的行情迅速闹猛。上海证交所总经理尉文渊告诉记者："这里的交易行情，早已通过路透社通讯网络，同步向世界各地发出，首次与国际证券市场接轨。"

昨天，担任 B 股交易海外代理商之一的香港新鸿基有限公司执行董事叶黎成对记者说，B 股在香港在国外引起强烈反响，每天都有投资者来询问情况。B 股的发行和上市交易，使得上海与国际市场更接近，使得更多的外国人对中国的改革开放有了进一步了解和信心。他再三表示对 B 股市场交易的前景看好。果然，昨天的 B 股行情看好。被万国证券公司抢先的第一笔以 72 美元成交的 10 股 B 股生意，买入的幸运者是位香港先生，然而他要求委托买进的却是 1500 股。新鸿基公司和另一家海外代理商瑞士银行特意从海外派来两位小姐，"驻扎"在主承销 B 股的申银证券公司，通过申银公司为海外客户买进抛出，昨天收获不小，90 分钟成交 1300 股。昨天整个交易中，从上午 9:30 到下午 3:30 分闭市，B 股成交 3440 股，成交价格最高 92.40 美元，最低 72 美元，收盘价 88.50 美元。

不少海外证券专家昨天特意赶到上海察看 B 股上市的动静。这些西装革履的先生们，挤在交易大厅楼上贵宾室的窗前，目睹交易动态，情不自禁、不约而同地为每次成交拍手鼓掌。有一位先生动情地说：B 股顺利发行只是成功的一半，交易成功才是真正成功。1992 年 2 月 21 日上午 9 点 30 分，应该记入中国金融改革开放的史册。

电真空 B 股只对海外投资者发行，然而，它却也牵动着众多上海市民的心。他们关注什么呢？原来是在研究从 B 股的走向预测电真空 A 股（国内发行的人民币股票）的前途，而 A 股的变化是否又会引起上海其他股票的变化等等。本市一位证券公司经理认为：从第一天 B 股的交易情况看，人们对 A 股将更具信心。

（原载 1992 年 2 月 22 日《解放日报》）

□ 点评

背景　1992 年 2 月 21 日上午 9 点 30 分，我国唯一的拥有全世界 230 名"股东"老板的电真空 B 种股票，随着"嗡"的一声开市锣声，在上海证券交易所首次上市交易。这锣声宣告一度封闭的中国国内资本市场正式向国际资本开放，表明中国在金融领域的改革开放又迈出了历史性的一大步。

特色　首先，新闻角度选得好。作者作为《解放日报》的金融记者，并不满足于在 B 股上市当天发一条新闻，而是从宏观着手，选择了上海证券交易与国际市场接轨这一新闻角度，对交易过程作了客观的历史性的报道，从而深化了消息题材，加强了报道力度。

其次，新闻现场感强。通篇都是记者在上海证交所交易大厅内耳闻目见的情景，从开市锣声到闪烁红绿灯的电子行情显示屏，从万国证券公司抢先做成第一笔 B 股交易到海外公司 90 分钟成交 1300 股的大交易，从上海证交所总经理的评价到专程赴上海观察 B 股上市动静的海外证券专家的鼓掌，一环紧扣一环，使读者如临其境，如见其人，如闻其声，对整个交易过程留下难忘的印象。

第三，语言简洁，节奏明快，一气呵成。证券交易有许多专业名词，特别与国际市场接轨，用词提法必须规范正确，这些专用名词无疑会增加一般读者阅读新闻时的难度。作者深知这一点，在写作时回避了可以回避的需要解释的专业名词，全篇按时间顺序一路写来，节奏明快，有起有伏，有叙有议，令人一口气读完。

意义 本文首先记录了我国 B 股在沪诞生的历史瞬间，见证了我国 B 股发展的历史起点。该报道既是新闻，更是金融史，是一篇完全用事实说话的不可多得的好新闻。消息反映的新闻事实是：我国唯一的拥有全世界 24 个国家和地区230 名"股东老板"的电真空 B 种股票，1992 年 2 月 21 日 9 时 30 分在上海证券交易所开始首场交易。真实生动地记录了中国金融改革开放史上一朵艳丽夺目的花，记录了标志我国建立与完善社会主义市场经济又迈出重要一步的历史时刻。它宣告一度封闭的中国国内资本市场正式向国际资本开放，表明中国在金融领域的改革开放又迈出了历史性的一步。

影响 20 年后的 B 股市场，似乎已经走进了一个死胡同。但是不管怎么说，《上海证券交易与国际市场接轨》一文，真实地记录了它曾经有过的辉煌，得使读者共同见证这一历史。作品在全国第三届现场短新闻评选中荣获一等奖。

林丹 | 珠海出了"科技富翁"

□ 作者简介

　　林丹（1961— ），原籍广东，在北京出生长大，并完成高中学业。中共党员。1984年进入《羊城晚报》工作，在科教文部当记者，主跑文化、娱乐口。1984年12月调羊城晚报深圳记者站。1985年5月，被独自派往珠海，创建羊城晚报珠海记者站。1998年，任《羊城晚报》要闻部副主任，主管珠三角各记者站。2000年调报社珠海办事处任办事处主任、记者站站长。2011年任珠中江采编中心主任。

代表作品有《珠海出了"科技富翁"》《珠海人的荷包鼓鼓囊囊》《回眸珠光》《珠海机场翘首待嫁》《计划经济最后一个堡垒或在珠海突破》等，其中《珠海出了"科技富翁"》获1992年中国新闻奖和广东新闻奖；2002年，获广东第五届金枪奖。主要著作有《珠海，走向蔚蓝色》，论文有《快餐时代仍需深度报道》《如何做一名出色的外派记者》，电视片《跨世纪的冲刺——珠海探索对话》等。

□ 综合素质

　　知识结构　林丹自幼生活在北京大学校园内，受到了很好的文化熏陶。20世纪六七十年代很难读到经典文学作品的时候，她却能从北京大学图书馆借到大量的中外名著，从而打下了很好的文学基础。由于喜欢宋词，幼时曾大量背诵，使得她的文字干净、简洁，而且很有韵律。她在暨南大学新闻系，系统地学习了传播学理论。进入羊城晚报社后，她把每一次的采访都作为一次学习机会，采访前翻阅大量资料，这使她随着新闻龄的增长，拥有越来越丰富的知识，在经济、航空航天、半导体、生物技术方面都有涉猎。她采访一行，爱上一行，钻研一行。

　　专业技能　林丹从业28年，在深入生活的同时善于独立思考，不喜欢不假思索地"赶潮流"、人云亦云，而是通过深入的采访，提炼观点。这使得她的新闻报道有新颖的视角，前瞻性的观点，厚实的事实依据。还在上中学的时候，林丹的文章就显示出对白描的擅长和语言的活泼，这一特点也体现在她的新闻报道中。无论是深度经济报道，还是科技报道，她都抓住细节描写，贴切的比喻，将枯燥的内容故事化、生活化，让艰涩的数字、技术术语在文中跳舞，变得浅显易懂。由于文学功底扎实，所以文章结构严谨，水分极少。

职业道德　林丹热爱新闻事业，恪守新闻人的职业道德，求真务实、实事求是，既不为吹捧说假话，也不为媚俗说假话。在采访、写作上追求到每一个细节真实。2009 年，她被评为全国优秀新闻工作者。

创新能力　刚刚入行，林丹就尝试突破经典的"倒金字塔式"导语，她喜欢用被采访对象的精彩语言、白描场景、细节描写或令人印象深刻的比喻作导语，追求别具一格。导语是林丹新闻写作的特点。28 年的记者生涯，林丹写稿无数，但每写一篇，她都为导语殚精竭虑，哪怕是一条小消息。所以她的报道总是能抓住读者的眼球，令人有读下去的渴望。她提出，新闻的价值不仅仅在于它的真实性，更在于它的前瞻性。

□ **作品**

在全国率先实行重奖政策

珠海出了"科技富翁"

迟斌元、沈定兴、徐庆中获得汽车、住房及若干万元奖励

本报珠海电（记者林丹报道）当高级工程师迟斌元在千百双眼睛的注视下从珠海市委书记、市长梁广大手中接过价值 29 万元的奥迪小汽车的钥匙、三房一厅的产权证书和 26.7184 万元的奖金时，他的眼睛湿润了。一名少先队员为这位"科技富翁"献上了鲜花。

珠海市在全国开先河实行重奖政策。今天重奖那些推动珠海科技进步的有功人员。全国政协副主席叶选平、中国科协书记常志海及广东大部分高校的校长们前来祝贺。

三辆崭新的披着红绸的黑色奥迪小汽车整齐地排列在会场门口，静静地等

待他们的主人。

珠海经济特区生化制药厂厂长、高级工程师迟斌元是第一批上台领奖的特等奖获得者。与他同时受奖的另外两个特等奖获得者是珠海经济特区通讯技术开发公司总经理、总工程师沈定兴和珠海丽珠医药研究所所长、副总工程师徐庆中。沈定兴及 7 名参与者、徐庆中及 4 名参与者也领取了汽车钥匙、住房产权证及 21.9804 万元和 111.2136 万元不等的奖金。按照珠海市对科技人员的奖励规定，汽车、住房及奖金的 50% 归首席获奖者沈定兴和徐庆中。

这三位特等奖获得者开发的项目技术先进，都为国家创造了巨额的财富。迟斌元探索出在室温条件下（其他国家是在低温下）简便高效地提取凝血酶的工艺流程，开创了我国第一个按国际先进标准生产的生化药制剂进入国际市场的成功范例，创造了税后利润 600 万元的经济效益。沈定兴等开发的 BH—01 II 型 80—480 门系列控制用户交换机的软、硬件技术和徐庆中等人研制的"丽珠得乐"胃药，不仅在技术上有所突破，替代了进口货，还分别获得了 1025.8 万元和 4246 万元的利润，效益显著。

在今天的颁奖会上获奖的还有，江海电子股份有限公司查雁群等 7 人，获二房一厅住宅二套及 24.4320 万元的一等奖，汉胜特种电线有限公司寿伟春等 6 人获四等奖，奖金 8 万。二等奖和三等奖空缺。据悉，获重奖的项目其税后年利润应在 500 万元以上，企业人均产值等各项主要经济指标和技术在同行中处于领先水平。

据了解，珠海市对科技人员的这种重奖，今后将每年进行一次。

（原载 1992 年 3 月 9 日《羊城晚报》）

□ 点评

背景　20 世纪 90 年代初，中国刚刚改革开放，一方面是"脑体倒挂"严重，知识和科技得不到应有的尊重；另一方面，高校、研究院所不重视科技成果的转化，往往是论文发表，成果束之高阁。时任珠海市市委书记梁广大在企业调研时发现，珠海缺少持有科技成果的企业家，缺少人才，为了鼓励高校、研究院的科技人员带成果到珠海，将之转化为生产力，他提出重奖科技人员，奖车、奖房，而且车、房和一半的奖金属于第一获奖者。

特色　《珠海出了"科技富翁"》是一篇不到 1000 字的消息，作者以通讯的手法介入消息的描写，文章的导语采用了作者擅长的白描，而且有镜头感，使场景从远景一下子推为特写，描写了获奖人迟斌元的眼睛。导语和会场外的描述突出了新闻点：重奖！奖品——房子、车子，当时这在中国都是人们可望而不可即的，这使得短短的消息极富感染力。随后，作者进一步详细列明每一位获奖者的奖金和他们的科技成果对社会、经济的贡献，针对当时社会"不患寡而患不均"的观念而强调政府的规定：房、车、50% 的奖金归首席获奖者，突显了珠海人的新人才观念。

意义　在文章中，作者以珠海重奖这一新闻事实诠释知识的价值应得到物质体现，物质的肯定，表现了特区人敢为天下先的精神。以数字强调了科技成果所能带来的经济效益与奖金的关系，当时中国科技界的软肋是科技人员及其成果走不出象牙塔，此文突出成果转化的重要性。在当时，这是一颗重磅炸弹。那时的奖励大环境是人人有份，而且没有人敢奖励百万现金给个人，珠海开重奖之先河。

影响　珠海重奖在国内外引起轰动，时任全国政协副主席叶选平评价称："一石激起千层浪"，一种新的奖励观念形成，尊重知识，尊重人才在全国达成共识。一大批海外学子受此感召回到国内创业，无以计数的知识分子走出象牙塔，与企业结合，将科技成果转化为生产力。如今，科技富翁身家过亿已不在少数，真正体现了"知识就是财富"。

顾兆农 │ 南京"香港城"关门了

☐ 作者简介

　　顾兆农，南京人，高级记者。上山下乡当了4年农民，在大学学习、工作了6年。1989年毕业于中国社会科学院研究生院，后一直从事新闻工作。曾任《工人日报》《人民日报》记者，现任人民日报社湖北分社社长。作品《南京"香港城"关门了》获中国新闻奖二等奖，全国首届现场短新闻一等奖。《湖北禁止党校学员用公款相互宴请》获中国新闻奖三等奖。是《人民日报》华东版"每周经济时评"专栏评论员。

☐ 综合素质

　　知识结构　4年的知青生涯使顾兆农磨炼了意志，感悟了生活。在中国社会科学院研究生院读书时，顾兆农手不释卷，勤奋读书，为日后从事新闻行业奠定了基础。他在《工人日报》《人民日报》担任一线记者时，奔波于各地采写新闻，积极地完成每一次的新闻任务。在新闻实践中，他锻炼了新闻业务，也增长各种各样的知识技能。

　　专业技能　顾兆农在竞争激烈的人民日报社记者部的上稿率是非常高的，这与他敏锐的新闻洞察力、及时的出稿能力分不开。他的作品多是短小精练，语言平实而有力，曾两度获得中国新闻奖。作品有《当面的批评背后的赞誉》《让历史变为财富——江苏省办公机构迁出"总统府"前后》《如何守住耕地红线》等。他不以稿子长短论英雄，追求小稿子出大文章，每次都精心策划、精心采访、精心写作，力求抓住最有新闻价值的部分。

　　职业道德　顾兆农热爱新闻事业，一直有着到一线采编新闻的激情。即使他心里明白上稿率大约只有百分之五十，有可能奔波忙碌都是白费力气，但他依然坚持奔赴一线，白天采访，熬夜写稿，尽可能早地把稿件传给编辑部。他认为，记者这个职业最吸引人的地方是"参与"，对他来说，参与就是一种幸福，会产生一种满足感。他关注普通人的生活，关心老百姓遇到的实实在在的问题，然后想方设法解决问题。他说，凡事不能脱离群众、脱离实际。他的《工资拿多少职工有权说话——工资协商在江苏》《仅有道歉还不够》等作品都是直接关乎民生的大问题。

创新能力　2009 年，湖北省委就党校学员之间不得用公款相互宴请等事项，出台一个制度性的规定。得到这个线索后，顾兆农围绕党校学员管理的问题，在第一时间采访了湖北省委党校常务副校长，重点了解省委出台相关规定的前因后果，以及校长本人的感受。推出了《湖北禁止党校学员用公款相互宴请》的文章，报道刊出后，全国上下，省内省外，引起较强的反响。2009 年 5 月 3 日，习近平同志就这篇报道做出批示，并在 2010 年 5 月的中央党校春季班开学典礼上的讲话中，再次提到了这篇稿子。湖北省委书记罗清泉等 3 位省委常委也先后做出批示。

□ 作品

南京"香港城"关门了

本报南京专讯（记者顾兆农）7 月 27 日，南京一家以卖进口极品为主的商场"香港城"关门了。

不少南京市民还记得，去年 11 月 15 日，这座地处经商黄金地段、内装修豪华气派的商城，在热热闹闹的气氛中隆重开业了。商城门口的一块广告牌格外惹人注目：香港城——身份的标志。一时间，不少市民争相前往。2.3 万元一件的水晶狐裘装，近万元一套的 12 生肖吊坠，三四千元一只的公文包……无不令观者咋舌。开始，大多数前往商城的人虽然囊中羞涩，但出于好奇，观者依然络绎不绝。但不久，人们对这家商店便失去了兴趣。记者日前在此"城"看到，营业员比逛店的人还多。

商城为什么关门？商场的一位职员对记者说：店里没有销售，当然也就没有利润。如此，不关门，还能怎么着？据介绍，商城关门的前几天，日销售额只万把元，其利不及偌大商城的正常支出。尽管港方承包商另有说法，但是，南京工薪人士普遍认为，"香港城"关门的原因是它脱离了大多数消费者。一些商界人士提出，这一现象值得那些盲目建设豪华商场的人反思。

（原载 1993 年 8 月 8 日《工人日报》）

□ 点评

背景 20 世纪 90 年代初，南京市洪武路开了一家专卖高档日用品的商场——香港城，商品价格动辄上万，高得没谱，严重脱离了当时的实际。最终，该商场的经营难以为继，不得不关门。得知这个消息，作者马上去采访，从职工的角度，用白描的手法，写成短稿《南京"香港城"关门了》。后经编辑的精心打磨，稿子很快在《工人日报》星期刊上登了出来。

特色 这篇文章的可取之处首先是短，全文大约只有 400 多个字，是名副其实的短新闻。同时，报道很平实，没有什么花里胡哨的点缀和技法。在这篇作品中，记者并没有用太多的笔墨去直接分析"关门"的原因，只是说"南京工薪人士普遍认为，'香港城'关门的原因是它脱离了大多数消费者"。这就足够了，它一语道破了许多精品店昙花一现的关键原因。该文以新闻的形式，传播了这样一个具有导向意义的信息：凡事都不能脱离群众，脱离实际。

这篇报道成功的另一个原因，是因为记者捕捉到了一个具有问题性、代表性的事件。社会影响、社会意义随之而来，报道的价值就提升了。商店关门在商界的竞争中司空见惯，但是原因却各不相同，在各商家盲目建设豪华商场，然后在所售产品上"找平衡"的不健康经营方式中，"香港城"的关门，具有典型性，经营中不考虑大众的消费能力，必然有这样的结果。在这种"盲目"逐渐变成一种竞争手段的时候将其提出，具有很强的现实意义。因此，报道也就有了生命力。

意义 本篇文章实际上是对不顾中国国情的盲目消费和商业行为的一种严重警告，是对某种错误舆论引导的拨乱反正：这种来也匆匆，去也匆匆的精品店短命的根本原因就是：脱离和违背了现阶段中国的最大的国情——中国处于并将长期处于社会主义初级阶段。

影响 该作品获得 1993 年度中国新闻奖二等奖。

温天 ｜ 外滩：悄然崛起的上海金融街

□ 作者简介

温天（1968— ），辽宁人，中共党员。1991 年起任上海电视台编辑记者，1993 年加入东方电视台，任记者编辑，曾任东方电视台东视财经创办人、主编，担任过金融记者及重大新闻记者和出镜记者。此后曾在上海银行和华安基金担任支行负责人，2005 年起被法国 Edmond Rothschild 银行任命为上海首席代表，后任中国区总经理、执行董事，兼任该行卢森堡基金投资委员会董事、执行基金投资事务。编著有《梦·象·易：智慧之门》《神与物游巧夺天工的智慧》和《多赢对冲投资》。

□ 综合素质

知识结构　温天拥有复旦大学新闻学学士、香港中文大学会计学硕士、美国亚利桑那州立大学金融学 MBA、EMBA 学位。他在国内外求学期间，系统地学习了新闻学、传播学、中外传播理论、电视制作和导演学；广泛涉猎了中西经典名著和哲学名著，阅读了《史记》《十三经》等名著经典；用 10 年时间学习了金融资产管理方面的知识并服务于欧美顶级机构的管理分支和投资机构。全面的金融知识和开阔的新闻视野培养了他深厚的理念底蕴、投资素养与写作能力。

专业技能　温天在 10 年的新闻生涯中，一直坚持深入市场、深入社会生活，注意汲取行业语言和新闻评论语言的结合与创新，具备较强的综合表达能力，善用多种手法以及镜头语言，抓住生活中典型的人和事。他采制的电视新闻作品结构开放、语言概括力强、内涵深刻、富于感染力和说服力。《外滩，悄然崛起的上海金融街》《石化"养鸡"，吴县"下蛋"》《红灯启示录》等31篇作品获得省、市以上新闻奖。他开研究型记者之先河，曾深入研究《邓小平文选》（第二卷），为电视台全体记者和编辑总结研究邓选的学习体会，以此来思考和认识具有重大历史影响的事件。

职业道德 温天具有坚定的职业理想，不管遇到多么大的困难和挫折，从未动摇过他关心社会重大事件、关心民生的基本新闻理念。他在采访写作中追求细节的真实，不畏艰难，深入调查。温天还乐于分享、培养新人，曾把自己在职业生涯中所形成的新闻观和创作手法编写专著，贡献给年轻的电视记者。

创新能力 温天为使电视新闻报道既有深度又能贴近大众生活，成功地发明了易象金字塔式的电视专门写作方法，把散文评论笔法、新闻语言和现场新闻镜头有效地结合，突出了实景特写、典型事件的突破意义。这一创作方式催生新闻佳作迭出。他还推崇镜头语言先于文字语言，现场实况重于解说的新闻理念，得到了同业的好评。

□ 作品

外滩：悄然崛起的上海金融街

建筑是凝固的历史，历史的巨变常常记录在长存于世的建筑上。作为上海标志的外滩建筑群正以3年超过百年的巨变于无声处记录一场伟大的变革。

昨天记者在拍摄上海新外滩时，一个境外游客的身影吸引了我们。只见他像回家一样走进花旗银行设在外滩的自动柜员机中心，片刻不到便取出一张可代付人民币的票据。

（实况）

这位纽约客体会到了外滩和国际接轨的便利。

有人说，外资银行抢滩上海正把外滩带入一个新的时代。因为他们在这里的金融窗口把世界流动的人口和资金与中国联动起来。

到今天为止上海已有29家排名在世界前50位的大银行设了分行，还有82家金融机构在沪设立代表处，使上海成为外资金融机构最多的城市。今年4

月 18 日汇丰银行、渣打银行等几十家外资银行纷纷向上海市负责人提出要重新回到外滩办公，上海市副市长徐匡迪郑重宣布，外滩的 37 幢原外资银行大楼重新批租给外资银行使用。

6 月 8 日，荷兰银行上海分行第一个返回外滩和平饭店旧址办公。此后，第一个把中国总部由海外迁来上海的美国花旗银行马上在荷兰银行隔壁用自动柜员机中心挂出了自己的金字招牌。这棋高一着的举措勾画出了外资银行的抢滩心理。

外滩的历史性变革的推动力来自中国改革开放历史性的决策。1991 年邓小平同志视察上海指出，上海要从现在做起复兴国际金融中心。

1992 年，上海市府以"一号工程"对外滩进行了 100 年来最大的改造。

外滩城市环境设施大为改观。3 年来，上海外滩 100 幢办公楼已大部分搬出置换给金融贸易单位使用。上海浦东发展银行、上海巴黎国际银行、光大银行上海分行等纷纷早著先机，换楼开业。

中国外汇交易中心定址上海外滩之后，上海只用了半年时间就置换建成了一个以电子化手段覆盖全国的现代外汇市场，替代了地区分割的手工市场，成为今年汇率并轨和外汇改革的重要市场保证。

（采访东方汇理上海分行行长　顾晖豪）

3 年来外滩金融街两侧的资本和资金市场已辐射全国。上海证券交易市场已发展成为年交易量达 5000 亿元的全国性市场；上海资金市场拆借范围已遍及全国。以外滩为核心的上海金融业所创的 GNP 已占全市第三产业的首位。真是一着棋活满盘皆活。

1994 年外滩外贸大楼又被联合国贸发组织选定为全球首批 19 个贸易网点，进入全球联网，以电子信息和集中办公为国内企业提供最新的贸易信息和贸易机会。外滩搭起这座被李岚清同志称为"国内外经贸合作和交流的桥梁"的中心只用了半年多时间。

外滩金融街最华彩的改革篇章应当是一年来这座远东最华贵的金融楼的主人悄悄走向人民广场的新政府大楼。

外滩记录了上海的百年史，也将把上海带入新世纪。

（上海东方电视台 1994 年 10 月 3 日播出）

□ 点评

背景 20世纪90年代初，中国的改革开放进入了最关键的时期。邓小平同志"南方谈话"以后，上海的改革开放开始进入加速阶段。1994年财政金融改革刚刚开始的时候，很多事情还不为基层理解。尤其是上海的金融中心建设，外滩的整体置换更是90年代初全世界关注的焦点。因为某些西方银行家认为社会主义是没法搞出"金融中心"的。他们觉得上海外滩已经被人民政府用于行政办公，是不可能再让金融机构进驻，恢复其市场功能和市场定位的。上海用市场来配置资源，政府主动搬出外滩，这在他们看来意味着政府革自己的命。温天在与他们交流过程中敏锐地认识到这一事件的深层含义。当1994年中国整体金融改革推进的时候，外滩金融中心和国际贸易中心标志性的交易所和交易网点纷纷启动，外汇市场在外汇改革中起到了面向两个市场、配置两种资源的关键作用。外资银行入驻外滩以后，中央人民政府通过人民银行给予上海的特殊政策被创造性地移植为上海服务领域的改革突破。

特色 电影新闻片《外滩：悄然崛起的上海金融街》，用简洁的文字和多彩的画面记录了作为中国金融业窗口的上海外滩发生的历史性巨变。应该看到，当时上海金融报道和其他报道环境并不像今天那样开放，新闻事件的发生也很难在日常生活中被发现。这就需要记者有敏锐的眼光和系统的思考，善于带动团队跟拍、抓拍，以便随时能够记录下任何典型事件。因此，该作品的特色在于：电视消息的报道手法突破。作者通过一个外国游客在外滩的典型特色，体现了普通外国人在中国外滩的金融窗口，感受到的百年未有的变化。以29家外资银行和各类金融机构进驻外滩金融街和传统行政办公机关的置换事件的深度描述，用外滩悄然崛起的金融街现象，饱满地展现出了时代的风景。通过个性化消息语言，突出了国庆假期所看到的金融街里的"清明上河图"，使电视报道既有可看性又有感染力。

意义 在这篇作品中，作者从典型瞬间提炼出了时代的突破所蕴涵的改革意义，用电视画面把上海新时代的"清明上河图"展现出来。该作品通过高度的形象化的语言、综合发掘内涵价值的概括以及典型瞬间所展现出来的深刻变化让其如在眼前。同时也把小平同志的伟大预见和金融改革的伟大意义通过外滩一条街的悄然变化，使一瞬成为永恒，使一天成为一个时代的写照，把电视的形象力量和文字的冲击力集中体现出来。

影响　《外滩：悄然崛起的上海金融街》这篇报道一经推出便引起了上海金融界的振奋，鼓舞了上海和全国金融改革家、金融家，使外滩重新成为了上海崛起的象征，影响了此后上海金融的自我发展和自我激励。

该作品获得中国新闻奖一等奖。

侯彦谦 | 508个村"减肥"　2.6万亩土地再生

□ 作者简介

　　侯彦谦（1954—　　），山东泰安人。大学文化，中共党员，高级记者，山东大众日报报业集团优秀专业技术人才。1973年入伍，担任团、师新闻干事，1988年调入《大众日报》，先后任记者、主任记者、高级记者、山东农业大学经贸学院兼职教授、大众日报泰安记者站站长、大众日报报业集团泰安分社社长、集团培训委总监。代表作品有《508个村"减肥"　2.6万亩土地再生》《一个女大学生的人生价值观》《资本运营在新泰》《新闻精品贵有文气》《量变质变与新闻奖》等。

□ 综合素质

　　知识结构　少年时，侯彦谦把周围的村庄能找到的书尽量都借来阅读；到部队后，他刻苦研究哲学、政治经济学，并参加济南军区理论训练班；后又曾担任师、军理论教员，奠定了一定的理论功底；回到地方工作后，他阅读了逻辑学、管理学、新闻学及国学、中外古典与现代文学的大量名著，丰富了自身的国学、文学素养。

　　专业技能　侯彦谦具有非常深厚的理论功底，在文学、政治经济、文化上都有一定的研究。他认为只有不断地提高自己的理论素养，才能写出深刻的作品。侯彦谦的业务素养较高，采访，绝不蜻蜓点水；写作，从不依样画葫芦。他要求自己迈开双脚，打开新闻"雷达"，精心选材，精心采访，精心构思，精心写作，精心修改。在新闻工作岗位上40多年，他采写了许多优秀的新闻作品，其中《508个村"减肥"　2.6万亩土地再生》获得中国新闻奖。

　　职业道德　侯彦谦具有坚定的党性，长期坚持学习研究马列主义基本理论，结合新闻宣传研究当前建设有中国特色社会主义发展中存在的问题。他有毅力，有钻劲，有担当；倡导不学则退，不研究新问题则落后，个人落后尚不足畏，一个国家一个民族的落后，是十分可悲的思想。他坚持读书，以使自己的理论功底不断深厚、坚实，在具体的新闻实践中，采访不畏苦难、穷追猛掘，写作精雕细琢，力求每一篇文章都对读者有所启发。

创新能力　给读者奉献新闻的"活鱼"，是侯彦谦在新闻采访写作中几十年坚持一贯的追求，他将功夫下在认识变化中的"鲜"与"活"上。他通过对新闻素材的精心选择，实现新闻作品的趣味盎然；将传播理论与新闻实际相结合，通过深厚的理论功底使作品具有高远立意，借助文学、知识素养，使新闻作品气势磅礴。

□ 作品

泰安郊区科学规划合理布局缩宅还田
508 个村"减肥"　2.6 万亩土地再生

本报泰安讯　7 月 16 日一大早，泰安市郊区良甫村农民张胜法家便热闹起来。这天是老张乔迁新居的日子。村干部带着 10 多个棒小伙赶来帮忙，仅用了两个多小时，老张家就搬进了新居。至此，这个村的 1300 多农户已全部搬迁到了新村，住上了统一漂亮的新房子。而搬迁的新村面积比旧村"瘦"了450 多亩，经过及时复垦，全村户均新添耕地 0.4 亩。

良甫村仅是泰安市郊区"划村定界"，治疗村庄"肥胖病"的一个缩影。近年来，这个区先后给 508 个村庄"减了肥"，共计腾出耕地 2.6 万亩。

泰安郊区有 764 个行政村，百余万农村人口，现有耕地 107 万亩，人均耕地占有量低于全国平均水平。近年来，不少村在村庄建设上缺乏长远观点。"摊煎饼"式地向外扩散，结果村内出现了许多空宅、荒地，同时也给村庄进一步规划带来了困难。据了解，自 1983 年到 1993 年 10 年间，这个区的新建宅基地就挤占耕地近 4 万亩。

1994 年开始，这个区结合小康村、小康屋建设实施"划村定界"的"村庄减肥工程"，对宅基地的使用作出了严格规定：改变过去村里说了算的老办法，先由村里审议，经乡镇土地管理部门批准后才能实施。在此基础上，这个区根据各地的实际情况，确定了 102 个村为搬迁村，406 个村为改造村。地处山岭的搬迁村，以腾耕地向山岭搬迁为主，新村统一规划，集中建设；地处平原的村，把水浇条件好、土质好的地方让出来，退宅还田；需要改造的村，以通街、规划住宅、填补空宅为主。不论搬迁还是改造，这个区对村中街道的宽窄和宅基地的面积统一了标准：主街道宽 20 米，一般街道宽 10 米，胡同宽 6 至 8 米；宅基地统一为东西长 14 米，南北长 16 米。村庄改造和搬迁耗资大，这个区不做硬性的时间要求，有的 3 年，有的 5 年，甚至更长时间。实施"村庄减肥工程"以来，这个区已有 74 个村完成搬迁任务，有 402 个村完成了改造任务。

为保证将"村庄减肥工程"落到实处，区、乡两级政府还拿出 1000 多万元作为土地复垦基金，帮助农民及时复垦搬迁后的宅基地。许多村以村民小组为单位，合伙复垦土地，再按原宅基地面积分配到户，也有的村实行农户自垦自种的办法进行复垦。

（原载 1996 年 7 月 23 日《大众日报》，通讯员周鹏、记者侯彦谦）

□ 点评

背景　土地事关国计民生、千秋万代，节约土地是中国的国策。新中国成立后若干年，由于我们在人口和土地政策上的失误，造成了人口年年增而土地连年减，以及过度的占用与沙化的严重局面，留与子孙耕种的土地日趋减少。党的十一届三中全会后，国家把保护土地定为基本国策之一。其中，耕地锐减的一个重要原因，是农村建设建房无计划，一些地方的农村新村建设乱占耕地像"'摊煎饼'式地向外扩散"，因此，"村庄减肥工程"成了新农村建设中在土地使用上的一个重大问题，新闻宣传必须给予高度的关注。对土地的关注，是记者理性思维和选题中的重中之重。

特色　写作手法上的鲜活，是这篇消息的一个突出特色。消息表述中，处处鲜活。"7 月 16 日一大早，泰安市郊区良甫村农民张胜法家便热闹起来。"接下来便是更鲜活的场景，"这天是老张乔迁新居的日子。村干部带着 10 多个棒小伙赶来帮忙，仅用了两个多小时，老张家就搬进了新居。"报道中，一个"瘦"字激活了整个导语。接下来，在过去村庄建设乱占耕地中使用了"'摊煎饼'式地向外扩散""村庄减肥工程"等当地鲜活的语言，使文章平添了文气。

　　意义　但存方寸地，留与子孙耕。中国人口众多、人均耕地非常稀缺，在经济高速发展中，土地的节约成了当今社会发展中一个不容忽视的重大课题。农村、农民对土地的节约使用也是农村经济发展中的一个重大问题。新农村建设中过去的旧村落如何变成新农村，事关国家发展的大局，也是当代农民关心的大事。此稿从一"缩"一"生"一"新"3个字，把土地与旧村落，划时代的新农村联系在了一起，增添了新闻的蕴含，升华了主题，使新闻有了新的视野。

　　影响　此稿为新农村建设从土地利用上点出了大主题，社会反响非常强烈。泰安市郊区在新农村建设中，村庄减肥、旧村土地复耕的做法，给当前的新农村建设中土地的节约使用提供了非常鲜活的经验，从一个侧面为中国新农村建设做出了可学，可效仿借鉴的榜样，产生了巨大影响。全国先后有数百家土地和新农村建设管理部门来参观学习。

罗庆东 ｜ 大寨成为昔阳县纳税第一村

□ 作者简介

罗庆东（1964—　　），江苏江浦人，中共党员，高级编辑。1985 年毕业于山西大学中文系，同年分配到大同电台工作，次年任新闻部主任。1990 年调入山西电台，先后任新闻中心副主任、专题部主任、新闻中心主任等职，2004 年任中国黄河电视台副总编辑。现任山西广播电视台编委兼综合广播总监。共有 8 件作品获得过中国新闻奖。2012 年获得中国新闻界最高奖"长江韬奋奖"。是享受国务院政府特殊津贴专家，山西省委联系的高级专家。

□ 综合素质

知识结构　罗庆东在山西大学中文系学习期间，博览群书、刻苦努力，为从事媒体工作打下了坚实的基础。毕业后分配到大同电台，基层工作要求他一专多能，四年里罗庆东在采访、主持、编辑各个方面都得到了很好的锻炼。在山西电台工作时，他得到了全国优秀新闻工作者祝椿年的指点和帮助；曾深入采访山西 13 个县、21 个乡镇、35 个村、126 户农家、20 多所乡村、学校，了解基层群众生活。也从事过电视节目制作，对外宣传工作。

专业技能　罗庆东涉足过广播、电视两个传媒行业，跨越内宣和外宣两个传播领域。他在广播行业里，曾做出了《西沟村贴出"安官告示"》《国道给文物让路》等优秀的广播节目。在电视节目制作方面，他策划的《魅力山西》，被中国电视长城平台评为特色栏目向海外重点推介。同时他在新闻传播、记者业务方面也有理论研究，在《中国广播》《新闻采编》等刊物上曾发表多篇文章。罗庆东从事新闻工作近 30 年，共有 8 件作品获中国新闻奖，是山西新闻界获中国新闻奖最多的新闻工作者之一。

职业道德 罗庆东在新闻采访一线留下了勤于奔波的身影，足迹踏遍山西省100多个县、市、区，发表数百万字的新闻报道。1994年，他参与采编"防治地方病采访千里行"，历经一个月长途跋涉，总行程4000公里，深入重灾区调查采访，播发30多篇行进式报道。走上领导岗位后，每遇重大宣传活动或重大突发事件，他总能第一时间赶到现场，披挂指挥、亲自编辑、配发评论。与编辑记者同甘共苦。他说，如果不把脚踏进泥土里，你写的新闻就没有味道，也不会感动别人。罗庆东是一位矢志不渝践行新闻理想的党的新闻工作者，2004年被国家人事部、广电总局授予"全国广播影视系统先进工作者"称号。

创新能力 罗庆东一直把精品和品牌意识贯穿于日常新闻传播中，提出"新闻一体化运作"理念，内部建立完善竞争激励机制，形成出精品与出人才的良性互动局面。同时，他还潜心研究新闻类节目编排规律，探索创新途径，形成一套独特的编排理念，2000年至2003年度，山西电台名牌节目《新闻半小时》连续3年蝉联中国新闻奖，并实现中国广播电视新闻奖一等奖"三连冠"。他结合广播电视创新与发展实践，撰写《张扬广播个性与重大报道》《让假日广播火起来》等文章探讨创新问题。

□ 作品

大寨成为昔阳县纳税第一村

山西台记者罗庆东、范宏文报道 400多口人的大寨村去年向国家上缴利税164万元，成为昔阳县纳税第一村。村党支部书记郭凤莲昨天告诉记者：不打开寨门，改变观念，就没有大寨今天的发展。

当年的"铁姑娘"郭凤莲1991年底重返大寨担任党支部书记。在国家民政部召开的一次全国农业典型座谈会上，她的内心受到很大震动：（音响出）

郭凤莲："我当时参加这次会议的时候，实际上是个穷代表。整个大寨村总收入只有一百多万元，人家参加会议的都是上亿元的。我心里很震惊，既有动力，又有压力，在这个起点上，大寨该怎么走？"（音响止）

1992年，郭凤莲参加党的十四大后，直接赶到山东、天津等地考察取经。

在村民大会上，她提出："党的改革开放政策对全国都一样，为什么大寨就落后了？关键是观念落后，现在真正到了'大寨学全国'的时候了。"（音响出）

郭凤莲：我自己思来想去，大寨还需要走出去，所以当时我带着大寨人往外跑，把外面有经验的人请进来。希望集团董事长刘永新来了，我说：你一定要给大寨人上一课。我把大寨人集中起来，让刘永新把前前后后怎么发展起来的向大寨人做了一番介绍，对人们启发很大。（音响止）

5 年来，大寨坚持农工商并重，通过联营、合资，先后办起水泥厂、酒厂、制衣公司等企业，产品销到全国各地。过去只知道种田的大寨人现在学管理、学经商，有 3 位年轻农民当上了厂长，全村 80% 的农民进入村办工厂。对土地有着深厚感情的大寨人继续加大农业投入，粮食总产量一直稳定在 32 万公斤，农业生产基本实现机械化、水利化。

去年，大寨村经济总收入达到 3200 万元，人均纯收入 2100 元。著名劳模宋立英、梁便良等老一辈大寨人每年都能领到 500 多元养老金，安度晚年。

（山西人民广播电台 1997 年 2 月 8 日播出）

□ 点评

背景　因职业习惯，大寨一直是作者悉心关注的"新闻点"。1997 年初，作者又赴大寨，得知大寨终于以其雄厚的经济实力，成为昔阳县上缴利税第一村。抚今追昔，作者以对大寨浓厚的情感，为其今天的发展欣喜和振奋，先后采访了"铁姑娘"郭凤莲、"闲不住"宋立英、"铁肩膀"梁便良等一大批大寨人，采录了 5 个多小时的音响素材。经过反复审听、整理和推敲，最终选择用背景新闻的体裁，浓缩大寨人以"大寨学全国"的胸怀和姿态坚持改革开放和艰苦奋斗所发生的深刻变化。

特色　这篇消息的结构是因果结构。"大寨成为昔阳县纳税第一村"是结果，大寨认识到观念落后，转变观念，走出去，请进来，"大寨学全国"，坚持农工商并重是原因。报道对大寨今天取得的成绩的原因抓得准，分析得透彻，对市场经济规律认识得深刻，抓住了事物的本质，因此有说服力，有代表性。

意义　大寨以众所周知的原因一直为国内外所关注。该作品以这一承载着历史沧桑的典型为观照物，从其解放思想、转变观念、改革开放而成为昔阳县纳税第一村的新闻事实切入，将信息量丰富的背景材料展示给听众，着力反映改革开放政策给中国农村带来的历史性变化。大寨的变化是中国农村变化的缩影，作品引起众多听众的共鸣，他们为大寨人丢掉历史包袱，走改革开放之路所带来的发展而欣喜、振奋。

影响　该作品先后在山西人民广播电台和中央人民广播电台播出，并通过全国省市电台新闻文稿交换网发布，被国内30多家省、市电台采用。该作品获第七届中国新闻奖二等奖，1997年度中国广播电视新闻奖二等奖。

周树春 ｜ 别了，"不列颠尼亚"

□ 作者简介

　　周树春（1958— ），辽宁沈阳人，中共党员，高级记者。1976 年 9 月参加工作。1986 年 6 月上海外国语学院毕业后到新华社工作，先后任《瞭望》周刊编辑、中国特稿社记者。1987 年 8 月至 1988 年 6 月在美国夏威夷大学留学。1988 年 6 月至 1998 年 10 月历任新华社对外部中央外事新闻采编室记者、副主任、主任和对外部副主任。1998 年 5 月任新华社伦敦分社社长。1999 年 12 月任新华社参编部主任兼参考消息报总编辑。2003 年 12 月任新华社总编辑室副总编辑。2007 年 9 月起任新华社党组成员、副社长兼常务副总编辑。曾被评为新华社优秀共产党员和首届"十佳记者"。2007 年获得第八届韬奋新闻奖。

□ 综合素质

　　知识结构　周树春在上海外国语大学攻读"英语—国际新闻"专业时，打下了扎实的外语和新闻学基础。参加工作后曾作为访问学者到美国夏威夷大学东西方中心进修一年。多年的对外新闻记者、编辑工作经历，为他积累了丰富的对外宣传经验。他坚持系统学习马克思主义理论，把握国内外理论前沿动向，特别是就新闻"舆论导向"问题进行了认真研究。

　　专业技能　作为新华社记者，周树春曾报道了标志中苏关系正常化的"中苏高级会晤"、1989 年亚行年会及美国总统访华等历史性事件和重大国事活动，并独家专访了联合国秘书长加利、以色列总理拉宾等几十位国际政坛风云人物；作为报社领导，他多年来组织指挥了一系列重大战役性报道，策划编辑了一大批优秀新闻作品，并且积极探索新时期编辑出版工作规律，不断提高报纸质量；作为世界问题研究中心主任，他系统研究国内国际形势，是一名专家型编辑，组织策划和直接编辑了一大批对中央决策具有重要参考价值的内参稿件。

职业道德　周树春具有很高的理论和政策水平、强烈的政治责任感和社会关怀感，自觉同党中央保持一致，坚持实事求是、解放思想、与时俱进。他一直保持着谦虚谨慎、艰苦奋斗、甘于奉献、任劳任怨的作风，多年放弃公休假和节假日休息，常年加班加点，超负荷工作，坚持业务值班并从事大量夜班工作。另外，他坚持廉洁自律，不以权谋私，以稿谋私，杜绝"有偿新闻"等一切不正之风。

创新能力　在新闻业务上，周树春积极探索新时期编辑出版工作规律，带领编辑部进行一系列开拓创新，在新的传播环境中实现了《参考消息》的"政治性"与"参考性"的辩证统一。并且在坚持"社会效益第一"前提下，创新报纸发行，使《参考消息》的零售取得重大突破。在理论研究上，周树春从"发展新闻学"角度，结合世界新闻传播理论的发展规律，就我国当前的新闻舆论导向问题进行了比较深入的思考和研究，提出创新性观点，以"舆论导向的历史方位和时代内涵"为题在首都高校作了专题报告。

□ 作品

别了，"不列颠尼亚"

在香港飘扬了150多年的英国米字旗最后一次在这里降落后，接载查尔斯王子和离任港督彭定康回国的英国皇家游轮"不列颠尼亚"号驶离维多利亚港湾——这是英国撤离香港的最后时刻。

英国的告别仪式是30日下午在港岛半山上的港督府拉开序幕的。在蒙蒙细雨中，末任港督告别了这个曾居住过25任港督的庭院。

4时30分，面色凝重的彭定康注视着港督旗帜在"日落余音"的号角声中降下旗杆。根据传统，每一位港督离任时，都举行降旗仪式。但这一次不同：永远都不会有另一面港督旗帜从这里升起。4时40分，代表英国女王统治了香港5年的彭定康登上带有皇家标记的黑色"劳斯莱斯"，最后一次离开了港督府。

掩映在绿树丛中的港督府于1885年建成，在以后的近一个半世纪中，包括彭定康在内的许多港督曾对其进行过大规模改建、扩建和装修。随着末代港督的离去，这座古典风格的白色建筑成为历史陈迹。

晚 6 时 15 分，象征英国管制结束的告别仪式在距离驻港英军总部不远的添马舰东面举行。停泊在港湾中的皇家游轮"不列颠尼亚"号和邻近大厦上悬挂的巨幅紫荆花图案，恰好构成这个"日落仪式"的背景。

此时，雨越下越大。查尔斯王子在雨中宣读英国女王赠言说，"英国国旗就要降下，中国国旗将飘扬于香港上空。150 多年的英国管制即将告终。"

7 时 45 分，广场上灯光渐暗，开始了当天港岛上的第二次降旗仪式。156 年前，是一个叫爱德华·贝尔彻的英国舰长带领士兵占领了港岛，在这里升起了英国国旗；今天，另一名英国海军士兵在"威尔士亲王"军营旁的这个地方降下了米字旗。

当然，最为世人瞩目的是子夜时分中英香港交接仪式上的易帜。在 1997 年 6 月 30 日的最后一分钟，米字旗在香港最后一次降下，英国对香港长达一个半世纪的殖民统治宣告终结。

在新的一天来临的第一分钟，五星红旗伴着《义勇军进行曲》冉冉升起，中国从此恢复对香港行使主权。与此同时，五星红旗在英军添马舰营区升起。两分钟前，"威尔士亲王"军营移交给中国人民解放军，解放军开始接管香港防务。

零点 40 分，刚刚参加了交接仪式的查尔斯王子和第 28 任港督彭定康登上"不列颠尼亚"号的甲板。在英国军舰"漆咸"号及悬挂中国国旗和香港特别行政区区旗的香港水警汽艇护卫下，将于 1997 年年底退役的"不列颠尼亚"号很快消失在南海的夜幕中。

从 1841 年 1 月 26 日英国远征军第一次将米字旗插上港岛，至 1997 年 7 月 1 日五星红旗在香港升起，一共过去了 156 年 5 个月零 4 天。大英帝国从海上来，又从海上去。

（新华社香港 1997 年 7 月 1 日电，记者周树春、胥晓婷、杨国强、徐兴堂）

□ 点评

背景　1997 年 7 月 1 日，中华人民共和国政府恢复对香港行使主权。这是中华民族洗雪百年耻辱、长民族志气、振国家声威的大喜日子，是 20 世纪世界历史的一件大事。为报道并见证这一具有划时代意义的、彪炳史册的盛事，世界上各大媒体纷纷派出精兵强将云集香港，写出了无以计数的新闻作品。

特色 围绕事先了解到的"不列颠尼亚"号将接载查尔斯王子离港，并在交接仪式后退役的核心事实，作者充分组织当晚至凌晨发生的具有重要象征意义的各种细节，按内在时空逻辑关系加以合理布局，场景与史料水乳交融，既有历史纵深感，又体现广阔的观察视野。文字简洁，字里行间内涵丰富，通篇让生动的细节说话，不加主观评价，颇带"微言大义"的笔法，含蓄而寓意无穷、意味深长，表达的主题思想则十分明确。

意义 这篇获奖消息，并不是一般意义上的消息，而是一篇特写式的现场短新闻，它是香港主权回归、末代港督乘"不列颠尼亚"号撤离香港最后时刻的一份简洁、真实的历史记录。它也是自 1990 年我国新闻界倡导现场短新闻以来，获奖作品中比较出色的一篇。

影响 稿件播发后，经海外媒体和我外宣媒体采用，产生了良好的对外传播效果。这篇文章还被选入中学语文阅读教材。

于晓波 ｜ 十四名下岗工竞得道路保洁权

□ 作者简介

于晓波（1968—　　），山东省即墨人，中共党员。
1989年7月毕业于青岛大学中文系汉语言文学专业。在职
研究生学历。工作后当过教师、公务员，参加过即墨市的
农村社教工作队，在济南市市中区街道和区委宣传部工作
过，在城市的街道企业和农村挂职工作过，熟悉山东农村
和城市的基层工作。1995年进入《大众日报》工作，先后
任社会新闻、经济新闻记者，主任记者；大众日报青岛记
者站副站长、站长，青岛分社副社长、文体新闻编辑中心副主任等职。代表作品
有《十四名下岗工竞得道路保洁权》《山东农业大学不评职称了》《打破世界纪
录的劳模》《中国彩电第一芯诞生青岛》《刘成德：雷锋学习的榜样》等。

□ 综合素质

知识结构　于晓波好读书，博闻强记。他为读免费报纸，小学五年级就为父
亲工作的学校当义务投递员；初高中期间，通过当清洁义工的方式拿到学校阅览
室钥匙，几乎读完架上所有的书刊。在青岛大学中文系学习期间，他系统地学习
中国古代文学、现当代文学和西方哲学史及流派分析。同时自学了中国政法大学
的法律专业课程，关注区域经济发展，熟读迈克尔·波特的"竞争三部曲"，并
完成山东省委党校企业管理专业的在职研究生课程。

专业技能　于晓波在17年的新闻从业经历中，始终在一线采访工作，注重
点滴积累，与基层群众、交警、民警、劳模保持密切联系，与地方党政负责人保
持良好的联系，建立起自己的区域和行业的全天候的新闻坐标系，推出一批重大
典型的报道。同时，又在"大众周末"推出刘成德、吴志强、谢立信、纳什、许

海峰、李素芝、战嘉瑾、杨新民、郭川等一批有时代特色、鲜活的人物报道。其作品语言平实，讲求细节，善于用事实细节和独白表现典型人物的境界和高度。他曾两次获得中国新闻奖，五次获山东新闻奖一等奖。他的论文《论 AB 版组合》是较早关于创建省级党报地方新闻版的文章。

职业道德 于晓波从业以来一直奋战在新闻第一线。他信奉新闻采写的第一现场的信条，宏观着眼，微观入手，以事实为依据，以法律为底线，关注民生和百姓困苦，把导向隐藏于选题中，把感情倾注于细节中，让立场凸显在稿件主题中。他采访作风扎实，对细节采写的捕捉细腻，十几年来一直坚持笔记、摄影、录音三管齐下，为地方发展建言献策，为民生安全敢于秉笔直言，做到采写资料完整，是大众日报拍发照片较多的文字记者之一。

创新能力 于晓波对省级党报区域拓展做了理论与实践的探索。他的关于省级党报地方新闻版设立《AB 版组合》建议被报社党委采纳，他创办大众日报总部外第一个地方新闻版《青岛新闻》，制定一系列工作制度；并以此为平台，培养锻炼了一批年轻的记者，为党报扩大影响，积蓄人才作出应有的贡献；在业内积极倡导新闻报道讲政治高度，选择新闻角度，追求第一速度的"三度"实践理论；始终关注报业的全媒体转型的发展，多年来一直坚持图文并茂的报道方式，被称为文字记者中的摄影记者。

□ 作品

青岛改革环卫管理方式

十四名下岗工竞得道路保洁权

本报青岛讯 3 月 24 日上午，随着青岛市教师之家礼堂中一声声清脆的拍卖槌声，青岛市市南区 14 条道路保洁权被下岗职工和失业人员在竞标中夺走。这是青岛市首次用拍卖形式对环卫岗位招标。

市南区这次共拍卖 15 条道路的保洁权，其中 14 条道路的保洁权经过多轮竞价，分别为 6 位下岗职工和 8 名失业人员所得，其价格都大大低于以往政府维护这些道路清洁所需的费用。竞争最激烈的是香港中路，29 名竞标者从 10850 元开始，一直降到 8400 元，最后家住辛家庄的下岗女工宋珍玲中标。夺标后，她激动地说："我一定好好珍惜这个来之不易的岗位。"

据市南区清洁服务总公司负责人介绍，中标者对所竞标的道路要达到全天巡视检查，一天两次普扫，达到国家要求的"六不六净"标准。从 3 月 26 日起，这些中标者将与他们的招用人员共 58 人参加公司的统一培训，4 月 1 日正式上岗。通过竞标省下的金额将作为浮动奖金，视考核情况返还中标者。

据悉，此次竞标对在职环卫人员震动很大，区政府正在计划让在职环卫人员也参加竞标管理。

（原载 1998 年 3 月 30 日《大众日报》，记者于晓波、毕华德）

□ 点评

背景 20 世纪 90 年代，随着改革开放的深入，国企改革转制使下岗职工骤增，如何安置下岗职工，广开就业门路成为国家稳定大局的头等大事。与此同时，城市管理体制改革也迫在眉睫，干部体制改革也开始破题。当时扫马路的环卫局职工有的是正科级干部，一条马路由环卫、城建、绿化多头管理，下水道边上的垃圾往往成为部门扯皮的"皮球"。改革初涉深水区，国家由计划经济向市场经济转型矛盾凸显，路向何处，亟待破冰。

特色 简笔勾勒，用事实说话。这篇稿件的线索是记者回青岛为不慎摔伤的母亲陪床时从当地一家报纸的小广告上发现的信息，记者一早赶赴现场，目睹采写竞拍的全过程。由于深知其意义重大，作者与值班领导、同事反复推敲，决定回归新闻事实本源，用简约的手法表现这一不简单的新闻，整篇报道 410 字，描写叙述力求原汁原味，自然而然，不饰雕琢，突出标题的新闻含量，尽量让人一下子抓住问题的关键所在。

意义 这篇现场消息，准确抓住青岛市市南区面向下岗职工拍卖道路保洁权——不仅在青岛是首次，在全国也是首次的现场新闻事实。报道恰好与中央召开首次全国再就业大会同步，成为充分体现中央精神的新闻案例，稿件所反映的青岛市各级部门关心下岗职工、广开就业门路的新思路、新经验，对做好再就业工作具有较强的指导意义。下岗职工竞争过去没人愿干的道路保洁员，也反映了下岗职工就业观念的新变化。

影响 消息见报后，中央电视台在经济半小时栏目进行半个小时的追踪报道，山东省 130 多个县市区也都推广了青岛的做法。全国 300 多个城市纷纷派人到青岛取经，学习其城市管理改革经验，竞相拍卖道路保洁权。此事还引起了江泽民总书记的关注，当年 6 月，江总书记到山东考察时，专门到青岛看望了这支由下岗职工组成的环卫队并合影留念，并对他们的做法给予肯定。

袁晖 ｜ 宝钢取消年度产量指标和"超产奖"

□ 作者简介

　　袁晖（1952—　），现任复旦大学上海视觉艺术学院院务部主任，高级记者。初中毕业后上山下乡，1973 年底参军，1979 年转业至上海整流器总厂，后考进华东师范大学中文系。1984 年初，被招聘进上海人民广播电台，先后担任记者、采访科长、新闻部副主任、新闻台副总监、新闻中心主任、新闻部主任等职。2002 年担任上海文广新闻传媒集团新闻频率总监。2005 年到复旦大学上海视觉艺术学院工作。曾获得省、市以上各类新闻奖 60 多项次，并先后三次独立或与他人合作获得中国新闻奖二等奖一次、中国新闻奖三等奖二次。曾荣获范长江新闻奖提名奖。

□ 综合素质

　　知识结构　袁晖在生产建设兵团、部队期间就开始从事宣传工作，多年的实践，让他受益良多。考进华东师范大学中文系后，在新闻写作、文学素养方面得到了系统的训练。1984 年，袁晖被招聘进上海人民广播电台，从记者干起，在新闻实践中他不断学习、总结、积累，创作了许多优秀作品，在策划组织大型采访活动方面也积累了丰富经验，同时，在新闻报道理论方面也有较为深刻的研究。

　　专业技能　袁晖曾先后 6 次作为上海电台特派记者赴北京采访"两会"，参加了上海 20 世纪 90 年代以来几乎绝大部分重大活动报道，具有相当的采编播综合能力。他先后策划组织一系列大型活动，如 1996 年"华东六省一市省市长热线""华东六省一市省市委书记大型访谈"；2000 年组织实施了"中西部手拉手——上海和中西部九省市省市长访谈"等。这一系列大型访谈节目在国内广播界和广大听众中产生了积极的影响。

职业道德　作为一线记者，袁晖不言辛苦，勤奋努力。他要求每一位从事现场报道的广播记者，第一要有充分的准备，对所采访的内容、主题、地点、人物乃至角度要做到心中有数；第二，记者要做到眼到、脑到、口到，即观察、思维、叙述同步进行；第三，记者要善于根据新出现的情况，抓住现场瞬间发生的变化，随机应变，调整方案。袁晖在上海广播新闻的领导岗位上，倾情投入，创新开拓。他主要参与领导的上海电台新闻中心和新闻频率曾先后获得上海市劳动模范先进集体、国家广电部先进集体、上海市文明单位称号。

创新能力　袁晖在广播新闻采编和管理工作中不断探索，不断总结经验，近十年来每年都有论文在省市以上专业刊物上刊登，其中有关"新闻立台"系列论文在国内广播界引起了积极的反响，这组系列论文先后被国内多家新闻专业刊物刊登。20世纪90年代以来，上海广播经过几次较大幅度的改革，袁晖都是990新闻频率改革的主要参与者和策划者之一。袁晖和其他新闻部负责人领导的"990早新闻"收听率一直在全市广播节目中名列首位，曾获得国家广电部先进集体和上海市劳动模范先进集体。

□ **作品**

宝钢取消年度产量指标和"超产奖"

宝钢集团公司党委书记关壮民昨天向记者透露：宝钢今年将取消1000万吨钢的年度产量指标，同时在全公司近万名职工中取消沿袭多年的"超产奖"。

据了解，国内的钢铁企业几十年来一直把产量放在年度指标的第一位。1996年宝钢完成产量指标为769万吨，1997年为880万吨，今年预计可达1000万吨的生产能力。但宝钢决策层认为，在市场经济体制下，必须取消产量指标，完全按照订单来生产。

关壮民告诉记者：

（实况）"我们感到市场决定了生产，因此，在1998年计划中作了重大调整，确立了利润指标，质量指标，合同执行率，用户满意率，把第一位的产量指标取消了。"

据了解，由于宝钢完全根据国内外用户的订单生产，今年到目前为止，宝钢各厂的仓库没有积压一吨钢。

宝钢不但取消了产量指标，还相应取消了职工奖金中的超产奖，1996 年宝钢职工超产奖占奖金总数的 40%，1997 年占 30%，今年为零，并作出了如果超产将扣发奖金的严厉措施。

宝钢两个"取消"的决定，得到了广大职工的理解和支持，热轧厂工人袁斌对记者说：

（实况）"只要质量搞好了，我们奖金也不会少的，我们产品有市场，我们工人的利益就会得到保证。"

（上海人民广播电台 1998 年 4 月 8 日播出，记者袁晖、周亮）

□ 点评

背景　产量在短缺经济时代是衡量钢铁厂最重要的指标，但是，随着 20 世纪 90 年代后期通货紧缩现象在经济生活中的出现，企业经营必须实现从粗放型向集约型转变，将企业效益而不是企业产量放在首位是十分重要的问题。当记者获悉宝钢将取消年度产量指标和超产奖，甚至要对超产扣发奖金时，敏锐地意识到这是符合宏观经济背景的好新闻素材。于是，迅速采写出了这篇短小精悍，充满"活"力的广播消息。

特色　按经济规律报道经济事件。报道先是指出"国内的钢铁企业几十年来一直把产量放在年度指标的第一位"，凸显了宝钢取消年度产量指标和"超产奖"的意义，并简单地介绍了宝钢的生产能力，使人们确信宝钢此举并非"不能也"，是"不为也"。接着强调宝钢将用利润指标、质量指标、合同执行率、客户满意率来"论功行赏"，反映了市场经济的客观要求，就连该厂的普通工人也明白："质量搞好了，我们奖金也不会少的，我们产品有市场，我们工人的利益就会得到保证"。全文结构紧凑，不着冗笔，值得其他记者写作经济新闻时借鉴。

运用"倒金字塔"结构。这条消息的前两段，依次为导语、背景，其余为主体，先说取消产量指标，接着分别叙述仓库无积压、取消职工奖金中的超产奖和职工的理解和支持。整个结构，主线突出、层次分明，较好地体现了上述要求，有利于听众在听的条件下获知自己所需要的信息。

意义 该报道揭示了宝钢管理体制从"粗放型"管理向"集约型"管理转轨的变化，对人们的观念转变有较大的震撼作用。不论是从整体结构上，还是从具体表述上，都是经济新闻的典范之作，对于其他记者写经济新闻很有借鉴意义。

影响 该作品获得 1988 年度中国新闻奖。

贺延光 | 九江段 4 号闸附近决堤 30 米

□ 作者简介

贺延光 (1951—)，陕西汉中人，高级记者。1981 年进入北京青年报社，1983 年后任中国青年报摄影记者、摄影部主任、图片总监。代表作有《民主进程》《面对生命》《两党一小步，民族一大步》等。他先后 7 次在国内最高新闻奖评比中获奖，是国内新闻界唯一一位既获摄影一等奖又获文字特别奖的平面媒体记者。1986 年获"全国十佳新闻摄影记者"称号，先后获"中直系统先进工作者""全国抗击非典优秀新闻工作者"称号和第十一届长江韬奋奖。2004 年 7 月获国家人事部与中国文联联合命名的"德艺双馨中青年文艺工作者"荣誉称号。

□ 综合素质

知识结构 初中毕业后，贺延光曾在东北生产建设兵团、北京崇文区化学纤维厂工作，参与过"四五"运动并拍摄了很多照片，因此遭遇过"牢狱之灾"。丰富的阅历使他获得深厚的积累。1978 年的"四五"图片展览，使他认识到新闻的力量，开始勤学苦练摄影技术技巧，并进入了新闻界。对外国摄影作品的欣赏，使他领悟到摄影是需要展示思想的。于是通过读书、看报、听广播给自己充电，他读书范围广，社会、政治、历史等很多方面都有涉猎。通过学习、思考、研究，他的视野打开了，摄影作品的思想性越来越强。

专业技能 为了使自己的摄影语言运用得生动准确到位，贺延光从每一次采访做起，经过深入生活、深入实际的大量实践锻炼，他的视觉表达能力显著提高，遇到重大事件时，他总能从容应对并有出色表现。如《老山战事》《民主进程》、《九江决口》《面对生命》……他的摄影作品题材广泛，包括时政、体育、文化、科技、军事、百姓生活等。这些作品有一个共同的特点，那就是自然、真实，在精心结构的画面中，展示被摄对象最真实、最具形象冲击力和感染力的瞬间，同时也传递了贺延光对社会政治生活的观点。虽然他的文字作品较少，但简练深刻的话语别具一格。他认为不论影像还是文字，最重要是要有报道意识。

职业道德 贺延光是一位头脑敏锐、尽职尽责，不随波逐流的新闻工作者。为了新闻，他不怕难、不怕死，时刻处于"战备"状态。一有新闻，一定在第一时间冲出去。在对越自卫还击战、广西大排雷、1991 年华东水灾、1998 年抗洪抢险、2003 年抗击"非典"等急难险重任务面前，他总是冲在报道的最前线。他的摄影作品，充满了对弱势群体的爱护和对世间不公平的鞭挞。他始终坚持新闻摄影的基本态度——抓拍，对"摆拍"深恶痛绝。

创新能力 贺延光在新闻摄影中努力探索，不断突破。他在追求真实的前提下，让自己作品的拍摄角度、拍摄瞬间不同凡响。不管是什么样的题材和采访现场，贺延光肯定和别人拍的不一样。他用作品表达他对新闻事件和人物的独特思考。他的作品常常采用多叙事点的构图方式说话，让读者不但看得懂，而且还看得津津有味。此外，他还具有高超的动态瞬间抓取技巧和极富个性的文字表达方式。

□ 作品

九江段 4 号闸附近决堤 30 米
两千余军民奋力抢险

本报江西九江 8 月 7 日 16 时 05 分电（记者　贺延光）今天 13 时左右，长江九江段 4 号闸与 5 号闸之间决堤 30 米左右。洪水滔滔，局面一时无法控制。现在，洪水正向九江市区蔓延。市区内满街都是人。靠近决堤口的市民被迫向楼房转移。

本报江西九江 8 月 7 日 16 时 35 分电（记者　贺延光）现在大水已漫到九瑞公路。据悉，决堤时，一些居民还在睡午觉。现在在堤坝上被洪水围困的抢险人员大约上千人。

本报江西九江 8 月 7 日 17 时 05 分电（记者　贺延光）国家防汛总指挥部的有关专家正在查看缺口。专家们决定用装满煤炭的船沉底的办法堵缺口。

本报江西九江8月7日17时15分电（记者 贺延光）记者已赶到缺口处。汹涌的江水正从30米宽的缺口涌向市区。南京军区两个团正在国家防总、省防总有关专家的指挥下现场抢险。现在有一条100多米长的船无法靠近缺口，抢险队正在想办法。

本报江西九江8月7日17时40分电（记者 贺延光）专家们拟定了三套抢险方案：1.将低洼处的市民转移到安全地带。2.市区内的军队、民兵组成一道防洪线。3.全力以赴堵住缺口。

现在，一条大船装满煤，正由北向南岸靠近，准备堵缺口。

本报江西九江8月7日22时05分电（记者 贺延光）截至记者21时撤离时，决堤口还没有堵上。一条装满煤炭的百米长的大船已横在距决堤口20米处，在其两侧，三条60米长的船已先后沉底。数千军民正在沉船附近向江里抛石料。水势稍有缓解。

目前，留在决堤处抢险人员总计有2000多人，防汛指挥部组织抢险人员正在市区的龙开河垒筑第二道防线。

据悉，市中心距决堤处的直线距离约5公里。市区内目前还未进水。记者赶回市区时看到，一些店铺还在营业。市民们的情绪较下午平稳了一些。

路上，出租车司机告诉记者，市政府已在电视上发出紧急通知，告诫市民，凡家住低于24米水位的住户，要迁到更高的楼上。

本报江西九江8月8日零时15分电（记者 贺延光）记者刚刚与前线指挥人员通话：现在沉船部位上端水流有所减弱，但船下的漏洞水流仍然很急，缺口处洪水不见缓解。抗洪军民仍在连夜奋战。

本报江西九江8月8日零时45分电（记者 贺延光）记者刚刚得到消息，从昨天下午4点开始，万余名解放军战士正在龙开河连夜奋战，构筑一道10公里长、5米宽的拦水坝，作为市区的最后防线。至发稿时止，仍有大批军车赶往此地。

（原载1998年8月8日《中国青年报》）

□ 点评

背景　1998年8月7日下午2时左右，九江长江大堤4、5号闸口七里湖地段出现险情,到3点钟,大堤决开一个30米的口子,洪水以7米的落差扑向九江市。在距决口处东面约10公里龙开河地段，在决堤不到一小时之内，约一万人聚集于此修建九江第二道防线，4、5号闸口如不能堵住，整个九江将陷入洪水中。决口时的九江，云集了国内外108家新闻媒体的数百名记者，可谓强手如云，在此情况下，记者贺延光克服重重困难，率先报道此新闻，为《中国青年报》赢得了先机。

特色 文简而事丰，篇短而有势，是本文的最大特色。本文完全采用简讯滚动报道这一重大事件。从8月7日16时05分第一条简讯发出到8月8日零时45分，8条标有几时几分电头的短讯，从各个角度、逐步递进地将决口现场洪水滔滔、军民奋力抢堵的气氛真实地再现给读者。其中最短的约40余字，最长的也不过200多字。本文以简讯担大纲，虽用了最精简的文字却准确地抓住了新闻事件的精髓。报道采用的是一种"蒙太奇"的报道手法，8条简讯如同8个"分镜头"。通过这些镜头的组接，将决堤时形势的危急、决口现场和市区居民的状态、军民的抢险状况等场景如画面般一一展现在读者面前。信息量大、现场感强。同时，本文记者通过自己"内聚焦"，用目击、亲身感受的方法叙述这次灾害事件，颇能引发读者的共鸣，产生意料不到的强烈的宣传效果。

意义 1998年夏秋之交，历史罕见的洪魔肆虐大江南北，长江中下游全线告急，险情不断。8月7日，九江段突然决口。对这一重大突发事件，《中国青年报》打破常规，采取现场实况"播报"形式，滚动报道受众极为关注的信息，开了简讯组合报道的先河。这也是九江决口后见诸媒体的首篇报道。

影响 该报道分别获得全国抗洪救灾报道一等奖、第九届中国新闻奖特别奖两项大奖。

莫佛基 ｜ 东莞农民上网招商引资遍地开花

□ 作者简介

莫佛基（1973—　），东莞人，1995 年广东工业大学
毕业后，进入东莞人民广播电台，一直从事新闻采访工作。
其主创的 28 篇作品共获得 56 个省级以上新闻奖，其中国
家级政府奖 6 个，省级政府奖二等奖以上 27 个。曾先后获
得东莞市科技宣传先进工作者、东莞市思想道德建设优秀
青年"广东省优秀新闻工作者"称号。

□ 综合素质

知识结构　莫佛基在广东工业大学读书期间，在学校广播站接触了广播编辑、
记者的工作，打下了一定的工作基础。真正进入新闻行业后，他始终奔波在新闻
采访第一线，锻炼了较强的新闻洞察力和采写能力。同时，他广泛读书学习，提
高自身文化素养，请教新闻前辈，学习新闻业务知识。

专业技能　多年来，莫佛基承担着党政、农业、科教等部门的采访工作，
从业以来，共采写 3000 多篇、近 180 万字的各类新闻稿件，代表作品有《为
"公开竞投、低价中标"叫好》《王福平，一个响亮的名字》《人大代表不懈努
力　东莞运河变清有日》《东莞农民上网招商引资遍地开花》。

职业道德　莫佛基对新闻宣传工作有着满腔的热情，为了完成好采访任务，
不但到一线深入采访，而且抓紧时间读书"充电"，追求新闻的深度。同时，莫
佛基关注基层群众生活，曾作为"十百千万"下基层驻农村干部的一员，到石排
镇中坑村挂职村党支部副书记，深入地了解了农村基层工作。

创新能力　莫佛基始终追求新闻价值最大化的实现，并在写作上努力用细
节和故事说话，力争报道生动可读。

□ 作品

东莞农民上网招商引资遍地开花

本台记者报道　我市农民利用国际互联网招商引资发展势头迅猛，到今天（12月16日）市科委举办的"网上招商会"为止，全市已有30多个农村管理区、村在东莞网络上建立招商引资网址，摆放网页139个，展示的招商项目达95项。

早在1996年4月，东莞就成为全国最早开放国际互联网服务的地级市。去年底，东莞网络推出网上招商服务项目，没想到，在不被看好的广大农村，出人意料地引起了农民们的强烈反响。

去年11月，石碣镇水南管理区的农民在全国率先上网招商引资。这些昔日的"泥腿子"在向全世界开放的网络上建立了网址，摆放了长达38页的招商网页，介绍水南的投资环境和招商项目。不到一个月，远在美国的孙中山先生的孙女孙穗芳博士从网上获悉，水南就是明朝民族英雄袁崇焕的故乡，便亲自率领世界舜裔宗亲联谊会400多人前来水南考察。一些海外公司和财团也从网上了解到水南管理区优越的投资环境，派人前来考察，投资办厂。从上网到现在，已有5家外资企业落户水南。水南管理区书记钟灵觉说：

（出录音，普通话翻译、压混）我们农民的思想与以前不同了，以前纯粹是耕田务农，现在我们的眼光看着要发展工商业，因此，我们觉得必须通过现代科技，将信息传播出去，争取更多的资源，争取更多的人来开办工厂、发展企业、搞活经济。

与水南管理区相邻的西南管理区不甘示弱，在国际互联网上"网"到了一间产值超亿元的大型港资企业"路强玩具厂"。这间厂的董事总经理招锡华先生称赞说：

（出录音）西南管理区一个农村管理区，能够利用高科技手段，把招商项目搬上网，确实不简单。

水南、西南管理区农民上网招商引资，网到"大鱼"的消息一传开，农民争相仿效，很快就在全市范围内形成了一股上网招商的热潮。万江小享管理区农民股份制企业——菜兰洁净果菜有限公司，以生产无公害蔬菜为主，他们制作了3个网页，在网上推销蔬菜。一些香港客户看到网页，直接向他们订菜，使他们的"翠篮"牌蔬菜顺利进入了香港市场。菜兰公司经理袁海雄为此非常高兴：

（出录音）现在有12000多人次访问了我们的网页，有几十万（元）的销售额，经过网上来的，数量也是几十万斤样子。

农民们纷纷上网招商引资，使提供网络服务的东莞网络公司忙得不亦乐乎，总经理何东梅说：

（出录音）到现在为止，已经有20多万人次访问了他们的招商网页，落实了20多个项目，实现了经济效益3亿多元，效果非常显著。现在东莞农民上网已经成为一种很普遍的趋势，我们相信（19）99年会迎来一个更大的发展。

（东莞人民广播电台1998年12月16日播出，记者莫佛基、杨济平、蔡建勋）

□ 点评

背景　东莞地处我国改革开放的前沿，新事物、新现象、新动向层出不穷。1998年12月16日，东莞市科委在全国地级市中率先举行大规模的"网上招商会"。作者在接到采访任务时，翻阅了过去的采访笔记，意识到这是一个很有价值的新闻题材。在招商会当天，作者特别留意现场，并进行深入的采访。作者了解到，目前东莞不仅有众多的企业上网做生意，全市30多个农村管理区、村的农民也纷纷在网上招商引资，而且成效显著。过去，农民一直被认为是贫穷、落后、愚昧的，而当代的东莞农民已经懂得利用最新的现代科学技术来发展经济，这一变化意义十分深刻。有感于此，作者立即回台，将初步想法向主管电台新闻宣传工作的台领导作了汇报，得到了充分肯定。由于主题明确，加上有丰富的录音和文字素材，因此，在网上招商会当天，在新闻部主任张伟玲的配合帮助下，东莞人民广播电台播发了《东莞农民上网招商引资遍地开花》这篇新闻稿。

特色　该篇报道的导语设计巧妙，引人入胜。"我市农民利用国际互联网招商引资发展势头迅猛，到今天（12月16日）市科委举办的'网上招商会'为止，全市已有30多个农村管理区、村在东莞网络上建立招商引资网址，摆放网页139个，展示的招商项目达95项。""早在1996年4月，东莞就成为全国最早开放国际互联网服务的地级市。去年底，东莞网络推出了网上招商服务项目，没想到，在不被看好的广大农村，出人意料地引起了农民们的强烈反响。"

在有了吸引人的开头之后，记者转向现场描写，把事件向听众娓娓道来："去年 11 月，石碣镇水南管理区的农民在全国率先上网招商引资。这些昔日的'泥腿子'在向全世界开放的网络上建立了网址，摆放了长达 38 页的招商网页，介绍水南的投资环境和招商项目……"

这篇报道还有很多好的新闻细节，如"远在美国的孙中山先生的孙女孙穗芳博士从网上获悉，水南就是明朝民族英雄袁崇焕的故乡，便亲自率领世界舜裔宗亲联谊会 400 多人前来水南考察。"细节的发掘，对主题的阐明和深化有很强的表现力。运用细节的目的是以小见大，观察到事物的本质。从具体细微的场景描写，到具体细节的描绘、背景材料的分析，听众听起来真实，现场感强。

同时，记者应叙述性报道和描写的需要，精心构思，将视察和采访到的鲜活、具体的材料进行了重新组织。表现报道主题时，层层递进，让人信服。捕捉精彩的对话并恰到好处地安排叙述的顺序，有助于新闻中心思想的实现，给受众一种既生动亲切又渐渐深入的感觉。

意义　这篇新闻不是一般化地介绍网上招商的好处和商家对上网招商的体会，而是从农民的角度切入，通过报道东莞农民以迅猛的发展势头，纷纷在国际互联网上建立网址招商引资，并且取得显著成效的新闻事实，折射出当代农民在推进农业现代化的过程中，面对全球信息化浪潮，抓住机遇发展经济的最新态势，揭示了当代农民强烈的现代科技意识和勇立潮头的时代精神。

影响　《东莞农民上网招商引资遍地开花》获第九届中国新闻奖一等奖，是迄今为止广东省广播消息类唯一获中国新闻奖一等奖的作品。

雷祖兵 ｜ 簰洲湾溃口"淹"出 7000 多人

□ 作者简介

雷祖兵 (1972—)，现任武汉市委宣传部互联网舆情
研究中心主任，武汉市委机关报《长江日报》主任记者。
1997 年 6 月起从事新闻记者工作至今，先后做过社会新闻、
经济新闻、党政新闻报道。从业两年，即获得中国新闻奖
二等奖。共有 3 篇新闻作品获全国类好新闻奖，19 篇（次）
获省、市好新闻奖。

□ 综合素质

知识结构　20 世纪七八十年代，雷祖兵经常从语文老师那里借阅书籍，阅
读了大量中外文学名著。后进入湖北大学中文系汉语言文学专业学习，一进校便
和几位志同道合的同学组建"读书会"，广泛涉猎知识，共同探讨读书体会，"大
二"时开始写作，陆续在报刊发表文章。从事党政新闻报道后，他系统学习了党
内重要文件和重要理论书籍，认真研究党的理论、路线、方针、政策，重点学习
邓小平理论、"三个代表"重要思想和科学发展观等中国特色社会主义理论体系。

专业技能　雷祖兵长期在新闻一线采访，有着丰富的新闻采访写作经验，
1998 年抗洪期间，中外记者云集荆江分洪区，等待着北闸泄洪壮观时刻的出现，
关键时刻朱镕基总理莅临北闸，宣布暂不分洪，记者们如鸟兽散去，雷祖兵选择
继续留守，从人性关怀角度写出《等待分洪的日子》长篇通讯报道。跑国企战线
后，他尝试用写社会新闻的方法来写经济新闻，采写出《"死亡通知单"下达之
后》《寻访当年"一把手"》等好新闻。此外，雷祖兵在担任新兴媒体监控管理
者后，对突发事件舆情应对、对外新闻发布、境外媒体接待方面也有了丰富的经验。

职业道德　雷祖兵做一行爱一行，具有坚定的新闻理想信念，先后做过社会

新闻、经济新闻、党政新闻报道，从不言苦，常常深入一线采访。曾获湖北省第三届十佳青年记者、武汉市"五一"劳动奖章、武汉市"五四"十佳青年提名奖等称号。同时雷祖兵政治鉴别能力强，思想理论水平高，在长江日报社从事党政新闻报道期间，主要联系省委省政府、市委市政府、省市人大政协及省市群团组织，能够牢固掌握社会主义理论并运用理论指导新闻实践。

创新能力 "采写好新闻""采写与众不同的新闻"是《长江日报》报人们的优良传统，也是雷祖兵的一贯追求。他最大的特点是有思想、爱动脑、爱琢磨，擅长从多个维度思考问题找出最佳报道角度，从没有新闻的地方发现新闻。同时，在党政新闻报道方面，他能"吃透"中央、省、市精神，采写上又大胆创新，使报道准确、鲜活、生动。

□ 作品

簰洲湾溃口"淹"出 7000 多人
贾志杰严肃指出：统计"注水"现象必须整治

本报讯 6 岁小女孩江珊在湍急的洪水中坚持 9 个小时等待救援的传奇经历，使她成为簰洲湾溃口后新闻媒体中的"名角"。这个小姑娘另有一段"经历"不太被人知晓——她是被洪水"淹"出来的没上人口统计年报的 7000 多簰洲湾人之一。

今年 1 月 29 日省九届人大二次会议的一次分组讨论会谈及统计工作中的"注水"现象时，省委书记贾志杰针对簰洲湾洪水"淹"出几千人口的怪事，严肃地说："有的干部报假数字、虚数字，搞浮夸，这种风气要不得，必须整治！"

簰洲湾包括嘉鱼县的簰洲镇、合镇乡，其人口统计数字中的"水分"，在去年 8 月 1 日溃口后不几天就浮出了水面。省计生委办公室主任肖自学前天向记者介绍了当时的情景：灾后省里曾派出两个督办组，到簰洲湾落实救灾物资发放——给每位灾民每日救济 0.5 公斤粮、1 元 7 角钱等。他所在的督办组接到很多灾民投诉，救灾钱粮没如数领到手，怀疑村干部搞了鬼。一位村干部向督办组吐"苦水"：他们没有截留救灾粮款，是以前上报的人口数字有假。有一个村民组本来有250人，因为原上报的是190人，上面救灾按190人核发，到了村里自然不能使每位灾民足额享受救灾粮款。督办组发现其他很多村都有类似情况。统计年报中很少见到"计划外生育"数，小江珊家却有姊妹5个。

大水退后，簰洲镇、合镇乡向外公布其挨家挨户统计出来的总人口数为64096人。此数字与灾前的人口统计年报数57048人相比，竟有7000多人的惊人差异。

（原载1999年2月27日《长江日报》）

□ 点评

背景　这篇稿件发掘于一个几乎被"淹没"在会议中的新闻线索。1999年2月，雷祖兵从湖北省九届人大二次会议上，发掘出一个几乎被"淹没"的重大新闻，即簰洲湾因溃口暴露出的人口统计"注水"的情况。这是现实生活中"数字腐败"现象的表现，记者迅速萌生鞭挞这种新兴"腐败"现象的想法，遂三下簰洲湾深入采访，接着到省计生委、公安厅、统计局，核实簰洲湾"注水"人口的准确数据，最后上北京采访国家统计局政策法规司长，完成了这一系列报道。

特色　惊异式标题引人注目。两个极普通、极寻常的动词，"溃口""淹出"用在这一特定的标题中，　显得很有分量。它生动、准确、深刻地反映出我们某些干部的浮夸作风之可恶。洪水造成堤坝溃口不是"淹"死了多少人，而是"淹"出7000多人，读来悬念骤起，耐人寻味，发人深省。

戏剧性导语使人欲罢不能。这篇消息的导语，通过描述"6岁小女孩江珊在湍急的洪水中坚持9个小时等待救援的传奇经历，使她成为簰洲湾溃口后新闻媒体中的'名角'"后告诉读者，"她是被洪水'淹'出来的没上人口统计年报的7000多簰洲湾人之一"。这种紧紧抓住新闻事实中的戏剧性镜头做导语，就产生妙不可言的效果，给整篇新闻增色不少。

戛然而止的结尾强劲有力。这篇消息是这样结尾的："大水退后，簰洲镇、合镇乡向外公布其挨家挨户统计出来的总人口数为64096人。此数字与灾前的人口统计年报数57048人相比，竟有7000多人的惊人差异。"报道至此，可谓水到渠成，"最后冲刺"与导语前后形成呼应，说明"7000多人的惊人差异"是如何得出来的，从而有力地增强了报道的可信度和说服力。

意义 "数字腐败"是个带共性的社会问题。报道以簰洲湾溃口后，统计人口"注水"作假、虚报数字的典型事实，从一个侧面揭示出"数字腐败"的根源。对推动统计制度的改革和今后防止"数字腐败"，起到了重要的舆论监督作用。

影响 报道发表后，中央人民广播电台、中央电视台、《中国青年报》《中国改革报》《报刊文摘》《羊城晚报》等多家媒体相继转播、转载，并由此引起强烈的社会反响。新华社则以内参形式将本报反映内容呈送中央领导，引起中央有关领导关注。该作品获 1999 年度中国新闻奖二等奖。

张和平 │ 政府"不管事"也要吃官司

□ 作者简介

张和平（1955— ）山东安邱人。高级记者。1977年
6月，从部队复员进入瑞安县委办公室的县委报道组工作。
1978年9月，考上温州师范专科学校（现为温师院）中文
专业。1984年任浙江日报温州记者站站长。1993年至2005
年任新华社温州支社社长，1998年评为新华社高级记者，
2008年9月开始担任新华社浙江分社编委、新华社温州支
社社长。代表作品有《中国发生特大动车相撞事故》荣获
第22届中国新闻奖一等奖，另有2件新闻作品获中国新闻奖，2篇作品获新华
社社级好稿。现任新华社《现代金报》常务副总编。

□ 综合素质

知识结构 张和平在瑞安中学时，勤奋好学，读了很多书，为他以后的写作
打下一定的文字基础。到部队当兵后，他趁闲暇时间，写起通讯稿。"部队的好
人好事及新气象等事迹，经过他的笔端变成铅字。"在温州师范专科学校中文专
业，张和平得到了专业学习的机会，期间写了几篇重量级的稿件，上了《浙江日
报》的头版头条。

专业技能 张和平以饱满的热情，报道了温州模式的崛起发展，报道了温州
在姓"资"或姓"社"纷争中的抗争坚守，报道了温州在邓小平南巡谈话后的新
飞跃以及温州在新世纪的国际化、现代化进程。20世纪八九十年代，他采写温
州人民率先发展市场经济的报道300多万字，影响深广。1994年在全国独家报
道10名大陆渔工在台湾海域台风袭击之际受漠视、遭警方虐待的"7·10海滩"
事件，震惊海内外，此稿促使台湾取消了歧视大陆渔工的政策。内参"中国农民

城"苍南县龙港镇呼唤体制改革，导致国家实行全国小城镇综合改革。

职业道德 张和平具有鲜明的正义感，敢讲真话，客观公正。他恪守职业道德，敬业爱岗、勤勉聪敏，客观公正，有关"地下组织部长""卖官大户"大贪官杨秀珠的报道，导致中央将之列为全国反面典型。发掘的好支书郑九万、好警官何利彩两个正面典型被中宣部列为面向全国宣传的"时代先锋"。他为扩大温州在国内外的社会影响、推动社会进步作出了重要贡献。

创新能力 2011 年 7 月 23 日，甬温动车追尾事故发生仅 15 分钟左右，张和平通过信息员报料获悉后，火速用手机向新华社口报消息。10 多分钟后，张和平从温州有关权威部门获得证实。由此，他抢在了国内外所有媒体包括各网站之前，在新华社通过内参和公开报道，第一个分别向中央及海内外发出了这一特别重大消息，成为全球首发。内参报道获得党中央、国务院主要领导的重要批示。尔后，他又在海内外第一个报道了事故死亡人数及死亡人员身份确认等重大新闻信息。

□ **作品**

政府"不管事"也要吃官司

永嘉农民将县政府推上被告席

本报讯 政府"不管事"，也要吃官司。日前，永嘉县瓯北镇中村陈政、陈松芹等 110 名农民因县政府对一起水事纷争不作处理，以政府的"不作为"行为，将之推上了被告席。温州市中级人民法院依法作出判决。

1996 年春节期间，永嘉县瓯北镇中村相邻的开洋村在中村饮水水源的上游兴建堤坝，安装水管，把水源全部引入开洋村，从而完全截断了中村的自来水。两村就此引发了纷争。中村部分农民代表全村群众就此事曾向县政府提出解决此水事矛盾的要求。县政府主持过协调。但由于两村意见分歧较大，县政府最终未做出裁定。1998 年 11 月 18 日，中村部分村民又代表全村村民向永嘉县法院提起诉讼，要求依法处理。县法院做出了"应由行政部门依法做出处理"的裁定。这些农民继而上诉至温州市中级人民法院。但中院驳回了上诉，维持原裁定。为使水事纠纷事态不再扩大并彻底得以解决，1999 年 12 月 1 日，这些农民又向县人民政府呈上一份《处理水事纠纷请求书》。但县政府始终置之不理，以致这起水事纠纷久拖不决。陈政等告状的农民认为，依法处理两村的水事纠纷，是县政府的法定职责。但县政府未依法履行职责，导致两村多次发生纠纷并愈发加深了矛盾。我们代表全村起诉县政府，是为了维护法律的尊严和广大村民的合法权益。在法庭上，被告人永嘉县政府没有提交答辩状，对原告起诉的事实和意见也没有异议，只解释了"不管事"的原因：几年前，县政府曾处理过一起水事纠纷，可是所做的裁定后来被法院撤销了。因而，这次是不敢再做裁定。

温州市中级法院经审理，查清了此案的事实真相。该院认为，被告永嘉县人民政府对水事纠纷负有处理的法定职责，被告不履行该职责，对原告水事纠纷不做处理是违法的。原告 100 多名农民要求被告履行该职责于法有据，应予以支持。据此，依据《中华人民共和国行政诉讼法》做出一审判决：责成永嘉县人民政府在本判决生效后二个月内，对原告与开洋村的水事纠纷做出处理。

（原载 2000 年 8 月 11 日《温州日报》，记者张和平、宗宣）

□ 点评

背景 1996 年春节期间，永嘉县瓯北镇中村相邻的开洋村在中村饮水水源的上游兴建堤坝，安装水管，把水源全部引入开洋村，从而完全截断了中村的自来水。两村就此引发了纷争。中村部分农民代表全村群众曾向县政府提出解决此水事矛盾的要求。县政府主持过协调，但由于两村意见分歧较大，县政府最终未作出裁定。1998 年 11 月 18 日，中村部分村民又代表全村村民向永嘉县法院提起诉讼，要求依法处理。县法院作出了"应由行政部门依法作出处理"的裁定。中村农民继而上诉至温州市中级人民法院。但中院驳回了上诉，维持原裁定。为使水事纠纷事态不再扩大并彻底解决，1999 年 12 月 1 日，中村农民又向县人民政府呈上一份《处理水事纠纷请求书》。但县政府始终置之不理，以致这起水事纠纷久拖不决。为此，温州市永嘉县瓯北镇中村陈政、陈松芹等 110 名农民因县政府对这起水事纷争不作处理，以政府的"不作为"行为，将之推上被告席。

特色 主题十分重大，这表现了作者极为敏感的捕捉新闻能力，以及对新闻事件价值的高超的判断能力。同时，整个报道以"倒金字塔"的手法写，新闻的背景、经过、结局都十分清晰。因为报道有条不紊，所以使得这条价值重大的新闻的价值得以充分实现。这也是新华社稿的普遍特色。

意义　这篇新闻生动而深刻地说明了中国农民的民主法制意识在提高，中国农村民主法制建设在"提速"。永嘉农民状告县政府"不作为"终审胜诉，这一案例有利于帮助群众依法维护自己的合法权益，也有利于推进政府的依法行政。从这个意义上说，永嘉农民打赢官司，是民主和法制意识的张扬，其意义远远超越水事纠纷本身。

影响　新华社 2000 年 8 月 11 日播发该消息。2001 年 2 月初，浙江省高级人民法院作出二审判决，驳回永嘉县人民政府的上诉，维持原判。此文被评为 2000 年度中国新闻奖三等奖、新华社一等奖。《人民日报》《新华每日电讯》《法制日报》等纷纷予以转载。

谢鸿鹤 ｜ 长沙袁隆平等十多位院士成为科技知本家

□ 作者简介

　　谢鸿鹤（1963—　），字赋秋，湖南省隆回县人，中共党员，高级记者。1992年6月从湖南师范大学中文系研究生毕业后到湖南长沙电视台工作，先后任记者、新闻频道总监助理、公共频道总监、女性频道总监等职。代表作品有《长沙袁隆平等十多位院士成为科技知本家》《望月湖有家道德银行》等。

□ 综合素质

　　知识结构　谢鸿鹤从湖南邵阳师专毕业后，教了7年高中语文。1989年9月，他考入湖南师范大学中文系，攻读中国古代文学元明清文学专业研究生。读研究生期间，在《湖南师范大学社会科学学报》和《中国文学研究》等核心刊物上发表论文多篇，并先后参与《中华美德大辞典》《宋词精华分类品汇》《中国禅诗鉴赏辞典》《中国楹联鉴赏辞典》等大型工具书的编写。

　　专业技能　谢鸿鹤在长沙电视台从事新闻工作21年，先后跑过党政、政法、工交、农财、文教等多条战线，足迹遍布长沙的山山水水。他始终坚持虚心学习、静心思考、细心观察、用心采访，做到精心制作，精彩表达，采写了一批优秀新闻作品。主编了《首届中国村官论坛》《对话"三农"》和《城市电视发展战略》等书。

　　职业道德　谢鸿鹤深谙"脚板底下出新闻"的道理，21年来在敬业专业的道路上辛勤耕耘，不敢懈怠，深知要当好一名新闻工作者，就必须用心工作，热爱并献身于新闻事业。1998年报道抗洪救灾时，他和同事去浏阳采访途中不幸遭遇车祸，他被撞得头破血流，额头上、手上分别缝了十多针，当躺在病床上疗伤的他从电视上看到长沙各地干部群众还在奋战洪魔，他不顾伤口未愈，未经医生许可，没办出院手续就跑去采访抗洪新闻。2003 年，他被评为首届长沙市十佳新闻工作者，2004 年荣获湖南省第五届十佳记者奖。

创新能力 谢鸿鹤在多年的新闻实践中探索出了自己的特色：一是注重选择独特适当的角度报道新闻，这需要记者有过人的新闻敏感，善于捕捉"活鱼"；二是注重新闻背景的开掘，让主题更加突出并得到升华，这需要记者有很强的把握全局的能力，善于挖掘；三是注重电视表现手法的综合运用，让新闻富有张力，这需要记者能熟练组织镜头语言，恰当使用同期声，增强新闻的说服力；四是注重新闻语言的锤炼，让新闻通俗易懂，让受众易于接受，同时进一步增强作品的表现力和感染力。

□ **作品**

长沙袁隆平等十多位院士成为科技知本家

（口播）今天是隆平高科在深交所挂牌交易的第一天。早市开盘价为 27.98 元，尾市收报于 40.37 元，按收盘价计算，中国工程院院士袁隆平持有的 250 万股隆平高科市值已超过 1 亿元。袁隆平院士因此成为科学家中首位拥有亿万财富的知本家。

（配音）袁隆平农业高科技股份有限公司是我国第一家以科学家名字冠名的上市公司。1998 年，湖南四达评估事务所评估"袁隆平"品牌价值 1008.9 亿元人民币。人们也许曾对这一评估天价心存疑虑。但是当袁隆平院士同意将他的名字用于上市公司冠名和股票简称而得到巨大的回报时，大家对科学家品牌和知识创造财富的现实意义有了更加清醒的认识。

（同期）隆平高科负责人

公司使用他（袁隆平）的名字给他钱。

记者：给多少钱呢？

隆平高科负责人：580 万。

（配音）这家股份公司共向袁隆平院士支付姓名权使用费 580 万元，而袁隆平院士将其中的 379.16 万元人民币投入隆平高科并折股 250 万股，成为公司的第四大股东。

（同期）杂交水稻之父　中国工程院院士　袁隆平

我有了这个公司之后，有了这么一笔叫做资本吧。我没有后顾之忧了，可以开展我的超级杂交稻的研究。

（配音）据了解，袁隆平院士主持的超级杂交稻研究已经实现了第一个目标——超级稻试验亩产突破 700 公斤大关。而资本市场的成功运作，无疑又将为袁隆平院士实现第二个目标——超级稻亩产达到 800 公斤打下坚实的资金基础。

（配音）像袁隆平院士一样，长沙有何继善、黄伯云、刘业翔、刘筠、夏家辉等十多位中国科学院和中国工程院院士以个人品牌、专利发明和技术参股创办了十多家高新技术企业，并形成近百亿的产值规模。

（同期）中国工程院院士　何继善

像袁隆平院士为代表的我们这样一批人，国家照顾得很不错，对个人生活方面没有更多需求。为了中华民族在 21 世纪、特别是我国加入 WTO 以后，以更多有自己知识产权的产品转化成产业，在国际市场上有竞争能力。（我们）走了这条路，当然按市场经济规律，一些人（院士）通过创办产业成为富翁，那也是应该的，也是社会对他的承认的一种形式。

（同期）岳麓山大学科技园管委会副主任　罗衡宁

知识可以转变为财富，作为科学家，也可以成为知本家。

（配音）袁隆平、何继善等十多位两院院士以品牌、技术为载体，创造上亿元的财富，反过来又用这些财富促进科学研究。针对这一科技知本家群体现象，长沙市市长谭仲池对记者说。

（同期）长沙市市长　谭仲池

这不仅实现了他们的社会价值，对社会的贡献，同时实现了经济价值，这也是我们所期望的。我们希望他们创业规模更大、水平更高、档次更高，同时他们也富得更大、更好。

（长沙电视台 2000 年 12 月 11 日播出，记者谢鸿鹤、陈德志、梁强）

□ 点评

背景　20 世纪末，"科技兴国"的号召已响彻大江南北，"科技是第一生产力"的真理普遍被人们熟知，全中国形成了"尊重知识、尊重人才"的良好局面。但在科学技术没有转化成强大的生产力时，"做原子弹的不如卖咸鸭蛋的，拿手术刀的不如拿剃头刀的"现象并没有得到根本转变。新世纪伊始，古城长沙在"科技兴市"的强力推动下，十多位两院院士用个人品牌、技术、专利产品参股，创办了多个高科技技术企业，一批"知本富翁"浮出水面，成为星城最耀眼的亮点。以"世界杂交水稻之父"、中国工程院院士袁隆平冠名的股份公司，共向袁隆平院士支付姓名权使用费580万元人民币。而袁隆平院士将其中的379.16万元投入隆平高科并折股250万股，成为公司第四大股东。通过资本市场的共振，袁隆平院士成为国内科学家中首位拥有亿万财富的"知本富翁"。

特色 这篇作品涉及资本市场，非常专业；而体现的又是异常重大的主题，很难把握。作者采写这篇新闻时，是财经节目的制片人，熟知资本市场，也深知这条新闻的价值重大，所以把非常专业的财经新闻写得通俗易懂。题材重大无疑是这条消息的第一特点。主题突出体现出这条新闻的张力，短短的消息表现出的厚重感让人们充分感觉到"知识创造财富"的震撼力，从而产生更强大的感染力和影响力。表现手法老练和独到是消息的另一特点。消息以隆平高科上市为切入口，导语简练有力，行文流畅，几句话便抓住了受众，并突出了主题。5个同期采访该长的长，该短的短，多层次地表现了主题；而背景的使用使题材进一步放大，使主题再度升华，增加了厚重感。通俗易懂而简练有力的语言表达，让消息一气呵成。

意义 通过资本市场的成功运作，中国首位"知本富翁"的产生，立即引起中国人民及全世界人民的关注。隆平高科的成功上市，"知本富翁"的顺利诞生，无疑是一针强心剂和兴奋剂，而这也充分体现了我国经济步入了快车道，体现出社会文明的进步。科学家以个人品牌、技术为载体创造巨额财富，同时又用这些财富反过来推动科技创新，推动社会进步，无疑是一件利国利民的大好事。这条消息报道了"知识创造财富"并创造出"巨大财富"的事实，让所有科学家都直截了当地看到了自身的价值。这对于知识经济时代的中国来说，显得尤为重要。

影响 消息播出后，极大地鼓舞了士气，院士们创业干劲、创新步伐更大了，一大批博士、硕士也加入到创业的队伍里来，人民群众更加充分认识到"知识创造财富"的内涵。该作品获第十一届中国新闻奖一等奖和2000年度中国广播电视奖一等奖。

赵健夫 ｜ 世界贸易组织决定接纳中国为世贸成员

□ 作者简介

赵健夫(1966—)，内蒙古包头市人，中共党员，
1990年自中国人民大学毕业后，进入中国国际广播电台英
语中心工作至今。

□ 综合素质

知识结构　赵健夫于1988年从北京航空航天大学毕
业，取得工学学士学位后，又考入中国人民大学国际政治
系继续学习。文理兼备的知识结构，使他在日后从事新闻工作时能够从多方面、
多角度看待问题，同时使他在从业时更注重探究事物的内在逻辑，进行客观、理
性的思考。

专业技能　赵健夫在20多年的新闻从业中，一直尽其所能，善于从细微处
入手，由点及面地对事件进行报道。他在客观报道的同时，尽可能的寻找鲜活
的元素，力求使报道具有较强的可读可听性。1998年他与"德国之声"记者合作，
深入中国各地采访，采写了大型广播报道节目"中国的水资源管理"。该节目于
当年亚洲—太平洋广播联盟广播节目评选中被评为三等奖。

职业道德　赵健夫热爱新闻工作，对本职工作勤勉尽力，富有责任感，勇于
担当，力求在平凡的工作中创造出亮点。

创新能力　为了使新闻报道更加生动活泼，赵健夫视不同题材进行多方面尝
试，在写作手法上尝试用第一人称来写报道，以拉近与听众的距离，同时还在广
播报道中大量运用音响和音乐，以增强报道的可听性。

□ **作品**

世界贸易组织决定接纳中国为世贸成员

（主持人）中国国际广播电台！各位听众：在卡塔尔首都多哈举行的世界贸易组织第四次部长级会议 10 日一致通过中国加入世界贸易组织的决定，接纳中国为世界贸易组织的正式成员。现在请听本台记者赵健夫从现场发回的录音新闻。

（记者）卡塔尔时间 10 日下午 18 点 20 分，即北京时间当晚 23 点 20 分，举世瞩目的世界贸易组织第四次部长级会议审议通过中国加入世贸组织的历史性时刻终于到来了。

（音响，卡迈勒宣布开始审议中国入世协议，英语，混）

大会主席、卡塔尔财政经贸大臣卡迈勒宣布大会开始审议《关于中国加入世界贸易组织的决定》。（音响，突出，渐隐）

世贸组织中国工作组主席、瑞士贸易代表吉拉德首先向大会报告了工作组的工作情况，并向部长级会议提交了中国加入世贸组织的议定书和工作组代拟的部长级会议关于中国加入世贸组织的决定。

（音响，吉拉德讲话，突出，法语，混）

吉拉德说，世贸组织中国工作组自 1996 年 3 月 22 日起，共举行了 18 次会议。工作组于今年 9 月 17 日在日内瓦举行的第 18 次正式会议通过了中国入世议定书及附件和中国工作组报告书。中国工作组也随之正式完成了历史使命，中国加入世贸组织的谈判全部结束。

随后，大会主席提请会议通过中国加入世贸组织的申请。在确定与会成员没有异议后，大会主席击槌宣布，会议以协商一致的方式通过中国加入世贸组织的决定。

（音响，卡迈勒宣布决定，英语，接掌声）

接着，大会主席请中国政府代表团团长、中国外经贸部部长石广生发言。

（音响，石广生讲话）

石广生说："加入 WTO 不仅有利于中国，而且有利于所有 WTO 成员，有助于多边贸易体制的发展，它必将对新世纪的中国经济和世界经济产生广泛和深远的影响。"

石广生表示，加入世贸组织以后，中国将在权利与义务平衡的基础上，在享受权利的同时，遵守世贸组织规则，履行自己的承诺。中国将一如既往地重视和加强与世界各国、各地区发展平等、互利的经贸关系，在多边贸易体制中发挥积极和建设性的作用，与其他世贸组织成员一道，为世界经济贸易的发展作出积极的贡献。

石广生发言后，与会的世贸组织成员代表纷纷发言，对世贸组织通过中国入世的决定表示热烈祝贺。他们希望中国在成为世贸组织成员后，为加强多边贸易体制作出自己的贡献。

（音响，掌声突出，渐隐）

据安排，当地时间 11 日晚 19 点 30 分，即北京时间 11 月 12 日凌晨 0 点 30 分到 1 点，中国加入世贸组织的签字仪式将在多哈喜来登酒店会议大厅举行。石广生部长将代表中国政府在中国加入世贸组织的议定书上签字。

（中国国际广播电台 2001 年 11 月 10 日播出）

□ 点评

背景　世贸组织第四次部长级会议的一项重要议程就是审议并通过中国加入世贸组织的决定。因此，如何能够在大会审议通过中国入世决定的当天将这一重要历史性事件及时、准确地报道出去，就成了摆在所有采访"多哈会议"的记者面前的一个难题。由于某些原因，中国国际广播电台准备前来采访多哈会议的记者未能成行，这样在前方报道中国入世的就只有该台驻卡塔尔站记者赵健夫一人了。

为了在会议通过中国入世的当天，能使各语言组尽早发稿，赶上节目播出，后方提出希望作者能够事先拟一份消息的预发稿，将会议确定的议程及内容写进去，未定的部分先空着，让语言部将确定的部分先翻译出来，会议开始后再将待定的内容补充进去。为此，作者在会议开始前寻找一切机会采集到了会议的准确议程和内容。后方编辑部在初稿的基础上进行了编辑加工和整理，编发了该篇录音新闻的预发稿。在大会开始审议中国入世问题之前，记者又经过努力幸运地拿到了对外贸易经济合作部部长石广生的讲话全文。由于当时找不到文传设备,记者便跑到会场外通过手机将文稿内容通过口播的方式传到台里的语音信箱,后方编辑部立即将录音整理成文字补充到了预发稿中,进一步为语言部争取时间赢得了时机。

特色 这是一篇广播的现场新闻。其特色:一是时效甚强,报道在大会主席"击锤宣布"和石广生部长讲话后,签字仪式前即已发出,很好地满足了听众急切想了解结果的欲望;二是消息的主体是按大会程序进行报道的,这种报道方式对于这种极为强调程序合法性的事件新闻而言,是十分恰当的;三是报道十分客观,语言平实,虽然此新闻意义特别重大,但报道中没有一句主观性评论。

意义 中国加入世贸组织无论对中国还是对世界而言,都是一件具有重大意义的事件,它标志着中国的对外开放进入了一个全新的阶段。同时,中国加入世贸组织,不仅将促进中国自身的改革开放和经济发展,还将鼓舞全球经济增长的信心,有助于多边贸易体制的发展,中国将为世界经济贸易的发展作出更多的贡献。

影响 该报道的采访写作也为记者在采访重大事件时如何提高报道时效提供了一种借鉴方式。该报道获得了第十二届中国新闻奖。

黄铮 ｜ 从后排到前排　15 米走了 15 年

□ 作者简介

黄铮（1975—　），现为上海广播电视台上视新闻采编中心采访部副主任。1998 年毕业于上海外国语大学新闻传播学院国际新闻专业。先后从事记者、编辑、主编等工作。曾任上海电视台赴海湾报道组特派记者，属于上海最早的女性战地记者之一。2003 年获评上海市十大杰出青年，2008 年获上海长江韬奋奖。

□ 综合素质

知识结构　黄铮在大学期间主修国际新闻，对于国内外新闻报道的特点、发展历程、运作规律等都十分熟悉。进入上海电视台工作后，曾在对外宣传、国际新闻、本市新闻等多个部门轮岗锻炼，奠定了其多面手的基础。在担任记者期间，先后从事科技、经济、规划等多条战线的报道，尤其在生态补偿、碳交易等环保与经济交叉领域的报道颇有见地，获业内人士高度评价。

专业技能　黄铮在上海、国内及国际新闻报道方面均有着丰富经验。曾领衔的重大报道包括：APEC 会议、中国入世、伊拉克战争等。2009 年加入上海电视台新媒体筹建工作小组，参与创建国内第一家专业新闻视频网站：看看新闻网（www.kankanews.com），并担任新闻总监。2011 年任上海电视台收视率最高的新闻栏目《新闻透视》主编。作品《从后排到前排　15 米走了 15 年》《综合能耗仅为同行业一半　上海化工区循环经济结硕果》获中国新闻奖一等奖。

职业道德　从事新闻工作以来，黄铮始终牢记党的新闻工作的宗旨，兢兢业业，恪尽职守，以推动社会进步为己任，向老一辈优秀新闻工作者学习，无论在什么岗位，都力求作出自己的贡献。黄铮是上海电视台第一次远赴海外报道重大新闻、第一次在国外进行大型直播报道、第一次报道国际战争的新闻记者。曾为了报道伊拉克战争，冒着生命危险，远赴海湾，很好地完成了报道任务。

创新能力 无论是作为记者，还是作为主编；无论是从事传统媒体，还是新媒体工作，黄铮始终体现出不断创新、追求卓越的工作激情。新闻工作需要创新精神，尤其是现在新媒体不断挤压传统媒体的生存空间，就更需要新闻人开拓思路，积极利用新媒体保持和扩大影响力。黄铮在《新闻透视》栏目利用微博吸收资源、丰富受众沟通渠道、吸引年轻人等方面，都做了有益的探索和尝试。

□ **作品**

从后排到前排　15 米走了 15 年

（导语）今晚，是所有中国人都难以忘怀的日子。中国人终于结束了十五年的艰难跋涉，成了世界贸易组织的正式成员。而这一历史性的变化，首先反映在中国代表团的座位上。

多哈当地时间晚上 7 点多，世贸组织第四次部长级会议的议程进行到了一半，敏感的记者们突然发现，前一天还坐在会场最后几排的中国外经贸部部长石广生和副部长龙永图已经郑重地坐到了会场的最前排。此时此刻，关于中国入世的审议还没有开始，主席台上的墨西哥代表还在作精彩的论述，但发现了这一精彩场面的记者们已按捺不住兴奋，不约而同地聚拢到主席台下，十几台摄像机齐刷刷地对准了坐在第一排的中国人。

在后排的观察员位置上，中国人已经坐了十多年，从最后几排到第一排，不超过 15 米的距离，中国人足足走了 15 年，其中的苦涩和此刻的激动，都不经意地写在了中国入世首席谈判代表龙永图的那条红领带上。

因为以前我们都是坐在最后一排，那么从现在起，我们确实成为一个真正的世贸组织的正式成员。

世界各国的媒体也在关注着这历史性的变化，整个晚上，中国代表团的成员走到哪里，哪里便会出现骚动，保安的驱赶也无法阻挡人们对中国入世的关注。

（实况）我再一次感谢世界贸易组织所有支持中国加入世贸的成员，向他们再一次衷心地感谢。

（少许实况）一锤定音，百感交集。在新世纪的第一年，中国终于走入了世界贸易的大家庭。结束了15年的漫长等待，中国迎来的是一个腾飞的新起点。本台特派记者多哈报道。

（上海电视台2001年11月11日播出，记者黄铮、徐攸）

□ 点评

背景 2001年，中国历经15年艰苦谈判，终于成为世贸组织大家庭中的一员，这对于中国的改革开放道路、经济发展方向都将产生重大影响。上海电视台对于这一重大事件十分重视，派出报道团队赴卡塔尔首都多哈发回报道。这条短新闻就是其中最为出色的一篇。

特色 电视以画面取胜，这篇报道的视角让人耳目一新。"后排"与"前排"的对比，"台上"与"台下"的反差，种种细节衬托出中国入世带给全世界的冲击。更为巧妙的是，15米与15年的巧合，更提醒人们入世谈判的艰难之旅，表达出中国遵循国际规则发展经济的决心与信心。

意义 重大新闻事件要有记者在现场，这是所有新闻媒体的追求。上海电视台虽然是地方媒体，但也敢于打硬仗。难能可贵的是，这篇报道并没有局限于地方台的视野，而是以大气而又独特的视角展现了入世当天的现场状况，在众多入世报道中独树一帜，给人留下深刻印象。

影响 这篇报道及当天晚上的其他入世报道通过上海卫视（现东方卫视）上星播出后，反响热烈。上海电视台作为一个地方台，也从这一案例开始，形成赴海外进行重大国际事件报道的惯例。

冀惠彦 │ "神舟五号"飞船安全成功着陆

□ **作者简介**

冀惠彦（1953—　），北京人，研究生学历，高级记者，1969 年参军，1986 年起先后任中央电视台驻总政治部记者站记者、站长，1989 年进入中央电视台军事部。现任中央电视台军事部副主任，足迹遍布几十个国家，曾多次获得中国新闻奖。1998 年至 2003 年，5 次随中央电视台特别报道组赴伊拉克进行战地采访，荣立二等功一次。1998 年被评为全军优秀共产党员，2003 年被评为中国记者风云人物；2004 年被推选为感动 CCTV 人物。2006 年获第七届范长江新闻奖。

□ **综合素质**

知识结构　冀惠彦在部队 15 年，锤炼了坚强的意志和较好的政治与军事素养。成为电视新闻记者后，他一有机会就看电视，边看边琢磨，认真研究电视节目。他珍惜每一次实战经验，认真总结经验教训。为了补充理论方面的不足，冀惠彦先后在西安以及解放军艺术学院电视编导班、北京广播学院电视新闻研究生班、石家庄陆军指挥学院电视编导班，系统地学习电视节目制作的知识，摄像、采访、编辑等各方面技能都得到提高。为了丰富自己的知识，他哪有讲座，有培训班，有展览，他都会早早赶去，有工作的话再折回来。这个习惯他一直保持了很久。

职业技能　冀惠彦 33 岁走上新闻岗位，凭着优秀的新闻业务和新闻素养，出色地完成了历次重大采访任务。1997 年担任驻港澳部队进驻直播总导演，采编的新闻《香港市民热烈欢迎子弟兵》获 1997 年度中国新闻奖二等奖。曾 5 次赴伊拉克进行战地采访，编辑播出了有关"沙漠之狐"和"伊拉克战争"的 80

多条新闻和 20 多部专题节目。其中参与报道的《伊拉克战争直播节目》获 2003 年度中国新闻奖特别奖。还先后参加了香港、澳门回归、中美撞机、抗击"非典"、抗洪抢险，从"神三"到"神九"等重大事件报道和"导弹司令杨业功"等 50 位全国重大典型的采访报道，表现突出，获奖无数。

职业道德　冀惠彦热爱新闻工作，不怕吃苦，勇赴一线，有着强烈的责任意识，他曾多次历经生死考验。在伊拉克战争中，当新闻部大楼和总统府被炸时，他不顾危险，站在被炸目标的附近，拍摄了新闻部大楼被轰炸的完整过程，炸弹的轰击波将他和摄像机一起冲倒在地，他坚持挺住、稳住。2003 年"非典"期间他最先到解放军 304 医院隔离区面对面采访了因抢救患者而感染"非典"的姜素椿教授。随后在小汤山医院采访报道达两个月之久。2005 年他去非洲采访维和部队，亦危险连连。在刚果他被蚊子叮咬患了致死型脑型疟疾，险些命丧非洲。他对工作精益求精，每个镜头平均要拍五六次，而且他还很讲究方法。

创新能力　冀惠彦能出很多优秀作品不仅仅是因为他腿脚勤快，更因为他脑子转得勤，善于寻找最好的方式。不论在多么混乱的新闻现场，他都能很快找到一个独特的视角去记录，去表述。在典型报道中，冀惠彦已形成独有的采访方式，善于用新颖的故事结构向观众传递力量，通过非常动人的细节去感动观众。

□ 作品

"神舟五号"飞船安全成功着陆

（导语）今天早晨 6 点 23 分，"神舟五号"载人飞船成功降落在内蒙古主着陆场，我国首次载人航天飞行圆满成功。

（正文）

（现场声）今天早晨 6 点 36 分，地面搜索人员发现完好无损的"神舟五号"返回舱，实际降落地点距理论降落地点仅 4.8 公里。

"神舟五号"飞船是今天早晨 5 点 35 分开始返回的。当时，北京航天指挥控制中心成功向正在太空运行的"神舟五号"载人飞船发送返回指令，远在南大西洋上的"远望"三号测量船及时跟踪捕获飞船，指挥控制中心的大屏幕三维动画模拟显示，飞船甚为轻巧地转了个身。5 点 36 分，"神舟五号"飞船轨道舱与返回舱成功分离，返回舱与推进舱轨道高度不断降低，向预定落点返回。5点38分，"神舟五号"载人飞船制动火箭点火，飞船返回舱飞行速度减缓，轨道高度进一步降低。5点56分，在北京航天指挥控制中心的组织指挥下，"神舟五号"载人飞船返回舱与推进舱成功分离，成功进入返回轨道。返回舱向预定着陆场方向降落。随着飞船返回指令的发出，搜救工作也随即展开。

记者：按计划，再过一小时左右，"神舟五号"飞船的返回舱就要返回地面，担任空中搜救工作的5架直升机马上就要起飞，它们将和地面搜救分队一起，执行飞船返回舱和航天员的搜索救援任务。

6点刚过，穿越黑障的飞船返回舱与大气层摩擦烧灼产生的火花映入人们的眼帘。6点07分，搜救直升机收到了飞船返回舱发出的无线电信号，机上的搜索人员目视到"神舟五号"返回舱。由5架直升机组成的空中搜救分队和14台专用车辆组成的地面搜救分队立即出发，从不同的方向迅速向落点接近。6点12分，伴随着几声剧烈的声响，返回舱在降落时按预定计划顺利打开引导伞，巨型降落伞拖带着返回舱从太空缓缓降落，杨利伟向北京航天指挥控制中心报告，身体状况良好。6点23分，返回舱在反推火箭的托举下，稳稳降落地面。十几分钟后，两架直升机停在了飞船返回舱的旁边，在人们的欢呼声中，中国第一位航天员杨利伟自主走出了返回舱，向人们挥手致意。经过短暂的休息，完成了"地球重力再适应"和全面体检后，更换了航天员工作服的杨利伟再次出现在我们面前。

（同期）中国首位航天员 杨利伟：

我感觉非常良好，我们的飞船非常正常，我为祖国感到骄傲！（现场欢呼声）

（正文）随后，杨利伟乘专机由内蒙古着陆场返回北京，"神舟五号"飞船返回舱也将于近日由专列运抵北京。

（中央电视台2003年10月16日播出，记者冀惠彦、梁欣、康锐、张磊等）

□ 点评

背景 2003年10月16日早晨6时23分，"神舟五号"载人飞船经过21小时的太空遨游，载着中国航天第一人杨利伟顺利返回地面。中央电视台派出报道小组赶赴飞船主着陆场——内蒙古四子王旗北部牧场进行报道。

　　飞船回收，是中国首次载人航天成功的关键。因此，设置在主着陆场的回收指挥部，确定了在确保回收任务完成的前提下组织好新闻宣传的工作模式。有关部门更改了原有的电视报道计划，压缩数十人的报道队伍，只允许 4 名电视记者、两名技术人员进入现场，打乱了预定的报道方案。报道组立即更改部署，并根据可能出现的情况进行详细的分工：两名记者分别搭乘空中搜救分队的两架直升机，其中一名记者跟随回收场总指挥的专机，两名记者随地面搜救分队拍摄。这样不管什么情况，都可以保证摄像记者第一时间赶到现场，记录历史时刻。

　　特色　这条新闻在第一时间传到了千家万户，祖国大地沉浸在喜悦之中。由于新闻事件的完整记录——飞船在太空、航天员姿态、飞船进入大气层、飞船伞降、飞船着陆、空中和地面的搜索、航天员走出舱门、迎接的人群、落地后的飞船处理等等，极大地满足了观众的知晓欲。

　　意义　这标志着中国首次载人航天取得圆满成功，中国人几千年的飞天梦想成为现实。该消息将这一伟大的时刻第一时间记录并报道了出去。

　　影响　当时全国数亿观众围坐或站在电视机前观看中央电视台的报道，可谓是万人空巷，报道影响巨大。

李涛 ┃ 历史性的握手

□ 作者简介

李涛（1969— ），山东省烟台人，中央人民广播电台编委，网络中心主任，央广新媒体文化传媒（北京）有限公司董事长、总经理、总编辑，中国广播网总裁，高级编辑。1991年毕业于南开大学中文系，文学学士，后在南开大学国际法所研究生班学习。历任中央人民广播电台《新闻和报纸摘要》《全国新闻联播》节目编辑；时政采访部记者、副主任、主任；中国之声副总监。是中华全国新闻工作者协会理事，中国新闻文化促进会理事，中国人大制度新闻协会理事。

□ 综合素质

知识结构 中学时代，李涛参与创立了所在中学第一份校报，团结吸引了一批有志于文学、关心时事的同学。在南开大学中文系，他系统学习了汉语言文学基础知识，从专业角度阅读了大量中外文学名著，参加了学校的文学社团，打下了较好的文字功底，并对历史、哲学和当代思潮都给予了很多关注和思考，为未来从事新闻工作做好了思想准备。工作后，参加了国际法研究生课程学习，开阔了思路，这为以后在中国立法工作等领域的报道大有裨益。

专业技能 李涛在广播新闻领域作了深入研究，特别是在时政新闻报道方面，善于思考，勇于创新，以客观的视角、平实的语言、丰富的细节，把重大政治、外交类新闻传递到普通听众中间，让他们接受、喜爱，感觉就是自己关心的身边事。在报道中，他强调现场音响、强调报道事件的新闻性，与中央人民广播电台同事一起，创造了广播时政新闻报道的新样态。在近20年编辑和记者岗位上，李涛的作品获得中央台以上奖励40多项，多篇作品获中国新闻奖和中国广播电视大奖。

职业道德　李涛热爱广播新闻,并为之做了理念、写作、技术等多方面的探索。他崇尚说真话、说听众能听懂的话,一直为把关系国计民生的重大时政报道更快地被听众所知晓、被听众所理解并喜爱不懈努力。一直把做一个纯粹的新闻人作为人生目标。因在汶川特大地震报道中表现突出,获得全国"五一"劳动奖章。

创新能力　在多年形成的时政报道格局下,进行改进创新,李涛率先从外事报道入手,逐渐扩展到重大国内政治活动的报道。他强调用现场音响表现新闻的真实性和感染力,主张用平实语态报道重大时政报道,用新闻本身打动听众,而不是靠记者主观的渲染。在广播新技术和新媒体运用方面,率先使用卫星电话、互联网等新兴工具传送音频报道,强化了广播"快新闻"的特点和优势,使广播时政报道别具一格,受到各方赞誉。

□ **作品**

历史性的握手

(播音员)中共中央总书记胡锦涛在人民大会堂与中国国民党主席连战进行了历史性的握手,两党最高领导人举行会晤,就促进两岸关系改善和发展的重大问题及两党交往事宜,广泛深入坦诚地交换了意见。

请听中央台记者郭亮、赵雪花、李涛采制的特写:历史性的握手。

(现场杂音,压混)

记者:"2005年4月29号下午2点58分,中共中央总书记胡锦涛沿着红地毯,走到人民大会堂北大厅中央,向等候在这里的中外记者挥手致意。

2点59分,中国国民党主席连战乘车来到北京人民大会堂。他走下车,拾阶而上,迈进向他敞开大门的人民大会堂北大厅。在这里迎候的中共中央总书记胡锦涛微笑着,向连战伸出了手。

3点整,在海峡两岸中国人期盼已久的目光中,中国共产党和中国国民党的最高领导人终于见面了,他们的手紧紧地握在一起。"(掌声)

胡锦涛:"连主席你辛苦了,我也非常热情地欢迎你。"

记者:"在如雨般的拍照声中,胡锦涛和连战互致问候。胡锦涛热情欢迎连战来访。

这是历史性的时刻!

这是跨过了那道浅浅海峡的握手,这是穿越了半个多世纪纷纭历史的握手。

握手后,胡锦涛和连战表情轻松,并排走过红地毯,步入人民大会堂东大厅。这是两党启动正式交往、面对现实、开创未来的一次最重要的会晤。胡锦涛总书记首先致欢迎辞。"(掌声)

胡锦涛:"四月的北京春意盎然,在这美好的季节里,我们迎来了中国国民党主席连战先生率领的国民党大陆访问团。今天的会见是我们两党主要领导人历史性的会见。你们的来访是中国共产党和中国国民党关系史上的一件大事,也是当前两岸关系当中的一件大事。从你们踏上大陆的那一刻起,我们两党就共同迈出了历史性的一步,这一步既标志着两党的交往进入了新的发展阶段,也体现了我们两党愿共同促进两岸关系发展的决心和诚意。我们共同迈出的这一步,必将记载在两岸关系发展的史册上。我相信,国民党大陆访问团的这次访问,以及我们两党的交流对话,已经给两岸关系的改善注入了春天的气息。"(掌声)

记者:"中国国民党主席连战发表答谢辞,说。"

连战:"我也很坦诚地来跟各位提到,那就是这一趟来得并不容易。我一再讲台北、北京,台北、南京距离不远,但是因为历史的辛酸,让我们曲曲折折,一直到今天才能够见面。所以我说,有点相见恨晚的感觉。当然,中国国民党、中国共产党,我们过去曾经有过冲突,我们都知道这些历史的过程。但是历史毕竟已经是过去的事情,我们没有办法在此时此刻再来改变历史,但是未来却是掌握在我们的手里。让我们把握当前,让我们共同来开创未来。"

(中央人民广播电台 2005 年 4 月 29 日播出,记者李涛、郭亮、赵雪花)

□ 点评

背景 2005 年 4 月,无疑是个热闹非凡的春天。4 月 29 日下午 3 点,中共中央总书记胡锦涛和中国国民党主席连战的首次会晤,这是两岸瞩目、世界关注的历史性时刻。海内外媒体云集北京,展开报道。在胡锦涛与连战首次会晤的现场,就聚集着数百名中外记者。作为中央电台,如何报道这一重大事件呢? 当重大新闻事件面向的不再是少数几家新闻媒体时，困难和机遇就同时到来。是按惯例等新华社通稿，还是自己来做这条新闻？胡锦涛与连战首次会晤，见诸全国各家报纸的消息采用的是新华社通稿，电视画面是转播中央电视台的，文字同样采用新华社通稿。对电台来讲，这么重大的事件，不用现场音响的形式加以完整地体现，恐怕是广播记者的失职。因此，李涛等人做出了一个大胆的决定，就是自己撰稿、录音、制作，一定要赶上当天晚上的《全国新闻联播》节目播出。这就意味着记者对这一重大事件的把握一定要做到万无一失。

特色　记者从"历史性的握手"这一瞬间入手，成功地驾驭了这个重大题材，让听众仿佛身临其境，充分感受到两岸关系的"春天气息"扑面而来。这是以广播特写形式来表现大事件的一个成功的尝试。通篇语言洗练、明快而不失庄重，广播"以声达意"的特点得到尽情发挥。记者对现场音响的剪辑上，敢于下手，选择精当，避免了重大新闻事件惯以长篇幅来表现的状况。在众多媒体对同一事件的报道中称得上是特色鲜明，独树一帜。在播出时间上，中央人民广播电台是在当晚 6 点 30 分，新华网播发这条消息的时间是当晚 10 点 29 分。在胡锦涛会晤连战这个新闻事件中，对于媒体来讲，不仅仅表现在谁先发稿的问题，而且体现在形式上是否鲜活，能否以情感人。在行文和内容上务求朴实无华，不喧宾夺主，这个"主"是指新闻事件本身。相对于以往报道领导人和重大事件的激动和渲染，强调和追求客观性是当代记者报道重大新闻事件的一个最基本要求。

意义　时政类重大新闻如何报道，这是中央人民广播电台近些年一直探索的问题。本消息的成功在于以下三点：其一，新闻事件把握得准不准，关键看报道的是否合乎事实，就是要用事实说话，用事实打动人；其二，报道重大新闻事件也应百花齐放，各显其能，而不是用一个声音说话；其三，中央人民广播电台的时政记者近年来一直在改进重大新闻事件的报道，突出一点就是发挥广播特点，区别于报纸与电视，这种实践，受到中央领导同志的肯定，已经被越来越多的听众喜欢。

影响　《历史性的握手》全篇 966 字，是各类媒体报道此新闻最短的。听众对这篇特写给予了积极的评价，也是广播节目对重大事件报道的一次成功尝试。

邹声文 ｜ 全国人大高票通过物权法

□ 作者简介

　　邹声文（1972—　　），四川邻水人。新华社记者。1994
年北京师范大学毕业后在地质矿产部工作，次年辞职到中关
村从事软件开发。1997年考入中国社会科学院研究生院新
闻系，2000年毕业后到新华社国内部工作，先后从事党建、
环保、科技、政法、人大等领域报道，并长期承担中央领导
同志活动报道。现为新华社总编室业务研究室主任，主要从
事报道管理与研究工作。

□ 综合素质

　　知识结构　邹声文从小爱读书，虽条件艰苦，也想尽法子读书。上初中后，
得到语文老师的帮助，常常有机会读诗歌、散文、小说等。1994年考入北京师
范大学，在学习专业课的同时，成天泡在图书馆看文学、历史、地理和科学书籍，
甚至有一段时间对红学研究入了魔。在准备考研究生的半年中，仔细翻阅了新闻
教材，粗粗知道新闻是怎么回事儿。在中国社科院研究生院3年的学习中，接受
了较为系统的新闻采写训练。

　　专业技能　邹声文到新华社后，坚持学中练、练中干，对新闻采写的"门道"
有了更直接的认识。同时，坚持反复学习、借鉴、融通名家前辈经典作品。他的
作品多平易近人、贴近民众，在宪法修改时采写的《修宪离百姓有多远》就是这
样的一篇佳作；他的《坚定沉着战狂澜》《一份触目惊心的审计"清单"》《修
宪离百姓有多远》《全国人大高票通过物权法　公产私产获得平等保护》等6篇
作品（含合作）获得中国新闻奖特别奖和一、二、三等奖项。不但作品优秀，邹
声文还在报道管理与研究工作方面也有着一定的造诣。

职业道德　邹声文坚持新闻理想，希望能够像新闻前辈一样铁肩担道义，妙手著文章，通过手中一支笔，激扬文字、惩恶扬善；怀有百姓情怀，渴望走在路上、扎根基层、扎根群众，通过新闻作品反映群众心声，反映民生疾苦；坚持独立思考，在履行职责的同时，对各种生活现象、社会思潮、重大事件，有自己的价值取向、是非判断；坚持不拿不要，视新闻价值为唯一标准，不做任何商业团体的传声筒，做一个两手干净、心中坦荡的媒体人。

创新能力　邹声文不拘泥于已有的新闻采写模式，常常寻求新的改变，努力在会议中突破程序、挖掘新闻，在国际数学家大会上采写的《哥德巴赫猜想　还要猜多久》《中国数学家何时学会提问》等被媒体广泛采用；努力创新表达形式，在人大报道中采写的《一份触目惊心的审计"清单"》《第一时间的追问》等曾引起全社会的强烈反响；在时政报道中探寻新路，用纪实方式、白描手法展现中国领导人的风采，《总书记为农民代表解难题》《在抗震救灾的关键时刻》等曾引起广泛关注。

□ 作品

全国人大高票通过物权法

新华社北京 3 月 16 日电（记者邹声文、张宗堂）十届全国人大五次会议 16 日上午高票通过物权法。对公有财产和私有财产给予平等保护，最终在这部法律中得以明确。

法律在第一编第一章中规定：国家实行社会主义市场经济制度，保障一切市场主体的平等法律地位和发展权利；国家、集体、私人的物权和其他权利人的物权受法律保护，任何单位和个人不得侵犯。

"没有平等保护，就没有共同发展。切实保护公民的私有财产，既是宪法的规定和党的主张，也是人民群众的普遍愿望和迫切要求。"中国人民大学法学院教授杨立新说。

2002 年 11 月，党的十六大提出，要"完善保护私人财产的法律制度"。2004 年 3 月，十届全国人大二次会议通过的宪法修正案中，写入了"公民的合法的私有财产不受侵犯"的内容。

但到底应该以保护私有财产为主，还是以保护公有财产为主，一直是制定物权法过程中争议的焦点。有人认为，国家和其他民事主体不是平等的，对他们的财产不能平等保护；也有人认为，物权法是私法，首先应保护私人财产，按照先私人、再集体、后国家的顺序给予保护。

"坚持社会主义基本经济制度与对不同物权主体给予平等保护是有机统一的。没有前者，就会背离我国经济制度的性质；没有后者，就违背了市场经济原则，反过来损害社会主义基本经济制度。"中国社会科学院法学所研究员孙宪忠表示。

出席闭幕大会的 2889 名代表中的 2799 人投下赞成票。10 时 10 分，全国人大常委会委员长吴邦国宣布物权法获得通过，会场响起热烈的掌声。

全国人大代表、中国政法大学校长徐显明说："物权法是对我国改革开放以来诸多既有制度的确认，有利于让人们尽享改革发展的成果，进一步激发人们创造财富的积极性。"

改革开放后，我国经济迅速发展，人民群众普遍要求切实保护他们通过辛勤劳动积累的合法的私有财产。1993 年，物权法的起草工作正式开始。

随后，这部法律草案历经九届全国人大常委会、十届全国人大及其常委会八次审议，创造了我国立法史上单部法律草案的审议次数之最。期间，全国人大常委会还通过向社会全文公布草案，举行座谈会、论证会等方式，广泛听取各方面的意见，并据此进行了多次修改。

除平等保护公私财产外，物权法还加大了对公有财产的保护力度，并回答了农村土地承包经营权、宅基地使用权是否可以抵押、转让，住宅建设用地使用权期满如何续期，征地拆迁如何补偿，小区车位、车库如何确定归属等民众关心的问题。

物权法共 5 编 247 条，将于 2007 年 10 月 1 日起施行。

（原载 2007 年 3 月 17 日《光明日报》）

□ 点评

背景 改革开放的一项重要成果就是我们党提出了"要坚持和完善社会主义公有制为主体、多种所有制经济共同发展的基本经济制度"。1999 年和 2004 年的宪法修正案以国家根本大法的形式确定了我国的基本经济制度和保护合法私有财产的原则。制定物权法，就是宪法原则的具体化，是以法律的形式对改革开放的重大成果加以固定、维护和发展。但是，在物权法出台过程中，在一些重大原则问题上，来自"左"和"右"的干扰不断，甚至一度争议十分激烈，并最终在2005、2006年两度出现欲以上"万言书"方式逼停物权立法的事件。中国物权立法何去何从？中国改革开放何去何从？引起海内外广泛关注。

特色　这篇消息主题重大，新闻性强，采访深入，观点权威，历史背景与新闻现场穿插得当，标题注重突出最重要的新闻，写作精心，是一篇难得的消息精品。

意义　记者长期跟踪报道物权法立法进程，在客观报道进程动态的同时，还密切关注社会舆情，针对"万言书"事件，记者采写了《中国物权立法充分体现宪法原则》一稿，为物权法草案如期提请人大审议营造了良好的舆论氛围。3个月后的2007年3月，十届全国人大五次会议表决通过物权法后，记者在全面梳理4年多跟踪采访中国物权立法过程中积累素材的基础上，补充采访了全国人大代表、法学专家、法律委员会委员徐显明以及中国社科院、中国人民大学、中国政法大学专家杨立新、孙宪忠等，围绕物权法通过这一我国立法史上的标志性事件，在报道中深入解读其重大意义，特别是着力剖析法律对不同物权主体给予平等保护这一核心规定的背景、内涵、影响，及时深入地回应社会各界的关切。

影响　这篇报道取得了非常好的社会效果。根据新华社营销平台统计，全国有近400家媒体在重点版面采用，新华网、新浪、搜狐网等门户网站广泛转载。

王冬梅 | 李毅中质疑：为何还没人被究刑责？

□ 作者简介

　　王冬梅，女，满族，法学博士，《工人日报》主任记者。1994 年 7 月大学毕业后进入工人日报社，从事记者和编辑工作。后在职攻读中国人民大学经济学研究生、中央民族大学马克思主义民族理论专业的博士生。她的新闻作品《国务院〈特别规定〉施行之后》获得第十六届中国新闻奖系列报道二等奖，《李毅中质疑：为何还没人被究刑责？》获第十八届中国新闻奖消息类一等奖等。

□ 综合素质

　　知识结构　王冬梅大学本科学习中文专业，培养了较好的语言文字能力，为从事新闻采编工作打下了基础。1999 年至 2002 年她在中国人民大学攻读在职经济学研究生，系统地学习了经济学理论。2007 年她又考取了中央民族大学马克思主义民族理论专业，攻读博士学位，这提升了她的理论素养。同时，王冬梅常常奔赴新闻一线采访，多次参与采访报道任务，新闻实践经验丰富。

　　专业技能　王冬梅具备高度的政治敏感、新闻敏感，新闻采编能力突出。她能在非常有限的时间里挖掘细节，描述有现场感，阐述有自己独到观点的作品。她在《工人日报》刊发稿件 1000 多篇，编辑版面 300 多块。作品追求深度，常能配合国家部门解决社会问题。她所负责联系报道的单位均给工人日报社写感谢信褒扬她。她采写的稿件先后获全国安全生产好新闻奖、中华环保世纪行好新闻奖、国家重点工程西气东输报道特别奖等。

　　职业道德　王冬梅立足本职岗位，扎实苦干、不言艰辛。为了采访，她到过全国上百个煤矿，下过数十次矿井。在采访途中历经艰难，曾遭遇过 3 次车祸。

王冬梅连续4年参加了安全生产万里行采访，足迹遍及山西、陕西、浙江、河南、广东等10多个省、自治区。由于出色的工作能力，2007年10月荣获第三届全总机关青年岗位能手称号，2007年12月荣获第六届中央直属机关青年岗位能手称号。

创新能力　王冬梅具有敏感的新闻意识，善于发挥记者的主观能动性，去寻找事件的新闻点。她善于挖掘细节，通过细节将新闻主题融会于极富现场感的事件中，巧妙地提出问题，给出解决问题的方案。国家林业局的领导看到王冬梅采写的《从陕西退耕还林、防沙治沙看中国林业的历史性转变》系列报道后，专门打电话对她说："稿件写得聪明、有创造性，这是迄今为止我所看到写林业写得最好的稿件。"

□ **作品**

171名矿工遇难两周年祭日临近

李毅中质疑：为何还没人被究刑责？

本报哈尔滨11月22日电（记者王东梅）国家安监总局局长李毅中今天再次质疑："11·27"事故发生快两年了，移送司法机关的10多名责任人，为何还没有得到处理？按照有关规定，移送司法机关、如何判刑等都应该向社会公布，希望早点把处理结果透明地公布。

黑龙江省省长张左己表态：一定要记住"11·27"事故的教训，事故中该处理的干部已经处理，但造成矿难的主要责任人移交检察院后却还没有得到处理，逍遥法外，怎么得了？不能睁只眼闭只眼，要好好查！

2005年11月27日，龙煤集团七台河分公司东风煤矿发生特别重大煤尘爆炸事故，死亡171人，伤48人。国务院调查组认定：这是一起重大责任事故。

2006年7月，经国务院常务会议研究，同意对东风煤矿矿长马金光、龙煤集团七台河分公司调度室主任杨俊生等11人移送司法机关追究刑事责任；同意对龙煤矿业集团有限责任公司总经理侯仁等21人给予相应的党纪、政纪处分。

今天再次提起那次事故，李毅中的眼圈红了。11月21日，李毅中特意率领督察组到东风煤矿走访，在曾经发生事故的井口，他声音略显颤抖地说："当年我就站在这里等待救护队的人员救出死难的矿工，心情非常沉痛。"

当李毅中了解到"11·27"事故中包括矿长在内的11名事故责任人还没有得到处理，他气愤地说："我是事故调查组组长，有权利责问事故责任追究。事故发生快两年了，为什么还没有处理结果？"李毅中当即请黑龙江省副省长刘海生了解此事。随后，当地有关方面反馈的信息是：大家都觉得很奇怪，谁都不清楚怎么回事。

在今天督察组与黑龙江省政府交换意见时，李毅中指出，黑龙江省安全生产工作存在"死角漏洞"等问题。比如，七台河市在"回头看"过程中，对规模以下小企业还没有进行补课；城子河瓦斯发电机组现场查看中，发现没有瓦斯浓度监控设施；东风煤矿瓦斯抽采率只有17%，远低于全省平均水平。

（原载 2007 年 11 月 23 日《工人日报》）

□ **点评**

背景 2005 年 11 月，黑龙江省七台河市的一家煤矿发生责任事故，171 名矿工死亡。当时就做出处理：有关部门将 11 名责任人员送交司法机关追究刑事责任。2007 年 11 月 18 日至 27 日，国务院安委会隐患排查治理专项行动"回头看"督察组到黑龙江省、吉林省进行督察。事故过去两年了，然而"回头看"督察组来了一查却查出一件奇怪事：这 11 个责任人至今仍然逍遥法外！

特色 这条消息的写法灵活多变，采用了叙述、描写、引语等多种表现手法，同时力求大处着眼，小处落笔。全文共有 753 个字，却告诉读者 12 个信息，平均每 60 多个字披露一条新的动态。这 12 个信息是：①李毅中质疑事故责任人没有处理；②这是违反司法规定的；③黑龙江省省长表态，"要好好查"；④背景回顾——矿难发生后有关部门作出的处理决定；⑤李毅中对这一事故的严重性十分动情；⑥李毅中 21 日特意率领督察组到东风煤矿走访；⑦李毅中有责任过问；⑧李毅中请黑龙江省副省长了解此事；⑨反馈的信息是：谁也不知道是怎么回事；⑩李毅中指出，黑龙江省政府在检查安全生产方面存在"死角漏洞"；⑪ 黑龙江省某些市在"回头看"的事故检查中没有对小企业"补课"；⑫ 煤矿的安全设施没有改进。消息提供的这些信息，让受众对事件的发展一目了然，也暴露出事态的严重性。

意义　消息披露的 12 个信息的内在逻辑和强烈暗示，使读者不难找到答案：造成矿难的责任人没有及时处理的深层原因是什么？——是腐败，是官企勾结。主要责任人移交检察机关后仍逍遥法外，是谁在"睁只眼闭只眼？"——是那些漠视工人生命的官僚主义者和昏庸的法官。连黑龙江省政府的领导对此事都不了解，"大家都觉得很奇怪，谁都不清楚怎么回事"，说明了什么问题？——说明官员不是勤勉执政，而是失职、渎职。国务院对煤矿事故一再督察，七台河等煤矿仍没有改进措施，又说明了什么？——煤矿老板有后台，胆大妄为，为所欲为。李毅中的仗义执言表现出中央大员什么样的执政意识？——执政为民、立党为公，好官为人民说话，中央政府和人民心贴心。

影响　消息见报当天，众多媒体、互联网转载，网友评论 2000 多条。除网络外，中央电视台、《北京青年报》等几十家各类媒体转载了这条消息，还把相关报道引向深入。《中国青年报》发表评论《还有多少矿难责任人没有处理！》。

消息见报的第三天，国务院领导同志批示，不能听之任之，也不能不了了之。随后黑龙江省政府、最高检、国务院安委会派员调查，众多媒体跟进。2007 年 12 月 15 日，拖了近两年的案件开庭审理。12 月 22 日，为了吸取"七台河 11·27"矿难迟判的教训，《国务院安委会办公室关于做好重特大事故责任追究落实工作的通知》正式发布，要求各地复查近两年来的重特大事故的调查处理和责任追究情况。2008 年 1 月 15 日，有关责任人全部被究刑责，办案迟缓人员受到处分。

马勇　｜　珠三角民企老板百亿巨资砸向"低碳产业"

□ 作者简介

　　马勇（1968—　），广东广州人，中共党员。1992 年
毕业于暨南大学新闻系国际新闻与传播专业，此后一直在
《羊城晚报》工作，现为深度新闻部主任。其代表作品有《乡
情亲情——亲情真情》《中国第一爆瞬间一爆大成功》《"神
行乡邮"李炳房：送信送货做"法官"》《珠三角民企老
板百亿巨资砸向"低碳产业"》《广东私企老板自费读中
央党校》等，曾多次获得中国新闻奖和广东新闻奖。

□ 综合素质

　　知识结构　马勇出生于新闻世家，从小跟着父辈耳濡目染，在不知不觉中爱
上新闻事业。1988 年他考入暨南大学新闻系，系统地学习新闻写作，如饥似渴
地吸取知识，毕业后在羊城晚报社，得以有机会近距离地向岭南的新闻名师取经，
如广东著名新闻评论家微音等。通过勤学苦练与不懈进取，他培养了较扎实的写
作功底和敏锐的新闻嗅觉。

　　专业技能　有人说，新闻有平凡与不平凡之分，平凡新闻难引人关注。但
马勇认为，要写出引人关注的新闻，重要的是勤于思考，善于挖掘，敢于开
拓。一直以来，他坚持深入群众，深入生活，努力尝试以平凡新闻为不平凡。
在 20 年的记者经历中，他大部分时间就是跟这样的平凡新闻打交道，并从中
找出许多不平凡的新闻，如好军妈姚慈贤、"神行乡邮"李炳房、自费读中央
党校的私企老板李兴浩……这些表面看似平凡的普通百姓，深挖下去却有着与
众不同的闪光点，个个都是老百姓喜闻乐见、具有鲜明时代特色的典型人物，
极富感染力。

职业道德　马勇参加过不少国内外重大新闻报道，如香港回归、澳门回归、建国 50 周年等报道。他的新闻座右铭是"以苦为乐"，他不畏艰辛深入塔克拉玛干大沙漠采访石油工人，徒步穿越罗布泊荒漠揭秘米兰古城，还到南极、北极采访环保问题。日积月累的新闻采编工作，使他对新闻有较深刻的认识和全面的了解。

创新能力　马勇不论是做记者、编辑，还是担任部门主任，均不遗余力地充分利用新闻资源，寻找新角度、新主题、新形式，组织策划具有规模效应及思辨性深度的报道，摸索新闻报道的"晚味"特色，即与日报的不同点。他特别注重做节点性新闻，并告诫自己头脑一定要清醒冷静，千万不能见风就是雨，要注意处理好以下三个问题：一是清楚为何变，以理性的视角审视节点；二是明白变什么，以大局的意识反映节点；三是懂得如何变，以亲和的笔墨凸显节点。

□ 作品

珠三角民企老板百亿巨资砸向"低碳产业"

投资额首次超过传统产业，产业结构调整大潮下，珠三角民企
再次走在市场前面

本报讯　国际金融危机后，敢为天下先的珠三角民企老板厌旧贪新，纷纷抛弃陶瓷、纺织、有色金属等传统行业，迷恋上光伏、风能、电子信息等低碳产业。据不完全统计，去年以来，珠三角民企投资低碳产业的资金已超百亿元，投资额首次超过传统产业。省经信委有关人士认为，在产业结构调整的大潮下，珠三角民企又一次走在市场前面，成为广东低碳经济的"先锋"力量。

昨天，广东昭信集团董事长梁凤仪一见到记者就高兴地说，他们自主研制的半导体照明芯片设备即将投产。梁凤仪曾是佛山有名的鞋业大王，金融危机一来，一双鞋赚不到一元钱。一气之下，梁凤仪把鞋厂关了，改行搞 LED 照明。没想到，一年赚了几千万，成了 LED 大王。

记者走马珠三角发现，像梁凤仪这样"厌旧贪新"的民企老板不胜枚举。佛山南庄陶瓷第一人关润尧一年之内关闭属下 11 家陶瓷厂，发展全省最大的环保商品城；南海"塑料罐大王"罗意自急流勇退，转行当了风力发电的"行

业干将"；东莞"机电大王"沈剑山摇身一变，成了当地最大的可再生能源开发商。

这些昔日"洗脚上田"的农民企业家，谈起低碳产业滔滔不绝。他们最青睐的是半导体照明、OLED、太阳能等行业，仅佛山，规模以上光电企业超过 250 家，总产值 200 多亿元。

投资低碳产业，珠三角民企老板毫不手软，项目动辄过亿元，如三水的薄膜太阳能项目，总投资达 50 亿元；顺德的彩虹 OLED 项目，前期投入就达 5000 万元。

在民企的冲锋陷阵下，广东低碳产业迅猛发展。粗略估算，目前广东低碳产业总产值约 6600 亿元，占全省工业总产值的 9%；工业增加值 1250 亿元，占全省的 8.2%。

最近，省经信委制定了一份《广东省新兴产业发展研究报告》，把新能源、电子信息产业、生物医药和新材料等四大低碳新兴领域作为产业结构升级的突破点。

省经信委一位负责人说，预计未来 5 到 10 年，低碳新兴产业将以每年 20% 以上的速度高速增长，成为广东工业经济的主要增长点和国民经济的重要支柱。

（原载 2010 年 3 月 22 日《羊城晚报》，记者马勇、彭纪宁）

□ 点评

背景　2007 年以来，浩浩荡荡的国际金融风暴给中国经济带来巨大冲击，一些地方甚至出现企业"倒闭潮"，阵阵冷风很快波及百姓生活：股票从 6100 点降到 1600 点，房价从每平方米数千元狂升到数万元，猪肉价格从每斤 10 多元直窜到 20 多元。人们开始争论，以投资和出口为支撑的、维持国家近 20 年高速增长的粗放型经济增长方式，是否需要改变？而此时，闷声发大财的珠三角企业却已先行一步，主动改变经济发展方式。

特色　这篇消息不到千字，摘取了大量生动活泼的事例，善于运用新闻由头和背景，较好地剪裁新闻事实，以点带面，行文简洁，层次分明，思想深刻，时代感强，很好地反映了广东经济结构调整大潮下的市场新变化。消息来自于作者敏锐的新闻视点。一个偶然的机会，作者在与民企老板闲谈中发现广东民企老板敢于创新，纷纷投向光伏、电子信息等低碳产业。作者马上意识到，在国际金融危机后，广东民企已经找到了一条经济再度腾飞的新路子，昔日那种靠牺牲环境、拼廉价劳力获取利润的传统经济模式已经不合时宜。这种新现象触动了记者敏锐的神经，并给予高度关注。随着记者深入采访，发现这一现象并不是偶然的，而是产生于广东产业转移的社会经济大背景下的必然现象。

意义　该消息讲述了敢为天下先的珠三角民企老板纷纷从陶瓷、纺织、有色金属等传统行业，转向光伏、风能、电子信息等低碳产业。民企投资低碳产业的资金首次超过传统产业。文章以精练的笔墨反映广东民企再次敢为天下先的精神，这些昔日手握"大哥大"，脚跶"人字拖"洗脚上田的农民知道，只有改变观念才有希望。作者及时抓住这一新鲜事物，用一篇短消息反映了广东省委、省政府提出的产业升级政策初显效果。

影响　消息发表后，社会反响强烈。中央和地方十多家媒体和新闻网站转载，有的媒体和网站还配发评论，展开讨论。从与时俱进上讲，从产业结构调整升级上讲，广东又走在了全国前列。

童浩麟 ｜ 火车站见证兰考经济变迁

□ 作者简介

童浩麟，高级记者。1994 年毕业于河南大学中文系。同年进入河南日报。历任河南日报夜班编辑、经济新闻采访部记者、河南日报（农村版）和河南商报副总编辑，2011 年起任河南日报报业集团开封记者站站长至今。其新闻作品获得中国新闻奖 3 次（一等奖一次、三等奖两次）、中国广播奖两次（一等奖、二等奖各一次）、河南新闻奖一等奖 14 次、人民日报年度新闻论文一等奖 1 次。荣获河南省优秀新闻工作者、河南省扶贫工作先进个人。

□ 综合素质

知识结构 童浩麟毕业于河南大学中文系，有扎实的文字功底。工作以后，他喜欢阅读纪实性、人物传记等类型的书籍；喜欢阅读报纸，如《参考消息》中的科技新闻、人物新闻，《中国青年报》的冰点栏目，以及《经济日报》《南方周末》《人民日报》等都是他的钟爱；他还喜欢阅读杂志，对《中国国家地理》《中华遗产》《读书》等情有独钟。大量的阅读、持续关注某些领域、某些方面，培养了他深厚的知识储备、敏锐的思维和宏观的视野。

专业技能 从事新闻工作以来，童浩麟做过一线编辑、记者，负责过采编、发行、人事等管理工作。在《河南日报》要闻版 6 年的夜班编辑经历，让他对时政新闻的把握有了坚实的基础；在经济新闻采访部当一线记者时，有两年跟着时任河南省省长、现任国务院总理李克强做经济时政记者。他善于发现与挖掘社会基层的新鲜事物，对各种数据、各种信息都有较强的捕捉和处理能力。他的许多作品或是因为一个数据的变化而使之内涵放大，并采写出优秀新闻作品。多年来，童浩麟的新闻报道质量一直位居河南日报记者前列；新闻获奖的作品有消息、通讯、论文、新闻版面、广播专题等各种体裁。

职业道德　童浩麟工作勤奋敬业，有高度的社会责任感。他喜欢结交社会各方面的朋友，经常到基层一线去了解实际情况。他于2004年，工作的第10个年头，跑遍了河南省108个县，成为河南日报历史上跑完全省各县最年轻的记者。为了报道好兰考，他曾在5个月时间里，前前后后6次到兰考地区，采访了100多人，有县委书记、普通老百姓，还有村干部、外出打工者，等等。他将每一次采访都做得扎实、深入。童浩麟始终让自己的笔尖朝着百姓。在他的作品中，有很多是普普通通的小人物，有很多是以小见大的作品。他独家报道的王东灵、邢二朋两名普通百姓，当选了2004年度和2013年度感动河南十大人物。

创新能力　童浩麟很注意新闻视角的出新和把握。新闻视角的不断更新，已成为其作品的一个主要特点。比如，《火车站见证兰考经济变迁》这篇消息，自从《县委书记的榜样—焦裕禄》推出以后，兰考的新闻报道不计其数，但童浩麟的报道视角与其他完全不同，而是放到了不被人注意却又让人耳目一新的兰考火车站：50年前，百姓逃荒、30年后外出打工、现在兰考百姓返乡家门口致富，这些镜头极具震撼力。

善于讲故事是其作品的另一特点。童浩麟擅长用人物的语言来为报道内容服务。在他的消息报道中，直接引语往往占到很大分量；通讯报道中，人物的对话和引语往往又是人物性格矛盾设置和事件冲突的"分界岭"。

□ 作品

火车站见证兰考经济变迁

12月2日下午3点15分，兰考县南彰镇徐洼村村民李麦花在新疆摘棉94天后，乘坐K1352次火车回到了兰考。

94天挣了6100元，比去年少了2000元。"今年全国涌到新疆摘棉的人有70多万人，比去年又多了10万。"李麦花说。

"今年兰考到新疆摘棉的明显减少。"兰考县火车站总支书记何金峰说，"从火车站出发摘棉的约为1.8万人，比去年少了8000人。"

　　兰考县劳动和社会保障局统计数字显示，在 2008 年达到 18 万人次峰值以后，兰考劳务输出总数逐年回落。今年前 10 个月，兰考就地转移劳力 6 万人，本地就业和外出务工人数比例达到了 74∶26。

　　"兰考的劳务经济，已从劳务输出进入到回乡创业和带动就业层面。"兰考县劳动和社会保障局局长孔留书说，"劳务经济的变化和本地经济发展密不可分。"

　　自 2008 年起，兰考县委、县政府每年春节都举办"返乡创业明星评比活动"，在评出的 52 名创业明星中，无一不是上世纪 90 年代从兰考走出去的务工人员。

　　第五届创业明星古顺风回报家乡的是投资 1.5 亿元的生态农业科技园。"公司已促使 2500 亩土地实现流转。"古顺风说，"1 亩地 2 万元的效益，完全可以让村民不出村就挣钱。"

　　在古顺风生态农业科技园打工的城关镇姜楼村村民有 470 人，人均月收入 1600 元。"在家门口就能养家，还能顾家，俺咋还会舍近求远外出打工呢？"村民齐庆竹说。

　　"兰考火车站虽然是陇海铁路线上一座普普通通的县城车站。但却见证了兰考人民生存的几次改变。"焦裕禄纪念园管理处副主任董亚娜说，"1962 年焦裕禄来兰考的第一天，在火车站看到外出逃荒的群众直流泪。上世纪 90 年代，百姓又一次坐上火车离开兰考，兰考进入劳务输出时代。"

　　"17 年共介绍了 2 万多人外出打工。"作为兰考最早从事劳务输出的游富田说，"因为本地企业发展快，群众都坐着火车又回来了。今年我就不再介绍劳务外出了。"

　　"随着当地企业用工越来越多，企业用工空岗、用工备案在我局频率越来越快，从 2010 年的一年 4 次，发展到现在的一月一报。"孔留书说。按照规划，未来 5 年，兰考企业将全部消化本地富余劳动力。

　　2011 年，兰考县财政一般预算收入完成 5.1 亿元，同比增长 76%，由 2008 年的全省排名第 103 位上升到第 42 位；固定资产投资完成 63.5 亿元，增长 30.7%，增幅居全省 10 个直管县第一位。

　　　　　　　　　　　　　（《河南日报》，2012 年 12 月 3 日第六版）

□ 点评

背景　兰考是一个因焦裕禄而闻名全国，因焦裕禄精神而富有，并时刻都在发生着变化的政治县。2011年夏，记者童浩麟调任开封记者站后，对兰考地区进行了五个多月的采访，访问当地干部群众达到百余位。通过深入细致的采访，让记者了解到：在50年的时间里，兰考发生巨变的根源是焦裕禄精神，是代代相传的焦裕禄精神化作了兰考百姓安居乐业的生动写照，实现了精神变物质的伟大巨变。所以兰考从上世纪六十年代的一个逃荒、极度贫困的地方，发展成如今的河南一个群众就地就业、百姓幸福的富裕之地。这让作者产生了创作《火车站见证兰考经济变迁》的冲动。

特色　《火车站见证兰考经济变迁》这篇消息视角新颖、文风朴实，采访作风扎实、深入，是一篇洋溢着"走转改"精神的佳作。其主要特点有：1. 以小见大的新闻视角。作品把视角放到因焦裕禄精神闻名全国的河南兰考。以火车站为切入点，穿越50年时空，运用对比的方式突出变迁主题，举重若轻地展现了农村经济发展过程中"产（业）城（镇）互动"这一宏大主题；2. 拟人化的表现手法。作品借鉴文学写作拟人手法，将兰考火车站赋予生命，让火车站来诉说兰考经济社会的发展；既有镜头感与画面感，又富有说服力；3. 倒叙式的表达方式。作品对通过采访对象的回忆，把时间拉回50年前焦裕禄初到兰考第一天，期间穿插不同时间的新闻事实，凝练有效；4. 灵动活泼的结构形式。全文不足900字，分12个段落，灵动跳跃；直接引语8处，用人物语言烘托新闻事实；5. 巧妙运用数字。文中作者采取了换算法、对比法等方法多处巧用数字，既易于读者理解，又增强新闻可信性和说服力。

意义　兰考这个典型，全国各地的媒体都在关注，但当年穆青等人把兰考和焦裕禄写成了经典，无人能超越。在高度上不能超越，宽度上不能拓展的情况下，童浩麟从选取角度上下足了功夫：1. 挖掘新的内涵。这篇报道透过众多兰考变化的表象，把兰考百姓生活变化印记在兰考火车站这个典型的环境中，捕捉到了兰考这个焦裕禄精神高地的精彩之处；2. 调整新的视角。本文通过将多位有代表性人物的描述兰考地区的发展变化话语合理的巧妙结合，来展现兰考五十多年来发生的天翻地覆的变化，并运用拟人化手法让兰考火车站这个典型的环境给呈现出来。3. 重塑新的形象。曾经被"三害""逃荒"和极度贫困标注了几十年的兰考，在将焦裕禄精神内化为精神动力的兰考人民的不断努力下，将兰考成为全国最大的民族乐器生产基地、全国最大的高产小麦育种基地，成为河南一个群众就地就业、百姓幸福的富裕之地。

影响　这篇消息反映的是我国城镇化进程中，地方经济发展的变迁及百姓所享受的政策"福利"的新鲜事。由于主题鲜明重大、角度新颖、既有镜头感，又富有说服力，让人读来亲切自然，真实可信，报道刊出后，引起了社会的广泛关注。国内人民网、新华网、新浪、网易、大河网等多家重要网站及时予以转载，收到了很好的传播效果。该消息在 2013 年的中国新闻奖评选中，获得了消息一等奖。

参考文献

1. 本书编委会编：《抗战档案 上》，北京：中央文献出版社，2005 年 7 月第 1 版。

2. 白庆祥主编：《中外新闻名著鉴赏大辞典》，北京：新华出版社，2001 年 1 月第 1 版。

3. 柏桦主编：《中华英才大典》，北京：中国友谊出版公司，2000 年 2 月第 1 版。

4. 北京新闻学会《新闻战线》编辑部编：《好新闻》，1981 年 11 月第 1 版。

5. 陈佩雄主编：《上下五千年》，长春：吉林音像出版社，2006 年 4 月第 1 版。

6. 蔡翔、孔一龙主编：《20 世纪中国通鉴》，北京：改革出版社，1994 年 11 月第 1 版。

7. 程道才主编：《中外新闻作品赏析》，北京：中国广播电视出版社，1996 年 3 月第 1 版。

8. 陈小波主编：《眼光 贺延光》，北京：中国人民大学出版社，2007 年 9 月第 1 版。

9. 陈小波：《职业的良知——贺延光访谈》，陈小波著：《他们为什么要摄影 中国当代摄影家访谈录 新闻卷》，北京：文化艺术出版社，2011 年 6 月第 1 版。

10. 陈宣庆、张可云主编：《统筹区域发展的战略问题与政策研究》，北京：中国市场出版社，2007 年 1 月第 1 版。

11. 仇学平编：《名记者的成功之路》，济南：黄河出版社，1995 年 4 月第 1 版。

12. 董建中、张守宪主编：《中国现代史研究文集》，陕西：天地出版社，1989 年 5 月第 1 版。

13. 段京肃主编：《新闻春秋 第 5 辑》，北京：首都师范大学出版社，2006 年 8 月第 1 版。

14. 段映珠著：《范中骄子》，北京：中国文联出版社，2006 年 5 月第 1 版。

15. 丁锡满、张启承主编：《上海新闻作品选（1992-1996）》，上海：文汇出版社，1998 年 10 月第 1 版。

16. 董广安、纪元主编：《中国高级记者成名作透视·消息卷》，郑州：河南人民出版社，2003 年 5 月第 1 版。

17. 冯树藩编：《昨天的中国》，西安：陕西人民出版社，1989 年 5 月第 1 版。

18. 复旦大学新闻系采访写作教研室编：《消息选评》，上海：复旦大学出版社，1987 年 11 月第 1 版。

19. 复旦大学新闻系新闻采访写作教研组编：《消息选（教学用书）》，1978 年 12 月版。

20. 方延明著：《新闻实务方法论》，广州：南方日报出版社，2005 年 12 月第 1 版。

21. 冯文龙：《一篇成功的医疗卫生新闻》，程道才、汪苏华：《中外电视新闻佳作赏析》，北京：中国广播电视出版社，2008 年 12 月第 1 版。

22. 顾兆农：《勿以稿小而不为——从两篇"中国新闻奖"获奖稿说开去》，赵兴林主编：《人民日报记者这样写新闻》，北京：人民日报出版社，2011 年 11 月第 1 版。

23. 顾兆农：《感谢报社 感谢大家——〈南京"香港城"关门了〉采写前后》，范瑞先主编：《历史的回响：1990—2009 工人日报精品选（上）》，北京：中国工人出版社，2009 年 7 月第 1 版。

24. 高梁：《难忘的 1971 年——"乒乓外交"和联合国恢复我国合法席位采访片段》，马胜荣主编：《走向世界：新华社国际报道 70 年 1931-2001》，新华社出版社，2001 年 11 月第 1 版。

25. 郭关玉著：《中国—欧盟合作研究》，北京：世界知识出版社，2006 年 11 月版。

26. 关志立主编：《志立课堂·优化全解 高二历史 下》，北京：蓝天出版社，2006 年 12 月版。

27. 胡朝凯、王和主编：《民声 民生 首都媒体眼中的十届北京市政协》，北京：同心出版社，2007 年 11 月第 1 版。

28. 湖南师范大学中文系写作教研室编：《写作文选 上册》，长沙：湖南人民出版社，1985 年 1 月第 1 版。

29. 何海燕：《为让更多人了解、理解、推动改革》，唐非主编：《现场短新闻 全国第二届评选获奖作品集》，北京：中国广播电视出版社，1992 年 3 月第 1 版。

30. 经盛鸿著：《武士刀下的南京：日伪统治下的南京殖民社会研究》，南京：南京师范大学出版社，2008 年 9 月第 1 版。

31. 贾树枚主编：《聚焦上海 谱写辉煌：上海优秀记者获奖作品选 上卷》，上海：上海人民出版社，2002 年 11 月第 1 版。

32. 庄毅主编：《中华人民共和国享受政府特殊津贴专家、学者、技术人员名录 （1992 年卷）第三分册》，北京：中国国际广播出版社，1996 年 8 月第 1 版。

33. 金福安：《一篇可载入史册的好新闻》，唐非主编：《中国新闻奖作品选 1992 年》，北京：新华出版社，1994 年 7 月第 1 版。

34. 孔祥军著：《精品新闻学：理论建构与媒体运行》，北京：新华出版社，2008 年 4 月第 1 版。

35. 《因"赤化"殉难的邵飘萍》，刘建明等著：《中国媒介批评史》，福州：福建人民出版社，2011 年 3 月第 1 版。

36. 李宗一著：《袁世凯传》，国际文化出版公司，2006 年 8 月 1 日。

37. 李朝军著：《红色的故事：1921—1949》，上海：上海人民出版社，2011 年 6 月第 1 版。

38. 李小林主编：《中外新闻特写名篇赏析》，北京：新华出版社，2001 年 2 月第 1 版。

39. 黎娜、于海娣编著：《中国上下五千年》，北京：中国华侨出版社，2010 年 12 月第 1 版。

40. 李彬主编：《中国新闻社会史文选》，北京：清华大学出版社，2008 年 6 月第 1 版。

41. 《评论性新闻的典范——析胡乔木的〈北平解放〉》，蓝鸿文著：《蓝鸿文自选集》，北京：中国人民大学出版社，2007 年 8 月第 1 版。

42. 陆云帆著：《中国当代十大名记者》，合肥：安徽人民出版社，1985 年 9 月第 1 版。

43. 李泊溪、张泽厚、翟立功编：《中国技术改造问题研究（上、下）》，太原：山西人民出版社，1984 年 1 月第 1 版。

44. 刘明华等著：《新闻写作教程》，北京：中国人民大学出版社，2002 年 3 月第 1 版。

45. 刘耀辉著：《新闻写作》，成都：四川人民出版社，1990 年 1 月第 1 版。

46. 李文韬、杨明志著：《新闻采写：选择的艺术》，长春：吉林大学出版社，1992 年 5 月第 1 版。

47. 刘保全、彭朝丞编著：《消息范文评析》，北京：新华出版社，2001 年 1 月第 1 版。

48. 刘书林等著：《当代中国人权状况报告》，沈阳：辽宁人民出版社，1994 年 12 月第 1 版。

49. 刘海贵主编：《全国地市县报 好新闻好通讯选评 1987–1988》，上海：复旦大学出版社，1989 年 7 月第 1 版。

50. 李晓林编撰：《历史的轨迹》，武汉：武汉大学出版社，2009 年 1 月第 1 版。

51. 李洪波、张泽萱、刘先凡主编：《优秀经济新闻赏析》，武汉：湖北科学技术出版社，1999 年 10 月第 1 版。

52. 李方诗等主编：《中国人物年鉴 1989》，北京：华艺出版社，1989 年 10 月第 1 版。

53. 刘保全编著：《中国新闻奖精品赏析》，北京：新华出版社，2006 年 11 月第 1 版。

54. 《邵飘萍与〈京报〉》，马玲著：《北京胡同》，北京：世界知识出版社，2011 年 6 月第 1 版。

55. 孟建、祁林编著：《广播电视新闻范文评析》，北京：新华出版社，2001 年 1 月第 1 版。

56. 马巧良：《陈云建国初期在稳定物价、统一财经工作中的历史作用》，朱佳木主编：《陈云和他的事业——陈云生平与思想研讨会论文集》，北京：中央文献出版社，1996 年 4 月第 1 版。

57. 彭江流主编：《萍乡人物录》，萍乡海外联谊会办公室，1988 年 12 月版。

58. 彭朝丞著：《获奖消息赏析 1979–1999》，北京：人民日报出版社，2001 年 1 月第 1 版。

59. 彭朝丞著：《获奖消息赏析——兼论消息的写作技巧》，北京：人民日报出版社，2010 年

8 月第 1 版。

60. 邵飘萍著：《邵飘萍新闻学论集》，北京：北京大学出版社，2008 年 12 月第 1 版。

61. 乔磊、苗家生、王辅捷主编：《记者之路》，沈阳：辽宁大学出版社，1987 年 10 月第 1 版。

62. 孙元涛编著：《人力资源社会保障新闻获奖作品赏析》，北京：中国传媒大学出版社，2011 年 1 月第 1 版。

63. 时统宇：《精品店为什么是短命的》，樊凡、时统宇编著：《经济新闻范文评析》，北京：新华出版社，2001 年 1 月第 1 版。

64. 汤世英主编：《中外新闻作品研究》，武汉：武汉大学出版社，2000 年 9 月第 1 版。

65. 汤世英主编：《新闻通讯选评》，北京：中国人民大学出版社，1989 年 4 月第 1 版。

66. 《中国杰出的新闻战士邵飘萍》，王运锋、马振行编著：《留学生的足迹（中国与世界卷）》，通辽：内蒙古少年儿童出版社，2003 年 3 月第 1 版。

67. 吴绪彬主编：《文章观止》，北京：中国国际广播出版社，1993 年 1 月第 1 版。

68. 王复初：《十万元遗产献国家》，柳新编：《爱，就是火》，南京：江苏人民出版社，1985 年 5 月第 1 版。

69. 王艾生著：《奔波人生》，北京：人民日报出版社，2006 年 9 月第 1 版。

70. 王艾生主编：《中国当代名记者小传（第二辑）》，太原：山西人民出版社，1989 年 2 月第 1 版。

71. 新华社《新闻业务》编辑部编：《新华文丛 1979》，北京：新华出版社，1983 年 7 月第 1 版。

72. 新华出版社编：《中国名记者传略与名篇赏析》，北京：新华出版社，2003 年 4 月第 1 版。

73. 夏林根主编：《近代中国名记者》，福州：福建人民出版社，1990 年 8 月第 1 版。

74. 吴志成：《新闻要"新""快""短"——简评〈欧共体决定立即恢复同中国的关系〉》，唐非主编：《中国新闻奖作品选 首届（1990 年）》，中国广播电视出版社，1992 年 7 月第 1 版。

75. 《新闻精品，尽在完美——对〈别了，"不列颠尼亚"〉的文本解读》，孔祥军著，《精品新闻学：理论建构与媒体运行》，北京：新华出版社，2008 年 4 月第 1 版。

76. 谢静著：《中外优秀新闻作品鉴赏》，福州：福建人民出版社，2001 年 1 月第 1 版。

77. 燕京研究院编：《燕京大学人物志 第二辑》，北京：北京大学出版社，2002 年 4 月第 1 版。

78. 《睡觉睡到的新闻》，叶向阳编著：《发现新闻之路》，北京：知识出版社，1991 年 1 月第 1 版。

79. 颜雄主编：《百年新闻经典（上册）》，长沙：湖南大学出版社，2000 年 11 月第 1 版。

80. 严介生、王乃钧编著：《消息精品选评》，北京：中国广播电视出版社，1996 年 10 月第 1 版。

81. 严三九主编：《中国新闻精品导读》，杭州：浙江大学出版社，2005 年 8 月第 1 版。

82. 严三九主编：《新闻传播精品导读：广播电视卷》，上海：复旦大学出版社，2004 年 5 月第 1 版。

83. 余玮、吴志菲著：《中国高端访问（伍）解密 18 位文化名流的本色人生》，北京：经济日报出版社，2007 年 5 月版。

84. 中国社会科学院新闻研究所《新闻研究资料》编辑室编辑：《新闻研究资料丛刊 一九八一年 第五辑》，北京：新华出版社，1981 年 12 月第 1 版。

85. 中国社会科学院新闻研究所《新闻研究资料》编辑部编辑《新闻研究资料 总第 39 辑》，北京：中国社会科学出版社，1987 年 9 月第 1 版。

86. 张华腾编著：《中华上下五千年》，北京：中国人口出版社，2006 年 7 月第 1 版。

87. 朱佳木主编：《中国革命史上的今天》，北京：知识出版社，1989 年 10 月第 1 版。

88. 中国社会科学院新闻研究所编：《中国新闻年鉴 1987》，北京：中国社会科学出版社，1987 年 11 月第 1 版。

89. 中国传媒大学党报党刊研究中心、天津师范大学新闻传播学院、中国传媒大学编辑出版研究中心编：《人民共和国党报论坛 2007 年卷》，北京：中国传媒大学出版社，2008 年 12 月第 1 版。

90. 中国新闻年鉴杂志社编：《中国新闻年鉴 1994》，北京：中国新闻年鉴杂志社，1994 年 12 月第 1 版。

91. 中国新闻学会联合会秘书处编：《1986 年全国好新闻入选作品 好新闻》，北京：人民日报出版社，1987 年 9 月第 1 版。

92. 中国新闻奖评选委员会办公室编：《中国新闻奖作品选 首届（1990 年）》，北京：中国广播电视出版社，1992 年 7 月第 1 版。

93. 中国新闻奖评委会办公室编：《中国新闻奖作品选 1994 年 第五届》，北京：新华出版社，1995 年 11 月第 1 版。

94. 郑凤兰主编：《〈新闻采写与编辑〉教学参考书》，济南：山东人民出版社，2006 年 12 月第 1 版。

95. 中国新闻奖评选委员会办公室编：《中国新闻奖作品选 1997 年 第八届》，北京：新华出版社，1999 年 1 月第 1 版。

96. 中国新闻奖评选委员会办公室编：《中国新闻奖作品选 1998 年 第九届》，北京：新华出版社，2000 年 1 月第 1 版。

97. 中国人物年鉴社编辑：《中国人物年鉴 2005》，北京：中国人物年鉴社，2005 年 8 月第 1 版。

98. 郑国庆：《贺延光·他被记入历史》，《中华青年精英》丛书编委会编：《人类的第三只眼睛》，桂林：广西师范大学出版社，1989 年 4 月第 1 版。

99. 中国新闻年鉴社编辑：《中国新闻年鉴 2000》，北京：中国新闻年鉴社，2000 年 11 月第 1 版。

100. 张宝林著：《生存记忆》，北京：中国盲文出版社，2008 年 2 月版。

101. 刘海贵总主编，孔祥军主评撰：《新闻传播精品导读，新闻（消息）卷 范式与典例》，上海：复旦大学出版社，2004 年 5 月第 1 版。

102. 彭正普著：《当代名记者》，郑州：河南大学出版社，1988 年 11 月第 1 版。

103. 世界汉诗协会年鉴编委会编：《世界汉诗年鉴 2005-2006》，世界汉诗杂志社，2006 年 1 月第 1 版。

104. 张晓华主编：《新华社杭州电：2006 新华社浙江分社优秀新闻作品选辑》，郑州：河南人民出版社，2009 年 3 月第 1 版。

105. 中国人物年鉴社编辑：《中国人物年鉴 2004》，北京：中国人物年鉴社，2005 年版。

106. 赵兴林主编：《人民日报记者这样写新闻》，北京：人民日报出版社，2011 年 11 月版。

107. 程雁：《为改革者鸣锣开道——记辽宁日报副总编辑谢怀基》，《新闻战线》，1984 年第 5 期。

108. 陈芳：《名记者，靠什么？——记中央电视台军事部副主任、第七届范长江新闻奖获得者冀惠彦》，《中国记者》，2006 年第 11 期。

109. 陈力丹、丁飞：《体现"观点事实"中的新闻价值：评第 18 届中国新闻奖消息类一等奖作品〈李毅中质疑：为何还没人被究刑责？〉》，《新闻与写作》，2009 年第 3 期。

110. 陈传万：《精炼概括 气势磅礴——读〈我三十万大军胜利南渡长江〉》，《名作欣赏》，1995 年第 1 期。

111. 陈金松：《丰富多彩各臻其妙——消息精品结构探析（上）》，《当代传播》，1999 年第 2 期。

112. 陈建坤：《试论毛泽东的道德风范和人格力量》，《道德与文明》，1994 年第 1 期。

113. 丁柏铨：《新闻价值三论——中国新闻奖部分获奖作品阅读札记》，《新闻记者》，2006 年第 12 期。

114. 逄先知：《博览群书的革命家——毛泽东读书生活我见我闻》，《领导科学》，2004 年第 1 期。

115. 郭光华：《1936 年 10 月 20 日天津〈大公报〉：鲁迅昨在沪逝世》，《新闻传播》，2001 年第 1 期。

116. 顾兆农：《争多求好 永不懈怠》，《新闻战线》，2001 年第 8 期。

117. 郭国滉：《读王冬梅一组报道有感》，《实践与思考》，2007 年第 12 期。

118. 贺昌华：《写新闻应该不拘一格》，《新闻业务》，1985 年第 9 期。

119. 黄俭、王炳尧：《船头瞭望哨——访优秀新闻工作者、人民日报记者王艾生》，《新闻记者》，1985 年第 1 期。

120. 侯彦谦：《获中国新闻奖后的思索》，《青年记者》，1998 年第 1 期。

121. 黄家雄：《辩证取材 攻微伐隐——谈新闻的构思艺术》，《新闻知识》，1994 年第 10 期。

122. 《冀惠彦："水深火热"中记录历史》，《今传媒》，2010 年第 6 期。

123. 王婧：《冀惠彦：面对死亡抢拍最新镜头》，《青年记者》，2007 年第 13 期。

124. 吕松：《毛泽东消息写作特色》，《写作》，1994 年第 2 期。

125. 蓝鸿文：《访李普》，《军事记者》，1995 年第 3 期。

126. 刘建国：《老主题新含义——评〈官峰学成博士乐当"炉前工"〉》，《新闻知识》，2000 年第 4 期。

127. 刘保全：《从会议中捕捉到一条"鲜活鱼"——评〈簰洲湾溃口"淹"出 7000 多人〉》，《新闻实践》，2000 年第 10 期。

128. 李涛：《先声夺人 以实动人 用情感人——从〈历史性的握手〉谈广播时政新闻创新的三原则》，《中国广播》，2007 年第 2 期。

129. 刘保全：《一篇维护职工生命安全权益的新闻精品——评"中国新闻奖"作品〈李毅中质疑：为何还没有人被究刑责？〉》，《当代传播》，2009 年第 1 期。

130. 刘保全：《经济结构大调整 时代慧眼写佳作——评第 21 届中国新闻奖消息二等奖作品〈珠三角民企老板百亿巨资砸向"低碳产业"〉》，《新闻与写作》，2012 年第 2 期。

131. 石俊升：《以一当十的好新闻》，《新闻记者》，1983 年第 4 期。

132. 沙秀敏：《一个香港记者的成功之路》，《新闻记者》，1987 年第 6 期。

133. 孙晓阳：《切中时弊 穷究不舍——读邵飘萍的通讯》，《新闻记者》，1985 年第 4 期。

134. 孙晓阳：《在历史发展的最近处观察和记录——访李普同志》，《新闻记者》，1984 年第 12 期。

135. 施光华：《消息要写活——〈我三十万大军胜利南渡长江〉浅析》，《新闻与写作》，1985 年第 12 期。

136. 桑茵：《勤奋 刻苦 创新 突破——记全国优秀新闻工作者谢怀基》，《新闻知识》，1988 年第 4 期。

137. 石德连：《他敢于同不正之风斗争——记人民日报记者王艾生》，《新闻战线》，1983 年第 9 期。

138. 田毅鹏：《"典型单位制"的起源和形成》，《吉林大学社会科学学报》，2007 年第 4 期。

139. 韦君琳：《长者风度 学者典范——忆念贺昌华先生》，《江淮文史》，2009 年第 1 期。

140. 王鹏：《王芸生与两篇有关瞿秋白报道的面世》，《文史精华》，2006 年第 11 期。

141. 万京华：《李普：我亲历的新中国开国大典采访》，《新闻与写作》，2009 年第 10 期。

142. 吴志菲：《李普向世界报道"开国大典"》，《人物》，2009 年第 10 期。

143. 卫元理：《多彩多姿的历史画卷——读〈胡乔木文集〉第一卷》，《中国记者》，1992 年第 10 期。

144. 王冬梅：《记者应追求的四种境界》，《新闻三昧》，2007 年第 9 期。

145. 王泽华、吕太平：《毛泽东新闻写作风格初探》，《党史博采》，2004 年第 2 期。

146. 韦绍福：《毛泽东读书特色浅析》，《广西民族学院学报（哲学社会科学版）》，1999 年 S1 期。

147. 熊宁宁：《我读〈李峰文集〉》，《新闻实践》，2001 年第 4 期。

148. 晏飏整理：《邵飘萍生平事略》，《新闻研究资料》，1981 年第 5 期。

149. 俞继鸣：《中国新闻界全才——邵飘萍》，《新闻三昧》，2007 年第 7 期。

150. 尹韵公：《为什么不是范长江？》，《新闻与传播研究》，2003 年第 2 期。

151. 张仁学：《毛泽东〈中原我军占领南阳〉的史学基础》，《新闻爱好者》，2001 年第 12 期。

152. 周海滨：《胡木英回忆父亲胡乔木：读书写作一辈子》，《中国经济周刊》，2009 年第 8 期。

153. 张保安：《学习〈我三十万大军胜利南渡长江〉》，《新闻战线》，1979 年第 2 期。

154. 张浅：《电光石火与新闻作品——读李普著〈开国前后的信息〉有感》，《新闻战线》，1983 年第 2 期。

155. 郑德金、何晏：《留下人民抗战的历史画面——访新华社著名记者李峰》，《中国记者》，2005 年第 7 期。

156. 朱旭红：《做一名新闻战士——中央电视台新闻中心高级记者冀惠彦访谈》，《电视研究》，2008 年第 9 期。

157. 赵勇：《时政新闻的"软着陆"》，《青年记者》，2008 年第 6 期。

158. 周世康：《难在哪里？——用消息反映重大题材浅议》，《新闻战线》，1996 年第 2 期。

159. 张慧：《试论〈胡乔木文集〉的语言艺术特色》，四川师范大学硕士学位论文，2011 年。

160. 谭建伟记录整理：《"土地第一拍"推动宪法修改》，《深圳特区报》，2010 年 12 月 1 日。

161. 张和平：《张和平：爱恨皆在笔墨间》，《瑞安日报》，2012 年 2 月 1 日。

162. 张首映：《杨建业及其记者传记》，《人民日报（海外版）》，2000 年 11 月 22 日。

163. 沙驼：《老同学贺昌华》，《合肥晚报》，2012 年 9 月 11 日。

164. 《北京学生在天安门前集合》，http://www.showchina.org/zt/54qnj/9/201004/t618758.htm。

165. 仓立德：《我与杜平有缘》，http://blog.ifeng.com/article/22111688.html，2012-12-27。

166. 新华网：《从东北现象到新东北现象——六位采访者对话实录》，http://news.xinhuanet.com/newscenter/2002-02/05/content_269138.htm，2002-2-5。

167. 《东莞台记者莫佛基获得"广东省优秀新闻工作者"称号》，http://www.sun0769.com/news/dongguan/tvnews/t20060218_82858.htm，2006-2-18。

168. 杜平简介，http://phtv.ifeng.com/star/duping/。

169. 凤凰网：《1971 年 中国恢复联合国合法席位》，http://news.ifeng.com/history/today/detail_2010_10/25/2888453_0.shtml，2010-10-25。

170. 《复旦大学上海视觉艺术学院院务部主任袁晖》，http://www.siva.edu.cn/renda/node6813/node6866/node6875/node7138/node9880/u1a1701505.html。

171. 方达：《妙在让人物说话》，http://www.hue.edu.cn/jpkc/2007xwx/jdxwsx/35.html。

172. 人民网：《范敬宜：心怀全局 笔写苍生》http://www.people.com.cn/GB/14677/22114/37734/39504/2922736.html，2004-10-15。

173. 中国共产党新闻网：《揭秘：我国第一颗原子弹爆炸中的十件大事》，http://dangshi.people.com.cn/GB/85039/9746449.html，2009 年 7 月 29 日。

174. 罗庆东简介，http://news.xinhuanet.com/zgjx/2012-06/21/c_131668177_3.htm，2012-06-21。

175. 莫佛基，http://www.sun0769.com/sunlive/2008tq/3m04.htm。

176. 人民网：《周树春事迹》，http://media.people.com.cn/GB/5997473.html，2007-07-17。

177. 人民网：《五四运动》，http://dangshi.people.com.cn/GB/165617/166495/168107/9990387.html。

178. 人民网：《抗战经典战例：台儿庄大捷》，http://military.people.com.cn/GB/42964/3575455.html，2005-7-28。

179. 山西新闻网：《罗庆东：始终行走在新闻的路上》，http://www.daynews.com.cn/sjdsb/Aban112/A8/1655887.html，2012-11-08。

180. 《"松绑"放权推动城市经济体制改革》，http://www.fjsq.gov.cn/showtext.asp?ToBook=155&index=144。

181. 《温州籍记者张和平作品获中国新闻奖一等奖》，http://news.wzsee.com/2012/1105/166460.

html，2012—11—05。

182．《王冬梅：深入基层　维护正义　挑战自我》，http://news.xinhuanet.com/zgjx/2008—05/07/content_8125750.htm，2008—05—07。

183．熊月之：《辛亥革命的上海因素》，中国共产党新闻网，http://dangshi.people.com.cn/GB/15573673.html，2011—09—02。

184．新华网：《"九一八"事变》，http://news.xinhuanet.com/ziliao/2003—09/09/content_1071557.htm。

185．新华网：《二万五千里长征》，http://news.xinhuanet.com/ziliao/2003—01/20/content_698198_1.htm。

186．新华网：《台儿庄战役》，http://news.xinhuanet.com/ziliao/2003—09/12/content_1076960.htm。

187．新华网：《新华社原副社长、新闻名篇〈开国大典〉作者李普逝世》，http://news.xinhuanet.com/2010—11/12/c_12768122.htm，2010—11—12。

188．新华社领导简介，http://203.192.6.89/xhs/static/e11283/11283.htm。

189．《与新闻同行的记者冀惠彦》，http://news.sxrtv.com/shtml/0/461/content461983.shtml，2010—6—26。

190．《中央人民广播电台李涛：先声夺人　以实动人　用情感人》，http://media.people.com.cn/GB/22114/39863/39867/69735/4739736.html，2006—08—24。

191．中华军事网：《朝鲜战争：从台湾战役到抗美援朝（下）》，http://military.china.com/zh_cn/history2/06/11027560/20050311/12161181_3.html，2005—03—11。

192．中国广播网：《孙中山生平简介》，http://www.cnr.cn/tfmb/szs140jn/dcsp/200611/t20061110_504324628.html，2007—07—20。

193．《中国近代战争史》第十一章第四节，http://lib.ecit.edu.cn/guoxue。

194．赵焰：《袁世凯最后的日子"四面楚歌"　仿佛成过街老鼠》，中国共产党新闻网，http://dangshi.people.com.cn/GB/85039/12583578.html，2010—08—30。

195．中国文明网：《冀惠彦简介》，http://hxd.wenming.cn/3xgc/2010—07/05/content_146214.htm，2012—7—5。

196．张和平、宗宣：《华东新闻农民怎样告赢了县政府——永嘉中村农民告县政府"不作为"案始末》，http://unn.people.com.cn/BIG5/channel2/3/31/200103/22/47083.html。

197．《抗击八国联军侵略的重大历史意义和战争失败的原因》，http://www.northedu.com.cn/listshow/show.jsp?informationid=200611211537320654&classid=200611211436187932。

198．北方教育网：《抗击八国联军侵略的重大历史意义和战争失败的原因》，http://www.northedu.com.cn/listshow/show.jsp?informationid=200611211537320654&classid=200611211436187932，2006—11—21。

199．人民网：《中国共产党对于时局的主张》，http://news.xinhuanet.com/ziliao/2004—11/29/content_2272734.htm，2004—11—29。

200．中国文化传媒网：《红军长征》，http://www.ccdy.cn/zhuanti2011/jd90s/content/2011—06—23/content_926093.htm，2011—06—23。

201．中国文明网：《党旗漫卷长征路——中国工农红军长征》，http://www.wenming.cn/hswh/mtw/201108/t20110830_302611.shtml，2011—05—27。

202．新华网：《抗日战争中的几次著名战役》，http://news.xinhuanet.com/ziliao/2003—07/02/content_948545.htm，2003—07—02。

203．张树德：《朝鲜战争爆发后彭德怀着眼大局　力主保家卫国出兵朝鲜》，http://news.ifeng.com/history/zhongguoxiandaishi/special/pengdehuai/detail_2012_06/12/15237761_0.shtml，2012—

06—12。

204. 中国网：《稳定物价统一财经 奇迹般地恢复国民经济》，http://www.china.com.cn/
news/60years/2009—09/23/content_18586516.htm，2009—09—23。

205. 中国年鉴信息网：《上海工商社团志》，http://www.chinayearbook.com/difangzhi/
item/1/155606.html，2012—05—23。

206. 郑州晚报：《1977年：邓小平力主恢复高考》，http://zzwb.zynews.com/html/2007—04/17/
content_58693.htm，2007—04—17。

207. 《惊天喜讯：国家要恢复高考了》http://news.sina.com.cn/c/2007—04—16/075811647348s.
shtml，2007—04—16。

208. 温州商报：《张和平作品获中国新闻奖一等奖》，http://news.hexun.com/2012—11—
05/147597378.html，2012—11—05。

209. 《胡乔木简介》，http://news.qq.com/a/20081216/000841.htm。

后　记

　　本丛书为国家社科基金特别委托项目《科学建立新闻工作价值体系与有效提升我国新闻媒体传播能力研究》主要成果之一，经过课题组全体成员六年多的努力，由人民出版社公开出版，呈现给广大读者。

　　丛书的研究、写作过程，得到编委会领导的重视和支持；内蒙古自治区党委宣传部长乌兰、西藏自治区党委宣传部长董云虎对丛书的出版也给予了关心，在此，表示诚挚的感谢。全书由中国记协新闻培训中心主任刘梓良总编，各分册主编为孙德宏（消息卷），王润泽（评论卷），郑保卫（通讯卷），于宁（摄影卷），张耀宁、郑化改（漫画卷）。

　　值得说明的是，在丛书编写过程中，收入了四百多篇(幅)百年新闻经典作品，感谢相关单位及作者的授权。对多位作者合作作品，限于篇幅等原因，只能介绍第一作者的基本情况及综合素质，其他作者署名在原文中均予以完整体现。凡能够查阅到当时刊发作品原文的，我们均一一核准，还原真实。在此，对参加本丛书资料查阅与协助工作的人员：黄彦飞、杨雪娇、徐妍、罗松格列、唐月、彭劭丹、贺婷茜、陈蓉、姜陆洋、宋丽娟、武婕婕、李永刚、闫生豪、赵益晗、詹婧、苏珊、王庚杰、桂清萍等，表示诚挚的谢意。受资料等所限，个别作者的综合素质材料稍感欠丰满，有待日后搜集全面，再版时作修改补充。

　　本书在编辑出版过程中，得到了人民出版社领导的大力支持，特别是责任编辑陈佳冉为本丛书的编辑、修改、出版付出了大量的心血。当本书正式出版之际，特向他们表示衷心的感谢。

　　由于本丛书涉及的时间跨度较大，需查资料繁多，加上编者水平的局限，书中难免有疏漏和不妥之处，敬请广大读者和专家批评指正。

编者
2013 年 9 月

再版后记

自《中国百年新闻经典》丛书出版以来，受到了新闻学界和新闻业界的高度评价和欢迎。人民出版社将此书再版之际，遵循此书"主客同构，人（品）文（品）统一"的编写原则，就此书的编选作品作了认真全面的检视。根据专家建议，对3个分卷编选的3篇作品，作了微调。并从近几年涌现的优秀新闻作品中，选取了一篇消息体裁作品：《火车站见证兰考经济变迁》，作者：童浩麟；另一篇是评论体裁作品：《公共辩论，求真比求胜更重要》，作者：范正伟。可以说，这两篇作品在同时期的同类体裁作品中，具有典型的意义。

看到昔日花费6年多心血的编选成果，人民出版社再次出版，心里感到欣慰。同时，也对人民出版社领导给予的关怀和支持，表示诚挚的感谢！特别是陈佳冉编辑高度负责和严谨细致和的工作精神，表示由衷的敬意！

编者

2016 年 5 月 10 日

责任编辑：陈佳冉

图书在版编目（CIP）数据

中国百年新闻经典：消息卷 / 刘梓良 总编；
　孙德宏 分册主编 . —修订本. —北京：人民出版社，2016.10
ISBN 978 - 7 - 01 - 016679 - 7

I. ①中⋯　 II. ①刘⋯②孙⋯　 III. ①新闻 – 作品集 – 中国 – 现代②新闻 –
作品集 – 中国 – 当代③消息 – 作品集 – 中国 – 现代④消息 – 作品集 –
中国 – 当代　 IV. ① I253

中国版本图书馆 CIP 数据核字（2016）第 216875 号

中国百年新闻经典·消息卷
ZHONGGUO BAINIAN XINWEN JINGDIAN XIAOXIJUAN
（修订本）

刘梓良 总编　孙德宏 主编

人民出版社 出版发行
（100706　北京市东城区隆福寺街 99 号）

北京中科印刷有限公司印刷　新华书店经销

2016 年 10 月第 2 版　2016 年 10 月北京第 1 次印刷
开本：710 毫米 ×1000 毫米 1/16　印张：18.75
字数：305 千字

ISBN 978 - 7 - 01 - 016679 - 7　定价：46.00 元

邮购地址 100706　北京市东城区隆福寺街 99 号
人民东方图书销售中心　电话（010）65250042　65289539